無垢なる者たちの煉獄 上

カリーヌ・ジエベル
Karine Giébel

坂田雪子［監訳］
Yukiko Sakata

吉野さやか［訳］
Sayaka Yoshino

JN190498

PURGATOIRE DES INNOCENTS

竹書房文庫

献辞

兄、パスカルへ

無垢なる者たちの煉獄

上

プロローグ

あの頃のことを、わたしはもうよく覚えていない。きっと意識の奥底に沈めてしまったのだろう。

あのときの情景も、言葉も、感覚も、匂いも、今ではぼんやりとしか思い出せない。痛みさえも。

何ひとつ、くっきりと浮かんでこない。

まるであんなことなど起こらなかったかのように。

この身に何も起こらなかったかのように。

でも、違う。あれは確かにわたしの身に起きた。

そして、死ぬまで血を流しつづける傷になった。決して癒やされない傷、どこまでも深く刻まれた傷に。今、その傷のなかを、わたしはさまよっているのかもしれない。誰からも忘れられて……。

どう説明すればいいのだろう。

あの出来事はわたしの人生を変えた。あれから、わたしには自分というものがなくなった。

圧倒的な暴力を前にしたとき、どう反応するか。それは人によって違う。

女ごとに違う。もしくは子どもごとに違うと言うべきか。

同じ目に遭ったことのある人なら、わたしが何を言っているのかわかるはずだ。でもそうでなければ、どんなに理解したい気持ちがあっても、想像さえできないだろう。

つまり、ほとんどの人はわたしを理解できないということだ。あるいは、ごくたまに理解できる人がいるなら、かわいそうに、理解しすぎてしまうだろう。

ただし理解はできなくても、みんなわたしを裁くことはできる。暴力を受けたあとに変容した、わたしという人間を。

そう、裁くのはたやすい。

けれど、理解するのは難しい。

あの出来事は死ぬほどの苦痛というだけではなかった。もっとひどいものだった。暴力はわたしの人格を内側からゆっくりとむしばみ、人間らしい感情をすべて食い尽くした。心も何もない女になるまでむさぼった。カサカサの皮だけになるまで。

せめてあの人がわたしを殺してくれていれば、と思う。さっさと殺してくれていれば、あの人から思いやりを感じられただろう。でも、あの人には誰かを思いやる心などない。

わたし自身、思いやりがどういうものかを忘れてしまった。

あの人はわたしのなかのすべてを、何ひとつ残さずに奪ったから。

人は何度でも死ねる。あの日、わたしは理解した。

もうずっと前に、わたしという人間は死んだ。暗い部屋で、はるか昔に……。

でも、わたしのなかの何かは生き延びた。いや、あの日、わたしとは別の何かが生まれた。

そしてその何かが、今はわたしの代わりに歩き、話をしている。

十一月四日

火曜日

Mardi 4 novembre

1

十五時　パリヴァンドーム広場

「こちらのダイヤのネックレスはプラチナ製でして、ご覧のとおり贅《ぜい》を尽くしたものでございます。中央を飾るペアーシェイプのホワイトダイヤモンドは八カラット、わきを彩るふた粒のイエローダイヤモンドは、それぞれ七カラットと五カラット、さらにふた粒あしらわれたピンクダイヤモンドは、どちらも二カラットでございます」

目の前のカップルを見ながら、高級宝飾店の店長は流れるように説明した。ただし小声で。というのも、説明の中身があけすけすぎて、はしたなかったからだ。

とはいえ、今の言葉でこのカップルはますます買う気をそそられたに違いない。

そう思って、店長はカップルの女性客のほうを見た。ほっそりした顔立ちの二十歳代と思われる女性だ。なかでも引きつけられるのは――そして少々落ち着かない気分にさせられるのは――その目だった。左右の瞳の色が違っているのだ。左目にはわずかに緑がかったブルーがきらめき、右目には濃い茶色が輝いている。まるでふたつの宝石が自然な肌色にはめ込まれているようだった。そもそも、この客には化粧っけがまったくない。確かに、こんな宝石のような瞳があれば、化粧なんていらないのだろう。

この女性なら、ダイヤのネックレスもよく映えそうだ。店長は心でうなずいた。三百万ユーロのダイヤのネックレスともなると、似合う女性は限られている。どんな女性でもいいってわけじゃない。

だが、この客だったら宝石負けしないだろう。

振る舞いは女王のように堂々としているし、生来の気品もある。ただし、この女性客が贅沢な暮らしをするようになったのは、ごく最近のことだろう。店長はそれも見抜いていた。大金持ちのマダムを大勢見ているので、生まれつき裕福か、それともただの成金かなど、ひと目でわかるのだ。

そこからすると、目の前の女性客はどう見ても上流階級の出身ではなかった。態度にも目つきにもどこか反抗的なものがちらついている。野性的で危険なもの。動物的な何かが……。

その点でいえば、連れの四十歳代とおぼしき男性客も同じだった。アルマーニのスーツを着て、オーデマ・ピゲの腕時計をはめてはいるが、雰囲気は金持ちというより、ならず者に近かった。しかも、右の頬には刃物で切られたような古い傷跡まであって、ますますいかがわしい。左頬が無傷なのは、やられる前にやり返したからだろう。きっと「右の頬を打たれたら左の頬も差しだせ」という聖書の教えに背を向けるタイプなのだ。やはり成金だろうか。いや、ひょっとしたらマフィアかもしれない。と、その男性客がネックレスから目を上げ、冷ややかな目つきでまっすぐこちらを見て言った。

「見事なネックレスだな」

「はい、それはもう見事なものでございます」

そのとき、店に客がもうひとり入ってきた。品のよさそうな若い男だ。別の店員がすぐさま接客に向かう。店長はその客をひそかに品定めし、それから再び目の前の男女の客に集中した。なんといっても、あとひと押しで買ってくれそうなのだ。もしこのネックレスが売れたら、今日は相当な売り上げになる。もしこの途方もない逸品を売ることができたら……。

客の女は黙ったまま、じっとネックレスを見つめていた。だがやがて、夫（あるいは愛人かもしれない）のほうを見ると、ほほ笑んでこう言った。

「これが欲しいわ」

「ああ、きみにやろう」客の男が答える。「そのネックレスはきみのものだ。それだけじゃない。この店の宝石はみんな、きみのものだ。それでいいだろう、店長さん？」

店長は答えようとした。だが、唇がこわばって動かない。この店の宝石をみんな？

いったい、どういうことだ？　喉が異様に渇いてくる。

「それでいいだろう？」男が繰り返した。

「なんと……お客さまは気前のよいことで」店長は何とか言葉を絞りだした。「ああ、それだけ奥さまを愛していらっしゃるから……」

「いや、違う」男が遮るように答え、ジャケットのすそをめくった。

男はそこに、ダイヤばりに光るコルト・ダブルイーグルを潜ませていた。

「拳銃があるからだ。動くな！　ここの宝石を残らずいただく！」

十六時三十分　パリの南三百キロ

サンドラは四輪駆動車で、人気のないまっすぐな道をひた走っていた。畑のあいだを通り、森の奥へと入って、神秘的な池のそばを通りすぎていく。さらに走ると、魔女の館のような屋敷や昔ながらの農家がぽつりぽつりと見えはじめた。たまに、場違いな超近代建築もある。

このぶんだと、約束の時間に遅れそうね。べつにいいけど。サンドラは思った。どのみち、このあたりに獣医は自分しかいないのだ。みんな待つしかないだろう。

午後になって日差しが出ていた。今朝は濃い霧が立ちこめていて、とても晴れそうにな
かったのに。
そう、今朝……夜が明ける頃、霧のなかをあの人は出かけていった。自分はあの人が出
発するのを目で追っていた。あの人が霧の向こうに見えなくなるまで。そのあとは、ひと
りぼっちになった不安で、もう眠りにつけなかった。もちろん何日かすれば帰ってくるの
はわかっている。それでも、離れているのは辛かった。けれど、少しの別れは仕方ない。
あの人にはやらなければいけないことがあるのだから。それもとても危険なことが……。
でも、あの人はいつだってリスクにも備えている。
だから、きっとまたすぐに戻ってきてくれるだろう。決してわたしを見捨てたりせず
に。だって、あの人はわたしを愛しているから。わたしたちはふたりでひとつだから。
お互いに欠かせない存在だから。
あの人はちゃんと帰ってくる。そう考えると、サンドラは早くも安堵のあまり身体が震
えた。そのとき、カーラジオから緊急ニュースが聞こえてきた。
《今日午後、パリのヴァンドーム広場の有名宝飾店で強盗事件が発生しました。死傷者が
出ている模様です……》
サンドラはアクセルをゆるめると、カーラジオの音量を上げた。
《犯人は男三人と女ひとりのグループで、十五時頃、客を装い店内に侵入したのち、宝石

を奪って逃走したとのことです。これまでに入った情報によりますと、逃走する際、犯人グループは店の外で警察と撃ちあいになり、通行人一名が巻き込まれて死亡、警察官一名が重体だということです。また、犯人側にも一名負傷者が出ている模様です。犯人グループは現在も奪った宝石を持って逃走中。被害総額は三千万ユーロに上ると推定されています……》

十八時三十分

ラファエルは仲間とともにアウディで逃げていた。

男三人と女ひとりの宝石強盗。奪ったのは三千万ユーロ分の宝石。そして、仲間に負傷者がひとり。どれもラジオのニュースの言うとおりだ。

あれからおよそ三時間半。ラファエルたちは警察の非常線を避け、できるだけ空《す》いている道を通って、パリから遠ざかった。今はパリの南、三百キロ近くのところにいる。

車内には、さっきから重苦しい沈黙が漂っていた。あてどなく走るあいだにもガソリンは減りつづける。これからどうすればいいのか。自分たちはどうなるのか。

強盗計画は完璧だった。だが、最後の最後で歯車が狂った。

宝石を奪って逃げようと外に出たまさにその瞬間、警官が三人、パトカーから降りたったのだ。

くそっ！ アウディを走らせながら、ラファエルは心で毒づいた。最悪じゃねえか。なんであそこで警察が来る？ 偶然か？ おそらくそうだろう。でなければ、目撃者が通報したのか。知らないうちに、警察を呼ばれていたのかもしれない。あるいは、警察の強盗鎮圧班に目をつけられていたのか。やつらは襲撃場所こそ特定できなかったが、前々から行動を監視していたのかもしれない。

いずれにせよ、警官たちとは撃ちあいになった。

そして弟のウィリアムが弾に当たって倒れ、通りがかりの女も倒れ、警官もひとり倒れた。

そこから、完璧だった計画も崩れだした……。

と、そのとき、ウィリアムが後部座席からうめくように言った。

「おれ、死ぬんだよね？」ウィリアムは銃弾を二発受け、大怪我をしていた。

「そんなことを言うな」バックミラー越しに弟に目をやりながら、ラファエルは答えた。

「ウィル、おまえを死なせたりしない」

「けど、どんどん血がなくなってくのがわかるんだ……」

「大丈夫だ。おれが何とかする。おまえは安心してろ」

「でも」ウィリアムがかすれた声で言う。「やっぱり心配だよ……」

ウィリアムの心配ももっともだった。

撃ちあいは誤算だったとはいえ、その後、自分たちは隠れ家に身を潜められるはずだったのだ。隠れ家は数週間前から準備していたもので、人目を引かず、かといってあまり辺鄙《へんぴ》すぎない場所にあった。完璧な隠れ家。あの隠れ家に着きさえすれば、ひと息つけるはずだった。

だが結局、その隠れ家にもたどり着けなかった。

隠れ家のそばの道に警官が大勢いたせいだ。あちこちにパトカーの回転灯が見えていた。初めのうち、ラファエルは警察が自分たちを探しているのかと危ぶんだが、そうではなかった。消防車や救急車も来ていたことからすると、どうやら近くの家で火事があったらしい。

とはいえ、そのまま隠れ家に向かえば、どうしたって警察の目についただろう。だから、隠れ家に行くのは断念して、道を引き返すしかなかった。

そして、今はあてどなく逃げている。

こんなの運が悪すぎるじゃねえか！　不運に追いかけられ、つきまとわれている気がした。考えてみれば、そもそも撃ちあいになった時点で、事前に立てた計画など役に立たなくなっていた。もし前々から警察に目をつけられていたのなら、どっちにしてもあの隠れ家は危険だった……。

ちくしょう！　いろいろありすぎて頭がはじけそうだ。ふいに、ラファエルはアウディを路肩に停車させた。

「なんで車を停めるんだ？」仲間のひとり、フレッドがイライラした声で聞いた。

「疲れたんだ。運転を代わってくれ。クリステル、用を足したいなら降りるといい。ただし、このあたりにトイレはないから物陰ですませてくれ」

そう答えると、ラファエルは車から出て身体をほぐし、煙草に火をつけた。フレッドも車を降りて横に来る。フレッドは手もシャツもズボンも血だらけだった。顔にまで血が飛んでいる。まるで二発の銃弾はウィリアムではなくフレッドが受けたかのようだ。

助手席では、仲間で唯一の女、左右で瞳の色が違うクリステルがじっと座っていた。べつに用を足す気はないらしい。黙りこくって前を向いたままだ。うしろで苦しんでいるウィリアムをチラリとも見ようとしない。

「ラフ、早く乗れよ。ぐずぐずしてる場合じゃねえだろ」フレッドがせかした。

「うるせえ。煙草くらい吸わせろ」

やがて煙草を吸い終わると、ラファエルは後部座席のドアを開け、血まみれで横たわる弟をつかのま見つめた。それから、安心させなければと笑みを浮かべ、声をかけた。

「大丈夫だ、ウィル。おれが何とかする」

だが、ウィリアムはかすれた声で心配そうにこう尋ねた。

「あのさ、人間の血って……どれくらいある?」

「さあな、五リットルくらいだろ」

「ええ、そうよ」突然、クリステルが口を開いた。前を向いたまま、乾いた口調で続ける。「男なら五リットルから六リットル、女は四リットルから五リットルってとこ」

「なら、おれの血は……もうあんまり残ってないな」

「そんなことはない!　ちゃんと止血できてるから心配するな。それにおまえはタフだろう?」

ラファエルはウィリアムの隣に座った。膝にウィリアムの頭を乗せ、髪をなでる。

「おれが何とかする。だから、がんばれ。フレッド、車を出してくれ」

二十時

しばらく走ったところで、ラファエルは後部座席から運転席のフレッドに言った。

「次の村で停まってくれ。医者を見つけたい」

「馬鹿言うな!」フレッドが怒鳴った。

「ウィルを医者に診せないとまずい」

「そんなことしてる場合かよ!」

ラファエルは運転席のほうに身をかがめると、ドスをきかせて繰り返した。

「次の村で停まれ。いいな?」

突然、フレッドが道端に車を停め、外に出た。あたりは鬱蒼《うっそう》とした森だった。窓の外に濃い闇が広がっている。

ラファエルも車の外に出ると、ボンネットの前でフレッドと向きあった。フレッドが言う。

「いいか、ラフ。おれたち、警察に追われてるんだ。医者なんか探してる場合じゃない」

「このおれが弟を見殺しにできると思うか?」

フレッドは何も言わずに枯れ枝を蹴った。

ラファエルはたたみかけた。

「なら聞くが、おまえはどうしたいんだ?」

「決まってるだろ。隠れ家に行くんだ。警察が失せたところで、とっととあの隠れ家に戻りゃよかったんだ! 計画じゃ、そうなってただろ」

「そんなことをすりゃ、こっちから捕まえてくださいって言ってるようなもんだ! いいか。警察はあの隠れ家でおれたちを待ち伏せしてるんだ。やつらはおれたちが宝石店を出てきたところを捕まえにきた。あれは偶然なんかじゃねえ。おれたちは監視されてたんだ。居所が突きとめられてたってことだ」

「考えすぎだろ。監視されてたんなら、なんで強盗現場に三人ぽっちしか警官が来ねえんだよ。おれたちはあの隠れ家に戻るべきだ」

「いや、あそこはだめだ。危険すぎる」ラファエルははねつけた。「隠れ家は別のところを探す。だが、今はウィルを医者に診せるのが先だ。わかったら、運転席に戻れ。さっさと次の村まで運転しろ！」

フレッドは苛立ちもあらわに、無言でアウディに戻った。ラファエルも再び後部座席に乗りこむと、ウィリアムの頬をそっとなでた。ウィリアムは眠っているように見える。だが、たえず苦痛のうめき声を漏らしていた。

「もうじき手当てしてやるからな」ラファエルはささやいた。「だから、がんばれ。おれをひとりにしないでくれ」

二十時二十分

やがて一行はメルメザンという村に着き、小さな診療所の前を通りがかった。ラファエルはすぐさま車のライトを消すよう命令し、車を歩道脇に停車させた。

　診療所は閉まっていた。そこで、ラファエルは車を降りて看板の前に立つと、持っていた煙草のパッケージに電話番号を書きつけた。そこにクリステルが来て、看板の文字を読んだ。

「S・テュイリエ。〈獣医〉って書いてあるけど。いいわけ？」

「獣医だって医者だろう。眠らせて、手術して、縫合する。やることは同じだ」

「まあ、別にいいんじゃない。あたしの弟じゃなくて、ラフの弟だし」

　ラファエルは小さな通りを渡り、電話ボックスに向かった。

　いまだに電話ボックスなんてものがあるのも、こんな片田舎のおかげだろう。ラファエルは獣医の電話番号を押した。自宅に転送されるか、留守電のメッセージが緊急用の電話番号を教えてくれるといいんだが……。あたりを伺うと、近くの家で二階のカーテンがわずかに開いている。誰かが見ているようだ。

　呼びだし音が四回したあと、「はい」と女の声が電話に出た。どうやら自宅に転送されたらしい。

「こんばんは。獣医のテュイリエ先生をお願いしたいのですが」ラファエルは言った。

「わたしです」

　女の獣医か。ラファエルは話を続けた。

「あの、私はファビエと申します。時間外にすみませんが、今、先生の診療所の前にいるんです。実は、県道で犬をひいて怪我をさせてしまいまして。どうしたものかと……」

電話の向こうで、獣医がため息をつくのが聞こえた。

「重症ですか？」

「わかりません。でも立てないし、歩けないようで……」

「じゃあ、重症ですね」獣医は言った。「種類は？」

「たぶん、ラブラドール・レトリバーじゃないかと」

「首輪はしていますか？」

「いいえ。あの、犬を診てもらえますか？」

「ええ、これから行きます。十分くらいで着きますから」

「ありがとうございます。お待ちしています」

獣医が電話を切った。ラファエルはふっと笑い、アウディに戻った。フレッドがイライラした顔で車の窓を下げる。ラファエルは言った。

「来てくれるってよ。女だった」

「女？」

「ああ、女だ」

「それより、ラフ、気づいてたか。あの家、さっきから窓にじいさんがへばりついて、ずっとこっちを見てるぞ」

「ああ、わかってる」煙草に火をつけながら、ラファエルは答えた。

「すぐにここをずらからないと、やばいだろ」

「ビクビクするな。おまえとクリステルは路地に隠れてろ。獣医が来たら、おれがうまくやる」


電話を切ると、サンドラは日産の四輪駆動車に乗りこんだ。

気の重い夜になりそうだが、仕方ない。

獣医は仕事、自分の仕事なのだ。

電話の男性の話からすると、たぶん犬は安楽死させなければならないだろう。ただ、できれば今夜はやりたくなかった。

あの人が留守で、心もとないこんな夜には。

それに、さっきまで畜産農家を四軒も回っていて、たった今、くたくたになって帰ってきたばかりなのだ。でも仕方ない。早く着けば、それだけ早く終わらせることができる。

四駆を発進させ、数十メートルほどある小道を抜けて舗装道路へ出ると、サンドラは車のスピードを上げた。少なくとも、電話の男性は悪い人間ではなさそうだった。死にかけている犬を道端に置き去りにしなかったのだから。知らんぷりする人間も多いというのに。声だって感じがよかった。よく響く低いセクシーな声で……。

いつしか霧が出ていた。ヘッドライトで照らしても、ぼんやりとしか前が見えない。きっと夜明け前にはあたり一面、濃い霧に包まれていることだろう。

それから八分後、サンドラはメルメザン村に入った。静かで人の気配はなく、まるで墓地のようだ。

そう、だから、あの人はここに暮らすことにしたのだ。

静かで人里離れていて、誰にも邪魔されないこの場所に……。

診療所の前に着くと、濃い色のスーツとシャツを身につけた、背の高い男が立っていた。電話をしてきた男性に違いない。サンドラは車から出て声をかけた。

「こんばんは。獣医のサンドラ・テュイリエです」

「ありがとうございます、すぐに来てくれて」

手を差しだすと、男はしっかりとした握手をした。

そのとき、サンドラは相手のシャツに血がついていることに気がついた。このぶんだと、ラブラドールはかなりひどい状態だろう。

「それで、犬はどこですか？」

「車の後部座席です。そこのアウディですよ」

「診療所に運ばないと」

「そうしましょう」

男が黒いアウディのドアを開けた。

なかを見て、サンドラはぎょっとした。目の前には犬ではなく、若い男が横たわっていたからだ。足に大怪我をしている。あちこちに血痕が飛んでいた。はっとして、サンドラはあとずさった。だがそのとき、脇腹に何か硬いものが食いこんだ。

「動くな。騒いだら撃つ」自分を呼んだ男だった。

サンドラは立ちすくみ、目を閉じた。

「このとおり、弟が重傷だ。あんたの助けがいる」

「でも、わたしは医者じゃなくて……」

「獣医だろう。構わねえよ。あんたが弟を治療できるのは、わかってる。できないとは言わせない」

「話を聞いて。はっきり見てはいないけど、弟さんの怪我はかなり悪い状態よ。うちの診療所には、こんな大怪我を治療できる設備はない。ちゃんとした病院へ連れていかないと」

「それができたら、あんたを呼んでねえんだよ。あんた、死にたくないだろ。だったら、おとなしく治療することだ」

「お願い、冷静になって」

「おれはいたって冷静だ。弟を治療してもらいたい。それじゃ、一緒に診療所に入って、必要なものを取ってくるとするか。そのあとはここを離れて、あんたの自宅に向かう」

「わたしの自宅に？」

「ああ。ここから遠くないようだしな。家族はどうなってる？」

「夫が……いえ、夫とあと……息子が三人よ」

「嘘が下手だな」男が小さく笑った。

銃をぐっと押しつけられ、サンドラは思わず本当のことを叫んだ。

「今夜はわたしひとりよ。夫は留守なの」

「初めからそう言ってくれ。じゃあ、先生、診療所に入ろうか。くれぐれも馬鹿な真似はするな。おとなしくしていれば危害は加えない。約束する」

2

獣医の女の運転する四輪駆動車が、舗装されていない土の小道に入った。うしろからフレッドの運転するアウディもぴたりとついてくる。

「もうじき家よ」獣医の女が低い声で言った。

ラファエルは助手席から周囲を見た。だが濃い霧が立ちこめ、ほとんど何も見えない。

「玄関前に停めろ。エンジンを切ったらキーをよこせ」

女はおとなしく従った。アウディもすぐうしろに停車した。

「降りろ」

そう命令すると、女は足を震わせながら車から出た。ラファエルはすぐさまその腕をつかみ、玄関の前に立った。

「ドアを開けろ」

「鍵はかかってないわ……」

ラファエルはまず女だけを連れて家に入った。明かりをつけると、入ってすぐに広々とした居間があった。

「誰もいないな？」

目を見据えて確かめると、女がうなずいた。抵抗するそぶりはない。だが、ラファエルはその腕をつかんだままでいた。

野良犬の習性だ。

「上等だ。仲間を呼びにいく」

外のアウディまで戻ると、ラファエルはクリステルに拳銃を渡し、獣医の女を預けた。クリステルが女に銃を向ける。

「絶対に放すなよ。いいな」

そう念を押してから、ラファエルはフレッドとふたりでウィリアムを車から出し、家のなかへと運んでいった。

ウィリアムは気を失いかけていた。そのせいで支える手にずっしりと重みがかかる。

「がんばれよ、ウィル。もうすぐだ」

居間に入ると、ラファエルはウィリアムをどこに寝かせればいいのか、女に目で問いかけた。

「そこに寝かせて」

女が指したのは、大きなダイニングテーブルだった。田舎によくある木製の長テーブルで、両側にベンチタイプの長椅子が置いてある。

ラファエルはフレッドとふたりでウィリアムを長テーブルの上にそっと寝かせた。女がソファの上の膝かけを取り、丸めて枕がわりに首の下に差しこむ。それを見ながら、ラファエルは尋ねた。

「車を隠せる場所はあるか?」

「家のすぐ裏手にガレージがあるわ」

「なら、鍵をくれ」

「いいえ、開けっぱなしなの……」

ラファエルは心でほくそ笑んだ。こんな田舎じゃ、来るのはせいぜいキツネかアナグマ、誰も泥棒の心配などしちゃいないってわけか。

こりゃ、最高の隠れ家じゃないか。

ツキが戻ってきたんじゃないか?

「フレッド、荷物をなかに運んだら、車をガレージに隠してこい!」

「わかった、ラファエル」

フレッドはすぐに出ていった。


ラファエルと呼ばれるリーダーらしき男が仲間に指示を出すのを聞きながら、サンドラは重傷の若者の様子を見た。若者の顔は真っ青で引きつっている。難しい仕事になりそうだった。長時間処置されていなかったので、出血がひどい。

「気分はどう?」サンドラはそっと声をかけた。

「苦しい。動けない……あと喉が渇いてる……」

「そうよね。でも、今は飲みものはあげられないの。麻酔をかけないといけないから」

サンドラは横で不安そうに見ている男に尋ねた。

「ここ数時間で、食べたり飲んだりしたものは?」

「昼に飯を食った。ほかは水を飲んだだけだ」

「往診かばんが車に置いたままだわ。取りにいかせて」

「クリステルに行かせる」

「わかった。ところで、患者の名前は?」

「ウィリアムだ。ウィルって呼んでる」

サンドラは再び若者を――ウィリアムを見て声をかけた。

「ウィリアム、大丈夫よ」

安心させてやらないと。そう思ったのは、自分自身も死ぬほどおびえているせいだろう。

ウィリアムはまだ三十歳手前に見えた。こんなに若いのに死にそうだなんて……。

「あなたは……医者?」

ウィリアムに聞かれ、サンドラは小さく笑った。

「ええ。いつもはちょっと違うタイプを治療しているけど。でも心配いらないわ」

「おれ、死ぬんですか？」

サンドラが答えるより先に、隣にいたリーダーの男が言った。

「死ぬわけないだろ！　死ぬなんて言うな！　この先生がちゃんと治すからな」

サンドラは渡された往診かばんから、手術用の器具と手袋を取りだした。

ウィリアムが器具のほうを見る。リーダーの男はずっとウィリアムの手を握っていた。

銃はもうベルトにしまわれている。抵抗するそぶりを見せなかったおかげだろう。

ソファには、クリステルとかいう女がぐったりと座っていた。よほど疲れているらしい。だが構わずに、サンドラは女に言った。

「ちょっとあっちの台所に行って、鍋に湯を沸かしてきて」

女がじろりとにらんだ。瞳の色が左右で違っている。

「あたし、家政婦じゃないんだけど」

「つべこべ言うな！」リーダーの男が怒鳴った。「さっさと言うとおりにしろ！」

女がわざとらしくため息をついて、立ち上がった。

「くそったれ！」不満たらたらで台所のほうにいく。

サンドラはサイドボードからハサミを出すと、ウィリアムのズボンを切った。怪我の具合を確認する。銃弾が一発、太もものなかに残っていた。ちょうど膝の上あたりだ。

「服を脱がせるのを手伝って」

リーダーの男とふたりでジャケットを脱がせ、次にシャツを切る。ほとんど裸にされて、ウィリアムが震えだした。

「ヒーターの温度を上げて。患者が冷えないように」

肩の怪我は太ももよりはましだった。弾は貫通して残っていない。

そうは言っても、身がすくんだ。こんな仕事、放りだしてしまいたい。だがすぐうしろでは、リーダーの男が監視している。動きのひとつひとつを見張っている。肩越しに威圧されている気がした。集中力が切れそうだった。

こんなことなら、あのとき電話に出なければよかった。

サンドラは冷静になろうとした。医者の仕事に集中しよう。手の震えを止めなければ……。けれど難しかった。人間、それも重症を負った人間を家のテーブルで手術しなければならないのだ。しかも、銃で脅されながら。

自分の命が危険にさらされているときに、他人の命を救うなんて。

サンドラは気を失いそうになり、思わずテーブルにしがみついた。そして、はっとした。

わたしはこいつらの顔も名前も知っている。ということは、手術を終えたら殺されるんじゃ……。

ショックで息が苦しくなった。

そのとき、うしろにいたリーダーの男が耳元まで顔を近づけ、低くドスをきかせた。

「おびえてる場合じゃねえだろ、先生。死にたくなかったら、とっととやれ」

二十三時

ラファエルはフレッドの手を借りて、ウィリアムをテーブルからソファへ運び、毛布をかけた。ウィリアムはまだ麻酔から覚めていない。

獣医の女――サンドラは疲れ果てて椅子に座りこんでいた。ウィリアムの太ももから弾を取りだし、傷口を縫ったところだった。手術は無事終わったのだ。

「よくやった」ラファエルはねぎらった。

だがサンドラは何も答えず、こちらに目を向けようとさえしない。

クリステルが荷物を二階に運んだあと、着替えて戻ってきた。強盗のときのシックなスーツ姿から一転、ダメージジーンズに長袖のTシャツ姿に変わっている。

「寝室は二階にふたつと下にひとつみたい。あたしは二階の部屋で寝るから」

そこに、フレッドが不機嫌な声で言った。

「腹が減った。クリステル、おまえ、何か食うものでも作れよ」

「は？　何言ってんの。腹が減ってるなら、自分で作ってよね」

「おい、喧嘩するな」ラファエルは命令した。「おまえらは上で休め。おれはウィルのそばにいる」

「で、この女はどうするんだ？」フレッドがサンドラを見ながら尋ねる。

ラファエルは、顔を上げたサンドラと目が合った。

「ベッドに縛りつけておく。悪いな、先生。ほかにどうしようもないんでね」

「その必要はないわ。わたしは寝ないから。患者が目を覚ましたとき、そばにいてあげないといけない」

「そうか、わかった」

フレッドが冷蔵庫からめぼしい食べ物を持ちだし、二階へと消えた。クリステルのほうは数分ほど戸口で煙草を吸い、それから二階へ向かっていった。

「それじゃ、おやすみ」

軽い足取りで階段を上っていく。ラファエルは「ああ」と答えながら、ソファの肘掛けに腰かけた。そして、眠っているウィリアムをじっと見つめた。

リーダーの男――ラファエルが弟をいとおしげに見つめるその様子に、サンドラは不安な気持ちが少しずつ落ち着くのを感じた。そのままなにげなく立ち上がり、台所に行きかける。だが突然、うしろから腕をつかまれ、乱暴に引き戻された。

「どこに行く?」

「水を飲みたいの。いいでしょう?」

腕がきつく締めあげられた。

「おれの許可なく勝手に動くな。いいな?」

サンドラはゆっくりとうなずいた。腕の締めつけがゆるむ。

「わかればいい。一緒に行く」

流しの前まで行くと、サンドラは蛇口を回した。足から力が抜けそうだった。ラファエルが張りつくようにうしろに立っているのが感じられる。この男は眠るとき以外、こうしてずっと監視しつづけるつもりなのだろうか。とはいえ、今はまだ殺されないはずだ。まだこの自分が必要なはずだから。

「旦那はいつ帰る?」

ふいに聞かれ、サンドラはびくっとして持っていたグラスを取り落とした。グラスが流しのなかで砕け散る。ラファエルがニヤリとした。

「おい、いつ帰るんだ?」

「それが……わからないの」

「どこにいる?」

「出張中なの……仕事で。電話で連絡するって言っていたわ」

居間に戻ると、サンドラはソファのそばに椅子を持っていき、ウィリアムの容態を見た。脈をはかり、額に手を置く。相変わらず、ラファエルがやることをじっと監視している。

「助かるかどうかはわからない」サンドラは小さくつぶやいた。

ラファエルが目を細め、唇を固く結んだ。

「いや、助かってもらわないとな。あんたのためにも」

そう言うや、ラファエルは真うしろに来て身をかがめた。両肩がつかまれ、圧迫されそうになる。

「あんたのためにも、助かってもらわないと」ラファエルが耳元で繰り返した。

「できることはしたわ!」サンドラは抗った。「ちゃんとした設備もないのに……」

涙声になる。身体が震えた。だが、つかまれた両肩には容赦なく力が加わった。

「そんなことは関係ねえ。ウィルが死んだら、おれはこの手であんたを始末する。もしウィルが死んだら、あんたを殺す」

十一月五日

水曜日

Mercredi 5 novembre

3

四時四十分

ウィリアムはときどき目を開けた。だが意識ははっきりしないようで、脈絡のない言葉を苦しげに漏らしている。そんなウィリアムを安心させようと、ラファエルは手を握った。母親のことを思い出しながら……。

おかしなことだが、強盗を働くといつも母親のことが頭に浮かんできた。まるで悪さをしたあとの子どものように。といっても、子ども時代なんてはるか昔のことだ。母親が他界してからもずいぶんと時間がたっている。

それでも今、しんとしたこの見知らぬ家のなかで、ラファエルは母親に誓った。

お袋、ウィルは死なせない。約束する。おれは約束を絶対に破らない。知ってるよな。

ウィリアムは三人兄弟の末っ子だった。

ラファエルは一番上で、真ん中の弟はアントニーといった。アントニーは七月のある晩、マルセイユの路上で撃たれて死んだ。心臓に二発、頭に一発。裏稼業の掟《おきて》を破った報いだった。

アントニーは死んだ。そのうえ、ウィリアムまで失うわけにはいかない。

ラファエルはしょぼつく目をウィリアムから離し、サンドラを見た。サンドラは一時間ほど前から椅子に座ったまま眠っている。

〈もしウィルが死んだら、あんたを殺す〉

あの言葉が槍《やり》のように身体に突き刺さり、恐怖で眠れないだろうと思っていた。だが、意外なことに熟睡している。こっちはまったく寝ていないというのに……。

それから数分ほど、ラファエルはサンドラの顔を観察した。なかなかの美人だが、愛らしさはかけらもない。細い鼻に意志の強そうな口元。長い髪は淡い金色で、絹のようにつややかだ。だが、そんな天使のような金髪も厳しい顔つきをやわらげはしなかった。ふっくらとした唇は決して笑みを浮かべず、むしろ噛みついてきそうだ。

サンドラはなんとも言えない不可解な雰囲気を醸しだしていた。たとえて言えば、やけにビートがきいているくせに急に止まってしまうきれぎれの音楽のような、ちぐはぐな魅力があった。

そのとき、ウィリアムが再びうめき声を上げ、ラファエルは握る手に力を込めた。

今、自分たちがにっちもさっちもいかない状態にいるのはよくわかっていた。このままだと、刑務所の監視塔や独房での絶望的な日々がまたひたひたと迫ってくる。

それでも……いや、だからこそ、ウィリアムを救わなくてはならなかった。死からだけでなく、刑務所からも。おそらく刑務所に入るのは死ぬよりひどい罰になるからだ。

ウィリアムは面会に来たとき以外、刑務所に入ったことがない。

かたや、自分は四十三歳ですでに十四年間を刑務所で過ごしていた。もしまた入れば、もう二度と出られないだろう。仲間の手助けで脱獄するか、死なない限りは……。

だが、ウィルをそんな目に遭わせるわけにはいかなかった。あの地獄から守ってやらねばならない。

「兄貴……」麻酔で朦朧《もうろう》としたウィルがささやくように呼んだ。

「ここにいるぞ」ラファエルはウィリアムの手を強く握った。「ここにいる」

容態が悪化しているようだった。熱があるのか、苦しそうに身体を震わせている。

ラファエルはサンドラを揺すった。目が開き、叫び声が上がる。サンドラは椅子に座りなおすと、おびえた目でこちらを見た。大きな翡翠色の瞳だ。

「おとなしくしろ。ウィルの具合が悪い」

その言葉に、サンドラはウィリアムのそばにひざまずいて脈を取り、額に手を当てた。

「あれから目は開けた？」

「いや、はっきりとは。どんな具合だ？」

「よくないと思う」

「痛みをやわらげる薬が何かあるだろう？」

「探してみるわ」

サンドラが歩くうしろを、ラファエルはぴたりとついていった。サンドラは小さな洗面所に行くと、薬棚から箱を取りだし、すぐにウィリアムのそばに戻った。

「これを水に溶かして、飲ませてあげて」

薬の小袋が差しだされる。ラファエルはにらみをきかせた。

「あいにくこっちはそんな手に乗るほど、馬鹿じゃない。あんたがやれ。おれはあんたを見張ってる。もしおれを遠ざけてその隙に逃げるつもりなら、あきらめろ」

視線がぶつかった。

「どっちにしろ、玄関のドアは内側から鍵で閉めてある。その鍵はおれのズボンのポケットだ。車のキーも取り上げたから、あんたは逃げられない」

「なら、何が怖くてわたしを見張っているの？」サンドラが言い返した。

なかなか気概のある女だ。ラファエルは薄く笑った。

「窓から逃げるってこともあるだろう。つべこべ言ってないで、とっとと薬を飲ませろ。いつまでも優しくしてもらえると思ったら大間違いだ。おれをムカつかせたら、ただじゃすまないからな」

「銃のおかげで、偉そうにしてるだけのくせに」

「あんたなんか銃がなくてもひとひねりだ」

ラファエルはニヤリとした。サンドラが悔しそうにこちらを見る。ラファエルはその目をにらみ返した。


にらまれながらも、サンドラは目をそらさずにいた。ガラス製の小さなランプの光で、相手の姿をじっと見る。シャツはいまだ血にまみれていた。腰には拳銃を下げている。頬についた傷跡、獰猛そうな目つき……。

やはり恐ろしかった。

サンドラは目を伏せ、おとなしく台所に行った。コップに水と薬を入れ、ぐるぐるとかき混ぜる。

いったい、どうすればこの窮地を切り抜けられるのだろうか。どうすれば待ち受ける死から逃れられるのだろう。

確かに、仲間の具合がよくなったら、あいつらはいなくなるだろう。ただし、証拠は消して。邪魔者は消されてしまうはずだ。

それが今日になるのか、それとも明日か……。

「おい、いつまで混ぜてるつもりだ？」ラファエルが言った。

サンドラは手を止め、すぐそばの包丁立てにさっと目をやった。包丁が六本、手が届くところに並んでいる。流しの下のドアを開け、空になった薬の袋をゴミ箱に捨てながら、サンドラはすばやく考えを巡らせた。

勇気を出すのよ。わたしならできる……。

片手でそっと木製の包丁立てに触れてみる。

そう、一番大きな包丁の柄《え》をつかめばいい。そうして振り向きざま、腹に突き刺す。不意をつけば腰の銃を抜く暇はないはずだ。

サンドラは身をかがめ、蛇口からじかに水を飲むふりをして、ラファエルのほうをちらりと見た。ラファエルは腕組みをして壁にもたれている。距離は二メートル。

口をぬぐい、布巾で手をふいた。

やるなら今しかない。

仲間のふたりが起きだしたら、手遅れになる。そうなれば、生き延びるチャンスはない。

サンドラは布巾を包丁立ての横に置き、包丁の前に立った。

今だ！

ぱっと包丁をつかみ、襲いかかる。

ラファエルが刃をよけようと、手を前に出した。サンドラは戦士のように叫びながら、包丁を振り上げた。

ラファエルは銃を抜けないまま、右腕で腹をかばっている。サンドラはその腕に包丁を突き立てた。ラファエルが痛みで叫び声を上げる。うまくいった！　だが次の瞬間、手首をつかまれ、ひねられた。包丁が手から落ちていく。

サンドラは自由なほうの手で、ラファエルの顔をめちゃくちゃに殴った。

必死に爪を立て、わめきつづけた。こうなったら、とことん抵抗するしかない。

だが、すぐに両腕をつかまれ、動きを封じられた。手荒く押され、テーブルに身体がぶつかる。やがてサンドラは床に倒れた。

それでも、サンドラは恐怖に押されてすぐさま立ち上がり、逃げだそうとした。

今度は髪をつかまれ、うしろに引きずられる。

殺される！

サンドラは力の限り叫んだ。

いつしかラファエルが銃を抜き、喉に押しつけていた。その薄いブルーの瞳が怒りに燃えている。

撃たれる。もう終わりだ。

壁に身体を押しつけられ、銃口がさらに強く食いこんだ。喉が砕けそうだった。

「少しでも動いたら殺す」ラファエルが低い声で言った。

サンドラは動きを止めた。ひたすらじっとし、息を殺した。どっちにしろ、喉に銃が押しつけられているせいで、うまく息ができなかった。

「やってくれるじゃねえか」

ラファエルが顔を近づけ、耳元でささやいた。言葉が耳に打ちこまれ、脳を直撃する。身体がぶるぶると震えた。抑えられなかった。

「腕を切りやがって、くそっ！　この落し前はきっちりつけてもらうからな」

ラファエルは少しうしろに下がり、目を見据えたまま銃口をゆっくりと下ろした。喉から胸、腹へと銃口が下りていく。銃の代わりに片手で喉を押さえられ、身動きできないままだった。銃口がまた上に移動し、心臓のあたりに押しつけられる。

胸が苦しくて、叫べない。それでも目で命乞いをするなど嫌だった。

「あんた、おれがどういう人間か、わかってねえな」ラファエルが低く言った。「これからたんまり教えてやるよ」

4

夜がぐずぐずと明けはじめる。

灰色の空。まだ獲物を狩るときではない。

獲物の少女を狩るのは日中と決めていた。うまくいけば、今日の午後には行動に移せるだろう。ただし、条件がそろえばの話だ。男は少女の家の窓を見上げた。

無用な危険を冒すことはない。

どのみち、急ぐ必要はなかった。狩りの瞬間ほどうっとりするものはないのだから。そのときのために入念に準備し、もう百回ほどその場面を頭で繰り返している。

その瞬間を想像すると、男は喜びで足が震えた。震えは背中や肩、首にまで広がった。

今のところ、すべては想像のなかにしかない。

だが、渇望しているこのときこそ、実は獲物の少女を手に入れたとき以上に味わい深いのかもしれない。なぜなら、自分がこれから与えてやる試練が獲物の少女をかつてないほど強くさせ、輝かせるだろうと想像できるからだ。想像というのは、実際の行動よりもずっと遠くに羽ばたいていける。

男は獲物の選定をすでに終えていた。先月、従順な群れのなかから選んであった。そして今日、ついに待ち伏せの日々は終わりそうだった。いよいよ行動するときが来たのだ。祝宴のテーブルにつくときが……。

獲物の少女は二階の窓の向こうにいる。細く開いた鎧戸《よろいど》の向こうに。

あの子はあそこで、この自分を待っている。

男は窓を見つめた。おれが誰なのか、あの子はまだ知らない。だが、あの子はおれを待っている。間違いない。

美しい少女。とても美しい少女だった。

小柄ですらりとした身体。金髪で天使のような顔だち。ふっくらとしたバラ色の唇。あの子はその唇を噛むくせがある。少し上向きの小さな鼻。なめらかな白い肌。よく笑う大きくて明るい瞳。

あの子にはわかっているはずだ。その美しさに男たちが引き寄せられていることを。あの子はそれを喜んでいる。破廉恥にも、男たちを惑わせ、無慈悲に楽しんでいる。

邪悪な天使。誰もその魅力に抗《あらが》えない。だが、おれは違う。もてあそばれたりしない。

男は窓を見つめた。

あの子は美しい。そして処女だ。

だが、処女でなくなる日は近い。

5

五時三十分

夜がじわじわと明けはじめる。

家は警察の部隊に囲まれていた。

死んだような静けさのなか、襲撃が準備されている。緻密なフォーメーションを組むチーム。覆面をつけ、完全武装した警官。

やつらは激闘に備えている。それだけじゃない。どんな状況にも備えている。

必要ならば、殺しもいとわない。

合図が出た。ドアが蹴破られ、やつらが家へとなだれこむ。威嚇の叫びが響きわたる――。

ラファエルははっとして飛び起きた。コルト・ダブルイーグルに手を伸ばし、息を殺す。耳をそば立てた。

怪しい物音はしていなかった。足音も声も聞こえない。ウィリアムの苦しげなうめき声が聞こえるだけだった。

　くそっ、またあの夢か。ラファエルは再び目を閉じた。そしてまどろみながら、悪夢の続きを見た――。


　武装警官の一団は家に押し入ると、こちらに向けて一斉に自動小銃を突きつけた。まるで「おまえはひとりで一部隊を叩きのめせる危険分子だ」とでもいうように。確かに、それもあながち嘘じゃない。

　だが、今は銃の威嚇などいらなかった。ラファエルは自分の負けを認めていたからだ。負けた以上は降伏するしかない。それか死ぬかだ。

　なぜならこれはゲームだからだ。ルールはちゃんと守らねばならない。

　だから、ラファエルは手を頭のうしろで組み、膝をついた。

　おかしなゲームだが、生きることを選んだのだから仕方ない。これもリスクのうちだ。

　ラファエルはリスクを愛した。そして、それと同じくらい金と自由を愛した。

　しかし、その自由はたった今失われた。しばらくは取り戻せないだろう。

　黒ずくめの部隊に床に押しつけられ、手錠をかけられた。首に銃口が食いこんだ。少しでも動けば、容赦なく撃たれるだろう。

　立たされ、リーダーの前に連れていかれる。警官たちの目には、いくつもの感情が揺れていた。敬意、怒り、それから多少の苛立ち。

「ちくしょう、手こずらせてくれたな」リーダーが言う。

ラファエルはふっと笑った。

「完敗だよ。おれの負け、あんたの勝ちさ。だが言っておくが、おれはちっぽけな戦いに負けただけだ。戦争に負けたわけじゃない」

実際、部隊のリーダーはさほど喜んでいなかった。これはささやかな勝利でしかないとわかっているからだ。ラファエルは小物の悪党ではない。いわば、ひとかどの人物だった。どんな相手だろうと——敵でさえも——ひと目で畏怖の念を抱き、尊敬を覚えずにはいられない男だ。

ゲームのルールを理解し、決してルールを破らない男。

そのゲームのなかで、ラファエルは金とリスクと自由と名誉を求めた。それから、暴力も。

その後、ラファエルはなじみの場所へと連行された。

受難の始まりだ。

警察での何時間にもわたる尋問。そんなものは時間の無駄としか言いようがなかった。なにしろ、こっちは降伏してさっさと罪を認めているのだ。ただし、どれだけいたぶられようと共犯者の名は決して漏らさない。

それから、予審判事の取り調べに移り、留置場での夜が続いた。

やがて拘置所に移され、孤独な日々を送った。

受難は続いた。

だが、これはゲームだ。

ただのおかしなゲームだ。

裁判は今回で三度目だった。

刑はいっそう重くなった。

刑法では、銀行強盗は強姦よりも罪が重い。拳銃を使って金のある場所から金を頂戴する。ただそれだけのことが司法の目には許しがたい罪に映るらしい。間抜けなやつらだ。

裁判の次は、刑務所に放りこまれた。

銀行強盗犯は情けなどかけてもらえない。上等だ。そんなものは望んじゃいない。

結局、これはゲームなのだ。

ときには馬鹿なゲームになる。いや、しょっちゅうか。

刑務所でも人と交わることのない日々は続いた。独房。果てのない絶望と孤独。だが、それに持ちこたえなければならない。おかしくならないためには、自分の足で立ちつづけなければならない。自分は誰で、なぜここにいるのかを心で何度も繰り返す。そして、この先何をするかを問いつづける。

おかしくなりたくなければ、自分の足で立っているしかない。

やがてある日、自由はふいにやってきた。何年も過ぎたあとで……。決して屈しなかったからこそ、再び挑むことができる自由。

受難は終わった。だが、今度の自由はいつまで続くのか。

自由を得て、ゲームは再開された。そう、これもまたゲームだ……。

コルト・ダブルイーグルの銃床に触れたまま、ラファエルは風の音を聞いた。頭にかかる霧を払うように、外では風が吹いていた。あるいは、別の場面を頭に吹きこむためか。

ラファエルはゆっくりと眠りに落ち、また夢を見た——。

ショーケースを壊し、宝石を次々とバッグに投げこむ。すべてが迅速に進んでいた。

急上昇したアドレナリンが落ち着いていく。

あとは時間との戦いだ。

急げ、急がなければ。

店では男がふたりと女がひとり、おびえて床に伏せている。

ラファエルは再びハンマーでショーケースを割り、宝石を奪った。

急がなければ。

外を一瞥する。特に目を引くことはない。フレッドが、アイドリングした車のそばで待機している。

すべてを計画どおりにしなければ。ゲームに負けたくなければ、それが鉄則だ。

何もかも失いたくなければ……。

ショーケースはあとひとつ。ラファエルは最後の一撃を加えた。お宝はこれで全部だ。なかなか華麗なやり口じゃないか。

最後にもう一度、店内を見る。まさに金持ち御用達の豪華な神殿だった。豪奢で洗練された場所。金が物を言う下品な神殿。おれたちはここを冒瀆してやったのだ。何とも言えない喜びがわいてくる。

そろそろ、ずらかるときだった。何食わぬ顔でドアを押し、車まで歩くだけでいい。距離はわずか数メートル。だが、何より危険な瞬間だ。

ラファエルはガラスのドアを押そうとした。ちょうどそのとき、白い車が減速し、宝飾店の目の前で停まった。警察だ。警官が三人乗っている。

厄介の種……。恐れていたことが起きた。

ウィリアムにも事態が飲みこめたようだった。

もはや華麗なやり口なんて言っていられない。何とかしなければ。

ラファエルは車から三人の警官が降りたつのを見た。そのうちのひとりと目が合う。決定的な瞬間だった。

初めての修羅場を前に、ウィリアムは動けないでいる。警官たちも動きを止めた。

くそっ、こんなことなら、ウィルを連れてこなけりゃよかった！

警官のひとりが車へとあとずさった。奇妙なことに、あらゆることがスローモーションで見えていた。実際にはあっというまの出来事だったはずだ。

最初にウィリアムがパニックになり、銃を警官に向けた。終わりの始まりだ。

だが、撃ったのはウィルじゃなかった。ウィルには撃つ暇さえなかった。口火を切ったのは、フレッドだ。

警官がひとり地面に倒れ、そこから歯止めがきかなくなった。

フレッドは車の陰に身を潜め、警官ふたりも車のうしろに隠れた。

銃撃戦が始まり、通行人の女が声もなく倒れた。

こんなのはゲームじゃない！　こんなのはルールになかったはずだ！

あたりは叫びに満ちていた。そのとき二発の銃弾が飛んできて、ウィリアムが倒れた。

死んだのか？　死ぬな、ウィル！　胸が張り裂け、息が詰まった――。

「ウィル！」

ラファエルは自分の叫び声で目を覚ました。

じっとりと汗をかいていた。手は寝床代わりの椅子の肘掛けを握りしめている。急いでウィリアムを見ると、しっかりと呼吸をしていた。よかった、生きている。上がっていた血圧が下がった気がした。

しかし、しばらくは毎晩この悪夢と戦わないといけないのだろう。

ラファエルはもう寝るのをあきらめることにした。かれこれ三十六時間近く、満足に眠っていないが構わない。

三十六か。それは嫌な数字だった。三十六といえばパリ警視庁の通称だからだ【訳注】。強盗鎮圧班のある場所。刑務所への待合室……。

夢だろうとなんだろうと、二度と刑務所には戻りたくなかった。

だから、もう眠らない。

これもまたゲームだ。

だが、ラファエルは急にゲームに嫌気がさしていた。


【訳注】所在地がオルフェーヴル河岸三十六番地であることからそう呼ばれる。

六時三十分

ウィリアムのまぶたが動き、ほどなくして目が開いた。つかのま視線をさまよわせ、それから枕元にいるラファエルを見た。

ラファエルはウィリアムに笑いかけた。あれから革の肘掛椅子に座ったまま、手を握りつづけていた。

「ウィル、気分はどうだ?」

ウィリアムは何か言おうとした。だがうまく声が出せないらしく、ひとこと答えた。

「痛い」

「すぐによくなるさ」

「ここは?」

「昨日の晩、おまえを治療した医者の家だ。覚えてるか?」

ウィリアムは頭を横に振った。

「喉は渇いてないか? 水が欲しいんじゃないか?」

今度は小さくうなずいた。

「すぐに戻ってくる。動くなよ」

ラファエルは伸びをすると、台所に行った。ついでに床にへたっているサンドラに目をやった。

あれから手首と足首をきつく縛り、口にはさるぐつわをしておいた。床に転がしておいたが、自力でテーブルまで這っていったらしい。今はテーブルの脚にもたれて座っている。首にはアザができていた。締めあげてやった場所だ。このぶんだと、銃を押し当てた胸もアザになっているだろう。

通りがかりに視線がぶつかったが、サンドラはすぐに目を伏せた。

どちらが強者かを、ようやく理解したらしい。

ゲームのルールというものがよくわかったに違いない。

ラファエルは左手で棚のコップをとり、水をくんだ。右手はほぼ麻痺していた。サンドラの手当ては完璧だったが、切られた右腕はやはりひどく痛んだ。いや、あの状態で完璧な手当てなどできやしないか。なにせこめかみに銃を向け、膝をつかせた状態で治療させたのだ。

だが、過ちを犯した以上は償ってもらうのが筋というものだ。そんなのは基本中の基本だ。

ラファエルはコップの水に砂糖を入れてかき混ぜ、ウィリアムに持っていった。ウィリアムは座るのもまだ難しい状態だった。この様子だと、今日はまだここを発てないだろう。衰弱が激しすぎる。それに、もう少し警察の動きが収まるのを待つほうがよさそうだ。おそらくまだ臨戦態勢だろうから、非常線があちこちに張られているのは間違いない。いずれにせよ、乗ってきたアウディはもう使えない。どこかに隠し、別の車を拝借せざるを得ないだろう。しかし、住民の数より牛の数のほうが圧倒的に多そうなこんな片田舎で、スポーツカーばりに速く走れる車など見つかるだろうか。

とはいえ、ここにいれば人目につかないのは確かだ。少々休むことはできるだろう。

ウィリアムは水を飲むと目を閉じて、再び苦しげな眠りに落ちていった。

ふと見ると、台所のサンドラがうめきながらもがいている。ラファエルはそばに行ってしゃがみ、さるぐつわを乱暴にはずした。

「何をやってる?」

だが、サンドラはためらうだけで何も言わない。再びさるぐつわをはめようとすると、ようやく口を開いた。

「もう我慢できない」

「何が?」

「トイレに行きたいのよ! この人でなし!」

ラファエルはテーブルの上の包丁をつかんだ。さっき切られた血の跡がまだこびりついている。包丁を見て、サンドラの目が恐怖で見開いた。が、ラファエルは淡々と足首のひもを切ると、立ち上がらせ、腕をつかんでトイレに行かせた。

トイレに窓はなかった。これならひとりにしても大丈夫だろう。

「手も自由にしてくれない?」

ラファエルはため息をついた。

「うしろを向け」

手首を縛っていたひもを切ると、ラファエルは目を見据えて言った。

「もし鍵をかけたら、ドアを壊してあんたを叩きのめす。いいな？」

サンドラがうなずいた。ラファエルはドアを閉め、廊下で待った。だが数分たっても、一向に出てこない。ついに待ちきれなくなり声を上げた。

「おい、いつまでいるつもりだ？」

水の流れる音がして、ドアが静かに開いた。まさか掃除ブラシで飛びかかってくるつもりか。ラファエルは警戒した。だが、サンドラはおとなしいものだった。縛られ、さるぐつわをさせられるのは、もうごめんなのだろう。ラファエルは再び腕をつかみ、台所に引っ立てた。

「コーヒーをいれろ」

サンドラは何か言い返したそうな顔をしたが、黙っている。

「あと腹が減った。何か食うものを作れ」

そう続けると、言わずにいられなくなったらしい。

「たいしたものはないけど、それで我慢してもらわないと。お望みなら、村のパン屋まで行きましょうか。おいしいクロワッサンがあるから」

ラファエルは口元をゆるめた。まったく、懲りない女だ。

「ふん、村に行くだと。それより、あんたの寝室に行くってのはどうだ？」

サンドラが真っ青になった。ラファエルは満面の笑みを浮かべて言った。

「嫌か？　なら、つべこべ言わずに朝食を作れ」

サンドラはこちらをにらみつけ、したくを始めた。


ラファエルを精一杯にらんだあと、サンドラは朝食の用意にかかった。だが、どうしても動作がぎこちなくなる。動きをつぶさに見られているせいだろう。

「包丁に近づくな。逆らったら、一本ずつ呑みこませてやるからな」ラファエルが言っている。

サンドラはフィルターにコーヒーの粉を入れ、コーヒーメーカーのスイッチを押した。それから、冷蔵庫からバターとジャム、ハムを出して、テーブルに乗せた。

と、そのとき、ぎょっとして動けなくなった。気がつくと、ラファエルが真うしろにいたのだ。近い。近すぎる。ラファエルは片手を腰に回し、もう一方の手で首に触れてきた。

「放して！」

「旦那はどこにいる？」

「言ったでしょう、出張よ」

「あんたをひとりにさせるなんて、不用心な旦那だな。あんた、大事にされてるのか？」

サンドラはぎゅっと目をつぶった。腸がねじれそうだった。

「旦那の仕事は何だ？」

ラファエルがぴったり身体を寄せてくる。ベルトの銃が腰に当たった。調理台に身体を押しつけられて動けない。いずれにせよ押し返すのはまずいだろう。

「おい、答えろ」

サンドラは思案した。本当のことを言うべきか。それとも嘘をつくべきか。吉と出るか、凶と出るか。

「夫は……」

首に置かれた手に少し力が加わった。

「夫は何だ？」

「憲兵よ」

サンドラは静かに言った。

「何だって？」

「憲兵よ」

一瞬、ラファエルがぽかんとした。首を絞める手が強くなる。息が苦しくなった。

「ふざけるな！　そう言えば、おれたちが逃げだすとでも思ったのか？　おれが怖がるとでも？」

「怖がらせようなんて思ってない！　質問に答えただけよ。本当よ！」

ラファエルが身を離した。サンドラは相手に向き直った。

「こんな田舎に憲兵隊はないはずだ」

「ええ。だから、夫はシャトールーの憲兵隊で働いてる。ここからだと六十キロくらい。毎日、家から通っているわ。でも今は捜査で出張中なの。ちょっと厄介な事件を担当していて……。連続殺人犯を追っているのよ。変質者だそうよ。子どもを襲う……というか、少女ばかりを狙うらしいわ」

ラファエルの顔がこわばった。期待どおりだ。で、このあとはどうしよう。吉と出るか、凶と出るか。

「犯人を追って、夫は北部の憲兵隊に行ったの。確かリールよ。リールで同一犯らしき男が事件を起こしたらしいから。知ってることはこれで全部よ」

「本当のことを言え」ラファエルが冷ややかな声で脅した。

「言ったわ！　嘘じゃない！」

サンドラは必死に訴えた。

こんなにおびえていて嘘などつけるはずがない。話は本当だろう。サンドラの様子を見ながら、ラファエルは苛立った。

くそっ！　どれだけついてねえんだ。よりによっておれたちは憲兵の家に押し入ったのか！　ここは警察署やら憲兵隊まで六十キロも離れてる片田舎だっていうのに。

やはり不運につきまとわれている。

「夫が帰る前に出ていったほうがいいと思う」

ラファエルはどうにか笑ってみせた。

「旦那が殺されるのが怖いのか？」

「お願いだから、夫が帰る前に出ていって。今日一日で弟さんはよくなる。安心して連れていけるわ」

「決めるのはおれだ、あんたじゃない。何をするかはおれが決める。ここを出るのは、おれが出ていきたくなったときだ」

だが、サンドラはすがるように繰り返した。

「夫が帰ってくる前に出ていって。お願いよ。絶対に通報しない。お金が必要ならあげるから」

「金だと？」

ラファエルはけたたましく笑った。サンドラがぎょっとした顔で身をすくめる。

「あんたのお恵みなんていらねえんだよ！　おれをコソ泥か何かだと思ってたのか？　冗談じゃねえ！　おれは数千万ユーロのお宝を持ってるんだ！　ちくしょう！」

サンドラがわなわなと震えている。突然心のなかで何かが切れ、ラファエルは椅子を力まかせに蹴りつけた。

「ちくしょう！　ちくしょう！」

何ひとつ思いどおりにいかねえ！　悪いことばかりじゃねえか。いや、こんなことじゃだめだ。冷静にならなければ。ラファエルは落ち着こうとした。だがどう考えても、抜き差しならないところまで追い詰められている。

強盗は失敗し、血が流れた。初めてのことだ。

警官がひとり生死をさまよっている。仲間の警官は犯人を捕まえようと躍起になっているはずだ。場合によっては、殺されるだろう。

そう、やつらはおれたちを見つけたら、迷わず撃つ。

見つけた隠れ家は、完璧だと思ったら実は警官の家だった。正確には憲兵だが、同じことだ。どっちにしても厄介だ。

厄介きわまりない。

ラファエルは倒れた椅子を起こした。それから、サンドラを見た。サンドラは部屋の隅に逃げていた。ガタガタと震え、おびえている。

「それで、コーヒーはできたのか？」

「ええ……できてる」

サンドラが食器棚からコーヒーカップを出した。だが手が震えてうまくつかめず、取り落とした。カップがタイルの床に砕け散る。ラファエルは天を仰いだ。

「ああ、もう！」サンドラが叫んだ。

　こんなの、あんまりよ！　サンドラは心で続けた。砕けたコーヒーカップを見ていると、泣きたくなった。それでもしゃがんで破片を拾うと、今度は指を切った。血の出る指を舐めようと口に持っていく。そのとき突然、涙がこぼれた。サンドラは床にぺたんと座り、わあわあ泣いた。そのまま泣きつづけた。のしかかる恐怖に耐えられなかった。強盗一味が来てからずっと溜まっていた恐怖だった。

　死の恐怖。二度と夫に会えないという恐怖。見知らぬ男――頬に傷のあるこの男に陵辱されるかもしれないという恐怖。

「静かにしろ」ラファエルが冷たく命じた。

　けれども、涙を抑えることはできなかった。次々と押し寄せる嗚咽の波で身体が震えた。立ち上がっても、うつむいて泣きつづけた。

「静かにしろ！」ラファエルが繰り返した。「さっさと泣きやめ！」

　サンドラは涙をぬぐい、必死に泣きやもうとした。ラファエルが椅子まで連れていき、力ずくで座らせる。コーヒーを注ぎ、差しだしてきた。それから向かいに座ると、失望したような顔でこちらを見た。

「泣くのはやめろ」ラファエルがまた言った。「イライラする」

ただ、その声はいくらかやわらいでいた。サンドラはようやくしゃくりあげるのをやめた。

「そんなの嘘よ！」

「いいか。おれの言うとおりにしていれば、あんたを殺さない」

「本当だ。だが、もしまたおれを殺そうとしたら……」

「殺すつもりなんてなかった！　逃げたかっただけよ」

「どうだろうな。どっちにしろ逃げようなんて考えるな。ウィリアムを助けることだけ考えて、二度と妙な真似はするな。おれは人を殺したことはない。けど、今度あんたが逆らったら、ためらわない。おれは弟を助けるためなら何でもする。もちろん、自分が助かるためにも、どんなことでもするつもりだ。わかったか？」

ラファエルは刃のように冷たく鋭い声で言った。

「とにかくコーヒーを飲め。で、ピーピー泣くのはやめろ。そろそろ弟を診てほしいからな。容態がよくなさそうだ」

サンドラは気持ちを整えようと深呼吸してから言った。

「傷はかなりひどいわ」

「わかってる。確率はどれくらいだ?」

「何の確率?」

「回復できる確率だ」

「足の傷に化膿の恐れがあるの、何とも言えない。でもここに抗生物質はないし……」

「手に入れろ!」ラファエルが怒鳴った。それから顔をぐっと近づけて言った。

「忘れるな。もしウィリアムが死んだら、あんたも死ぬんだ」

そのとき、ふいに足音がした。サンドラはびくっとしてドアを見た。

突然の足音に、ラファエルもドアのほうを振り向いた。仲間のフレッドだった。

「おはよう」そう言いながらフレッドは台所に入り、テーブルについた。コーヒーが出てくるのを待っているらしい。サンドラがカップを取りに立った。その姿をフレッドは目で追っている。

「おい、その腕、どうしたんだ?」

フレッドに聞かれ、ラファエルは少々気まずい思いで答えた。

「これか。あいつが切りかかってきた」

「へえ」フレッドがサンドラを見ながら答えた。「あいつ、おまえを殺そうとしたのかよ?」

サンドラは流しのそばに立ち、足元に視線を落としている。

「もういいんだ」ラファエルは煙草に火をつけた。「おとなしくしないとまずいことになるって、身にしみただろうからな」

「本当か？　おれがおとなしくさせてやっても、いいんだぜ」

「いや、その必要はない。ウィルの治療にはあいつが必要だ」

「で、ウィルの具合はどうなんだ？」

やっと聞いたか。

「よくない。まだ出発できる状態じゃない」

フレッドがこっちをじっと見た。ここに留まるのは不服そうだ。案の定、こう言った。

「けどよ……早いとこ、ずらかったほうがいいんじゃねえか？」

「今日は無理だ。ウィルがそんな状態じゃないって言っただろう。それに、ここにいれば安全だ」

「聞けよ、ラフ。おれは……」

「おまえの意見は聞いてねえ！　決めるのはおれだ！　わかったな？」

「ちょっと落ち着け！　くそっ、話しあいくらいさせろよ！」

「だめだ。ウィルが立てるようになるまで、ここにいる」

フレッドはカップをテーブルに叩きつけ、何も言わずに台所から出ていった。ラファエルはため息をつくと、もう一杯コーヒーを注いだ。パンにバターを塗り、ハムをはさむ。

気分がむしゃくしゃした。

どうしておれはフレッドやクリステルなんかと組んで、強盗するつもりになったんだ？

刑務所にいたせいで、頭をやられたとしか思えない。

クリステルは半分頭がおかしいし、フレッドのことはほとんど何も知らない。やつとは刑務所で知りあった。確かに、古くからの仲間は信頼できる男だと言っていたが……。

だが、用心するに越したことはない。いざというとき、あいつらを頼ることはできないと思ったほうがいい。ラファエルは孤独を感じた。どうしようもなく孤独だった。

「おれのうしろに立つな。前に座れ」

そうサンドラに命じてから、ラファエルは朝食のあいだ物思いに沈んだ。

宝飾店を出るとき、もっと別の展開に持ちこめなかっただろうか。たとえば店員を人質にしていれば撃ちあいは避けられ、うまく逃げられたんじゃないだろうか。

いや、それでもやはりフレッドは撃ったに違いない。通行人を巻き添えにして……。

今や自分たちはただの強盗じゃなかった。殺人犯だ。

あれから、すべてが変わった。

首に懸賞金のかかるお尋ね者。

それも莫大な懸賞金のかかるお尋ね者だった。

6

八時三十分

相変わらず霧がかかっていた。じめじめとまとわりつくように、あたりを覆っている。フレッドは玄関のドア枠にもたれながら、一向に晴れない冷たい霧をうんざりした気持ちで眺めていた。

「なかに入れ!」ラファエルが不機嫌な声で言う。「見られたらどうする」

「こんな霧で、人に見られるわけねえだろ!」

それでもフレッドはなかに戻り、玄関の鍵をかけた。それから台所に行った。クリステルが湯気の立つコーヒーを片手に、たっぷりと朝食をとっている。

居間では、ラファエルがソファで眠るウィリアムにつきっきりだった。枕元の椅子に座り、ずっと手を握っている。だが、ウィリアムは穏やかに眠っているというよりも、むしろ昏睡状態に陥っているように見えた。

ふん、兄弟の固い絆かよ。長いこと鉄条網と高い壁の向こうにいて、やっと会えた麗しの弟ってわけか。

そのそばの長椅子には、サンドラが座っていた。ほとんど身じろぎしていない。わずかに身体が前後に揺れているだけだ。

フレッドは台所を出て、居間にあるすりガラスのドアを開けてみた。ドアの向こうは窓のない書斎だった。狭い部屋で、最新型のパソコンが二台とプリンターが並んでいる。鍵のかかった木製のキャビネットもあった。フレッドはパソコン前の回転椅子に座ると、一台の電源を入れて起動を待った。ネットサーフィンでもして、憂さ晴らしをしようと思ったのだ。だが、画面に現れたのはパスワードを要求するメッセージだった。もう一台の電源も入れてみたが、結果は同じだった。

そこで、フレッドは書斎から居間のほうに顔を出し、長椅子にいるサンドラに尋ねた。

「パソコンのパスワードは何だ？」

「わからない。パスワードは夫しか知らないから」

「てめえ、馬鹿にしてんのか？」

「本当に知らないのよ。わたしはパソコンに触わらないの。嫌いだから」

「ふん。なら、なんであんたの旦那はパスワードなんかかけて見られないようにしてるんだ。どんなサイトを見てるか、あんたに知られたくないんじゃねえのか。おおかたアダルト映画でもこっそり見てるんだろうよ」

サンドラは肩をすくめた。

「そんなことどうでもいいわ。とにかく、パスワードはわからない」

フレッドはため息をついて居間に戻った。長テーブルをはさんでサンドラの向かいに座る。退屈しのぎに――不安を紛らわせるためかもしれないが――部屋のなかを眺めてみた。まず目についたのは、どっしりとした木製の飾り棚だった。扉にゴテゴテした木彫りの装飾を施された代物で、一番上は大理石の台になっている。その大理石の上には陶器の仏像が置かれていた。子どもたちに囲まれた太鼓腹の仏像。まるで子どもをはべらせているようで、フレッドはその顔に何かよこしまなものを感じた。本棚もあるが本はまばらだ。ウォールナット製のローチェストには、枝にとまったフクロウのはく製が置いてあった。どう見ても全体に陰気なインテリアで、統一感も洗練も感じられない。しゃれているのは、水銀振り子の時計と騎士のブロンズ像くらいのものだ。高学歴で教養もありそうな女の家にしては意外だった。いったい、旦那の職業はどうなってるんだ?

フレッドは手を伸ばして、真鍮の写真立てをつかんだ。なかには黄ばんだ古い写真が飾られていた。サンドラと男が写っている。きっと、この男が旦那なのだろう。だが、サンドラは笑っていなかった。食事をする場所になんでわざわざこんな写真を飾ることにしたんだ? フレッドは首をかしげた。写真のなかのサンドラは厳しい顔つきをしていて、どこか悲しそうだった。とはいえ、これまでのところ、サンドラはずっとそんな顔しかしていない。

確かに、逃亡中の強盗に笑顔を見せたりはしないだろう。それはわかる。けど、旦那にもそうなのか？

「これが旦那か？」フレッドはサンドラに聞いてみた。

サンドラはうなずいただけだった。フレッドが手にしている写真を見ようともしない。

「だいぶ年寄りだな」

「だから、何なのよ」

「おい、口のきき方に気をつけろ！」

「うちのものに勝手に触らないでほしいの。写真を元の場所に戻してちょうだい」

そこに、ラファエルが声を抑えて割って入った。

「ちょっと静かにしてくれ。ウィルをちゃんと休ませないと」

ウィリアムが目を開け、すぐにまた目を閉じた。フレッドはサンドラと話すのをやめた。静けさがのしかかってくる。台所でクリステルがオペラのアリアを低く口ずさむ声だけが、部屋に響いていた。

静かな部屋のなかで、ラファエルは眠るウィリアムを見つめていた。だが、ふと気づいて腕時計を確認し、サンドラに目をやった。

「診療所では、誰かと一緒に仕事をしてるのか？」

「ええ、助手の女性がひとりいるわ」

「仕事は何時からだ？」

「九時からよ」

「なら、その助手にさっさと電話したらどうだ？」

「電話って……」

　フレッドがあきれて言った。

「あんた、仕事に行く気だったのかよ？」

「でも、今日は予約が入っているし……」

「つべこべ言うな」ラファエルは鋭い声で遮った。「助手に電話をしろ。向こうの声が聞こえるようにして話せ。病気で起き上がれないから仕事に行けない、今日と明日は休む、そう言うんだ」

　ラファエルは椅子から立ち上がりコードレス電話をつかむと、サンドラに無理やり握らせた。

「いいか、ふざけた真似はするな」

　サンドラが電話をかけ、スピーカー機能のボタンを押した。三コール目で助手が出た。

「おはよう、アメリ。サンドラよ。実は今日は仕事に行けそうにないの。具合が悪くて……。インフルエンザみたい。ベッドから起きられないのよ」

「それは大変！　医者には診てもらったんですか？」

サンドラが口ごもり、ラファエルを見た。ラファエルは頭を横に振って指示をした。

「いいえ、必要なものは家にあるから。それで何とかするわ」

「医者に電話して来てもらったほうがいいですよ」助手が気づかわしげに言う。「今はご主人も留守で、おひとりなんですから」

「明日になってもよくならなかったら、医者に電話するわ」サンドラが答えた。

ラファエルは喉に手を当てた。しゃがれ声を出すように、という指示だ。サンドラは弱々しい枯れた声を出そうとした。だがうまくいかず、声は緊張を帯びていた。

「診察の予約を全部キャンセルしてほしいの。あと、今日往診する予定だったところに行けなくなったって連絡してくれる？」

「はい、そうします。いつ頃出てこられそうですか？」

「そうね、このぶんだと明日も無理だわ。たぶん明後日なら大丈夫だと思う」

「わかりました。急患はわたしが何とかして、それ以外の診察は、先生が戻られてからにしてもらいます。ところで何か必要なものはありますか？　よかったら、十二時から二時までのあいだならご自宅に行けますけど……」

再びサンドラが言葉に詰まった。ラファエルは手で「断れ」というサインをしたが、サンドラは助手に頼みごとをした。

「じゃあ、アモキシシリンを持ってきてくれる？　家に置いてあったのが切れたみたいだから。飲まなきゃいけなくなりそうなの」

「もちろんです」

ラファエルは眉をひそめた。どういうことだ？　不安そうにしているフレッドと目を見交わす。

「たぶん寝てるから、郵便受けに入れておいてくれればいいわ」

「郵便受けですね」

「ええ。お願いね、アメリ。何かあったら電話して」

「できるだけお邪魔しないようにします。お大事にしてください。こっちのことは心配いりませんから。でも、お加減は知らせてくださいね」

「ありがとう。じゃあ、明日また電話するわ」

サンドラが電話を切った。ラファエルはすぐさま聞いた。

「さっきのアモ何とかっていうのは、何だ？」

「抗生物質よ。弟さんのための」

「そりゃ、ありがたい。これで、あんたも死なずにすむな」

サンドラが挑戦的な目でにらんで言った。

「わたし、死ぬことなんて怖くないわ。殺すのは日常茶飯事だから」

その言葉にラファエルは「ほう」と驚き、小さく笑った。

「死が怖くないことと、命を大事にすることは違うと思うが」

「そんなことより、馬の世話をしたいんだけど」突然、サンドラが言いだした。

「馬？」

「わたしの馬よ。敷地内で飼っているの」

「馬の世話なんかより、今はウィルの治療に専念しろ」

「でも、弟さんは眠っているじゃない。馬は起きてお腹を空かせているのよ。そんなに時間はかからないわ」

「わかった。あとで考えてやってもいい」

「それなら、シャワーを浴びて着替えてもいいでしょう。昨日の夜、電話で言ったとおり、わたしは仕事から帰ったばかりで着替えるひまもなかったのよ」

まったく要求の多い女だ。ラファエルは半ばあきれた。

「わかった。クリステルについていかせる」

「シャワーを浴びるだけよ。見張りなんていらないわ」

この女、こっちがおとなしく聞いていると思ったら、どこまでつけあがる気だ。ラファァエルはサンドラの腕をつかむと、乱暴に引き寄せた。

「いいかげんにしろ！　おれは少々イラついてるんだ。二日ほど寝てないからな。文句ばかり言うんなら、テーブルに縛りつける。またさるぐつわをかませるぞ」

「そういや、二階に風呂場があるのを見たが、窓があったな」フレッドも無造作に言った。「窓の外はガレージの屋根だった。その気になれば、飛びのれる。そんな場所に、あんたをひとりにできるわけねえだろう」

ラファエルはちょうどやってきたクリステルに命じた。

「クリステル、こいつがシャワーを浴びるのを見張っててくれ」

「もちろん」クリステルがいかにも嫌そうに笑い、それからボソッと言った。「ラフの命令は絶対だし仕方ないよね」

ラファエルはむっとしたが、聞こえなかったふりをしてコルト・ダブルイーグルを手渡した。クリステルはサンドラの腕をつかみ、階段へと引っ張っていった。


浴室で、サンドラはシャツを脱いだところで動きを止めた。銃を向けられ、凍るような目で見られながら裸になるなんて、とてもできない。

「さっさと脱ぎな」クリステルが言う。

「ちょっとうしろを向いてくれない？」

「あたしにうしろを向かせて、どうするつもり？」

クリステルが拳銃を手に浴室のドアの前に立ち、たたみかけた。

「うしろは向かない。そのへんの物で頭を殴られて、逃げられたりしたら困るから」

「そんなことしないわ。わたしはただシャワーを浴びて着替えたいだけ」

「へえ、そう？」クリステルが低い声でねっとりと言った。「まあ、あんたは生まれたての子羊なみに無害だものね。ラフの腕の傷、あんたが切りつけたんでしょ？」

クリステルが薄笑いを浮かべ、近づいてきた。上から下までじろじろと眺めながら、サンドラのまわりをゆっくりと回る。それから突然、銃をサンドラのむきだしの上腕に押し当て、そのまま降下させた。

「どう？　怖い？」クリステルが耳元でささやく。

「いいえ……」

「それは、嘘」

「嘘？」

「怖くないなんて嘘。だって、あたしはあんたを殺せるんだよ、今すぐに。それ以外にもあんたを好きにできるんだし」

クリステルが空いている手で首をなで、ささやいた。

「あんた、きれいな肌をしてるよね。すべすべで、やわらかくって」

サンドラはあわてて言った。

「わたしがいないと、ウィリアムを治療できないのよ」

「ウィル？　べつに死んじゃえばいいんじゃない？　あたしにはどうでもいいから。ウィルが死んだら、あたしの取り分が増えるし」

クリステルはカラカラと笑った。サンドラは背筋が凍った。

「あたしに殺しなんかできないって思ってる？」クリステルが引き金に指をかけながら言った。「あたしっておかしく見えるでしょ？　ほんとにいかれてるんだよね」

サンドラは唾を飲みこみ、必死に考えた。どうすればこのおかしな女から逃げることができるだろう。

「確かに、あなたたちのリーダー、ラファエルっていったかしら、あの人もあなたがいかれてるって言ってたわ。でも、わたしはいかれてるなんて思わない」

「何それ？　あたしがいかれてるって、ラフがあんたに言ったわけ？」

「正確にいうと、わたしにじゃなくて弟さんに言っていたんだけど」

相変わらず銃を身体に当てられていた。クリステルは気の向くままに銃を上下に滑らせている。その冷たい感触に、サンドラは鳥肌が立った。

「ラフが夜中にあたしの話をしてたってこと？」

サンドラはうなずいた。

「ラファエルがウィリアムに話しかけているのを聞いたの。あなたと、もうひとりの人、フレッドっていった？　あなたたちのことをいろいろ話してた。ラファエルはわたしが眠ってると思ってたみたいだけど、わたし、全部聞いていたの」

「で、ほかには何て言ってた？」

「話してもいいけど、いい気がしないと思うわ。腹が立つかもしれない……」

左右で色が違うクリステルの瞳が暗くなった。コルトの銃口を額に押しつけられ、サンドラは目を閉じた。

「言わないと、顔をぶちぬくよ。あんたのきれいな顔が壁に飛び散ることになる」

「言うわ！　ラファエルはあなたたちふたりは信用できないって言っていた。だから、あなたたちを厄介払いする方法をできるだけ早く見つける、戦利品を分けあうつもりはない、こんなことになったのはあなたたちのせいだから。そう話してた」

一気に言い終え、サンドラは息をついた。

「それで全部？」クリステルが低く聞いた。

「ええ。でも、ウィリアムは半分昏睡状態だったから、聞いてなかったはずよ。あれはラファエルのひとり言みたいなものだと思う」

「そう」

クリステルが銃をおろし、数歩下がった。サンドラは再び息をついた。

「さっさとシャワーを浴びてよ。急がないと、ラフが見にくるから。あんた、ラフに見張られたいわけ？」

「わかったわ。それとお願い、今言ったことはラファエルには話さないで」サンドラは哀れっぽく言った。「もし知られたら、殺される」

「どっちにしろ、あんたはウィリアムがよくなったら、間違いなく殺されると思うけど。ほかにどうしようもないし」

九時四十五分

ラファエルは目を閉じて、熱いシャワーの下にしばらくとどまった。熱い湯のおかげで疲れがましになった気がする。ただし、恐怖を洗い流すことまではできなかった。もはや頭が回らず、この窮地を脱する方法が浮かばない。

こうなったら、状況に応じてその場その場で最善の道を探るしかないだろう。今は泥沼に首までどっぷりはまっているが、何かうまい抜け道が見つかるはずだ。

くそっ、次々と問題が出てきやがる。解決しなければならないことはいくつもあった。まず、ウィリアム。あいつのことは何がなんでも救ってやらないと。立って歩けるように回復させなければならない。

次に、隠れ家。何週間か身を潜めていられそうな安全な場所を見つけなければならない。そのためには、いい車を見つけてここを出なければ。警察はそう簡単には忘れてくれないだろうが、うまく逃げなければならない。

車は最新のバンがいいだろう。こんな田舎じゃ、みんなバンに乗っているはずだ。

最後の問題は、サンドラだった。

いや、それだってなるようになる。

ラファエルはようやくシャワーの栓を閉め、バスタオルをつかんだ。ありがたいことに、サンドラは清潔なタオルをたくさん積んでいた。浴室を出ると、ラファエルはすばやく身体をふき、小さな棚にあるものを見てみた。男の存在を示すものはほとんどない。歯ブラシが二本に、ほとんど空になったディオールの男ものの香水〈ファーレンハイト〉、あとは洗面台の上の電源に差しこまれっぱなしの電気カミソリがあるくらいだ。ちょうどいいので、ラファエルはカミソリを借りることにした。かばんからカミソリを出すのを忘れていたのだ。

ひげをそり終わると、ラファエルは鏡で顔を確かめた。顔を映すには身体を少しかがめなければならない。つまり、憲兵だという旦那はそれほど背が高くないということだろう。

それから、しばらく鏡のなかの自分を見つめ、ぼんやりと考えた。いったい、なぜ自分はこんなふうになったのだろうか。

なぜ十四年間も鉄格子のなかで人生を送るはめになったのだろうか。

ともかくひとつはっきりしているのは、今の自分はゾンビに見えるということだった。

倒れてしまう前に眠らなければ。今日の午後にでも少し眠ることにしよう。

ラファエルは右頰を走る深い傷跡に指先で触れた。刑務所での死闘でできた傷だった。

昔はこんな顔じゃなかった。

別れた妻は「ハンサムだ」としょっちゅう言ってくれたものだ。

だがその後、妻は出ていった……。

ラファエルは冷たい水を顔にかけ、くしで髪を整えた。数か月前から茶色の髪に白いものが混じりはじめている。清潔な黒いシャツと洗いざらしのジーンズを身につけると、気分はかなりよくなった。

これで次のラウンドへの準備は整った。ラファエルは浴室を出て、一階に下りようと階段へ向かった。その途中、クリステルが陣取っている部屋を横目でのぞくと、クリステルはベッドに寝そべっていた。仰向けになり両腕を左右にだらんと広げている。ひび割れた天井をにらみつけ、微動だにしていない。

「大丈夫か?」ラファエルは声をかけた。

「おかげさまですっごい楽しんでるところ。ど田舎に旅行するのって流行りだし」

ラファエルはクリステルの皮肉を聞き流し、一階に下りた。居間では、フレッドに間近で監視されながら、サンドラがウィリアムを診ていた。

部屋は静まり返っている。ウィリアムは相変わらず眠っていた。

「こんなに目を覚まさないものなのか？」ラファエルは尋ねた。

サンドラが顔を上げた。その顔は憔悴しきっている。

「鎮痛剤を投与したから、そのせいよ。そのうち目が覚めるはず」

「それならいいが」

「眠って身体を休ませないといけないの。痛みがあると眠れないでしょ」

「わかった。じゃあ、今度はおれの手当てをしてくれ。シャワーで包帯が濡れた」

サンドラが往診かばんを開け、必要なものを取りだした。ラファエルは肘掛椅子に座り、上腕から濡れた包帯をはずした。フレッドが顔を近づけ、傷をのぞく。

「うわ、すげえ傷だな。こりゃ、縫わなきゃだめだろ。な、先生？」

そう言って、フレッドがサンドラを見る。ラファエルもサンドラを見た。

「ええ、たぶん」サンドラも認めた。

「なら、さっさとやってくれ」ラファエルは言った。「縫わなきゃいけないなら、縫えばいい」

「でも、相当痛いはずよ。ここにあるものだけで、やらなきゃいけないから」

「おれはそんなにやわじゃない。気絶なんかしないから安心しろ」

フレッドはニヤニヤ笑っている。サンドラが革のかばんを探り、必要な道具を取りだした。それから手近な椅子を引き寄せて座ると、ぱっくりと開いた傷を消毒しはじめた。手荒い動作だ。痛みはかなりのものだったが、ラファエルはじっと耐えた。無傷の左手で肘掛けをぐっと握りしめ、ウィリアムの顔を見つづける。やがてサンドラが傷口を縫いはじめた。それでも微動だにしなかった。嚙みしめた顎だけが、それがどれほどの激痛かを伝えていた。

だがとうとう痛みに耐えかね、ラファエルは思わずうめいた。どうやらこの女は痛めつけることでひそかに復讐しているらしい。それに気づいて、ラファエルはサンドラの手首をつかみ、締めあげた。

「おい、気をつけろ」目を見てすごむ。

サンドラが傷を縫う手を止め、身を固くした。

「おれはよい子のプードルじゃねえ！　気の荒いピットブルだ。わかったか？　わかったら、やれ」

そう脅すと、ラファエルはつかんでいた手首を離し、腕を肘掛けの上に戻した。そしてまたウィリアムを見つめた。しばらくしてサンドラが縫合を終え、丁寧に包帯を巻いた。

ラファエルは痛みを紛らわせようと、立ち上がって窓辺に行った。カーテンを開け外を見る。霧はまだすっかり晴れてはいないが、思いがけず日の光がいく筋か射していた。

それを見ているうちに、急に外の空気が吸いたくなった。

「あんた、馬の世話に行きたいとか言ってたな？」

サンドラがうなずいた。

「おれがついていく。フレッド、ウィルのそばにいてやってくれ。目を覚ましたら、呼んでほしい」

「ああ」

「頼んだぞ」


霧のベールはだいぶ薄らいでいた。おかげで、ラファエルはようやく敷地内をまともに見ることができた。母屋《おもや》は古いが手入れのいい大きな田舎家で、広大な敷地の真ん中に建っている。その母屋の二十メートルほど先には、樹齢が百年はありそうな大木がいくつもそびえ、敷地の外から家が見えないようになっていた。家の裏手には草原や池、葉の生い茂る広大な林も見える。

ラファエルはあ然とし、しばらく声も出なかった。

「これが全部、所有地なのか？　えらく広いな」

「ここじゃ、広い場所なんて贅沢でも何でもないから」

ラファエルは深く息を吸い、つかのま目を閉じた。広い場所か……。自分はその「広い場所」というものにどれほど焦がれていたことか。長いこと狭い場所に閉じこめられ、ヒリヒリするほど「広い場所」を渇望していた。

「親は近くに住んでるのか？」ラファエルは聞いた。「あんたの親はここの生まれか？」

「親ならふたりとも死んだわ」

サンドラが歩きだし、それからぽつりと言い添えた。

「もうずっと前に」

ラファエルはサンドラのすぐうしろを歩きながら、自分も無性に親のことを打ち明けたくなった。

おれの親父は出ていったんだ。たぶんどこかでまだ生きてるんだろうが、おれにとっちゃ、死んだも同然だ。お袋は……。

だが結局、黙っていた。

馬小屋は敷地の奥にあった。途中、母屋のそばにある小さな離れの横を通り――漆喰ははがれているが、わりと新しい建物だ――次に納屋か家畜小屋のような建物を過ぎ、さらに大きな建物のそばを過ぎた。かつては農機具を保管していたところらしい。

そうして、ようやく馬のいる牧草地までたどり着いた。牧草地は木の柵で囲まれている。サンドラの姿を見ると、すぐに馬が三頭やってきて、うれしそうにいないないた。サンドラと一緒に柵のなかに入ると、いきなり三頭の馬に間近まで迫られ、ラファエルはうろたえた。馬たちのほうも体をサンドラにこすりつけながら、こちらを警戒している。それから、ラファエルはサンドラのあとについて、牧草地のなかにある馬小屋に向かった。馬も自由に出入りできる作りだが、干し草が置かれている場所だけは馬には入れないようになっている。

馬小屋で、サンドラはホースを使って水飲み場の水を入れかえ、馬たちに干し草と燕麦《えんばく》を与えていた。ラファエルはその様子を壁に寄りかかりながら見ていた。少し気持ちがなごみ、自然と頰がゆるんだ。

「何ていう種類なんだ？」

サンドラが栗毛の大きな牝馬《ひんば》の首をさすりながら答えた。

「この子はアメリカン・クォーター・ホース。トスカーナって名前よ。あっちの二頭はポニーのアリエージュで、あなたのすぐ隣にいるのはフリージアン・ホース。名前はミストラルよ」

そう言われて横を向くと、目と鼻の先に馬の顔がある。堂々とした黒い馬で、見事なたてがみだ。あまりに近くて、ラファエルは思わず一歩下がった。馬も驚いたのか、わずかにあとずさる。

「どの馬も立派だな」

黒い馬がほかの馬のところに行った。ラファエルは小屋の隅でサンドラを見張りながら、馬たちの様子も伺った。

馬っていうのも悪くない。突然、子どもに戻ったような気持ちだった。しかし、そんな無邪気な時間は長くは続かなかった。

「これで世話は終わりだな？」

牧草地を出てサンドラが柵を閉じると、栗毛の馬が柵まで追いかけてきた。

「また来るわね」サンドラがささやき、馬の首をなでる。

「行くぞ、先生」

ラファエルはサンドラに前を歩かせ、母屋に向かった。だが納屋の近くまで来たところで、突然サンドラが立ち止まり、ぶつかりそうになった。サンドラは振り向いて小声で言った。

「実は話したいことがあるの。お仲間のことで」

「仲間？」

「クリステルって人のことよ。さっきシャワーのときに妙なことを言ってたから」

ラファエルは煙草に火をつけ、冷めた笑いを向けた。

「聞こう。知りたくてうずうずする」

「あの人……頭がおかしいんじゃないかしら」

ラファエルは笑いを大きくした。

「なるほど」

「こんなことを言うのは気が引けるけど」地平線を見つめながら、サンドラが言った。

「じゃあ、言わなきゃいいだろう。おれだって暇じゃないんだ」

「あの人、わたしの身体のまわりを舐めまわすみたいに一周して、ベタベタ触ってきたの。それだけじゃない、わたしを殺すって脅したのよ。顔を撃ちぬくって」

「あんた、何をやってクリステルを挑発した？」

「挑発なんてしてない！」サンドラがまっすぐに目を見て言い返した。

サンドラの翡翠色の瞳は、光の加減で不思議なきらめき方をしていた。まるで爬虫類のような目だ。

「ああ、そうなんだろうよ」ラファエルは取りあわなかった。「あいつはあんたを殺そうとした。ほんの気まぐれで」

「そう、ほんの気まぐれで殺そうとしたのよ」サンドラは重ねて言った。「でも、それだけじゃないの」

ラファエルはため息をついた。煙草を投げ捨て、踏みつぶす。

「あとは何だ？」

「あの人、こうも言ってた。弟さんが助からなくても構わない。そのほうが都合がいいって」

ウィルが助からなくても構わないだと？　この女、言わせておけば……。ラファエルは顔をこわばらせた。お遊びはここまでだ。どす黒い気持ちが広がった。だがラファエルの形相が変わったのを見て、サンドラは信じてもらえたと誤解したらしい。さらに続けた。

「あの人、弟さんが助からなかったら、自分の分け前が増えるから都合がいいって、言ってたのよ」

「うるせえ、黙れ！　あんた、いったい何を企んでる？　何がしたいんだ？」

「そんな……わたしは何も企んでない！」

「食えねえやつだな。どうせおれたちを仲間割れさせようって魂胆だろ？」

「いいえ、違う！　本当のことよ！」

「本当のことだと？」

ラファエルはサンドラの首をつかんだ。納屋の扉を蹴って開け、無理やりサンドラを引きずる。

そしてなかに押し込むと、硬い地面に投げつけた。サンドラが立ち上がり、逃げようとする。それをすかさず捕まえると、サンドラは暴れだした。顔を叩こうとしたので、容赦なくびんたを食らわせる。サンドラが気を失いかけた。

手首をつかまれたまま、サンドラは声を殺して泣きだした。

「くだらねえ小細工はやめろ」ラファエルは低く言った。「死にたくないならな」

「教えてあげなきゃって思ったのよ」サンドラがうめくように言った。「明け方、わたしが包丁で切りつけたとき、あなたは殺そうと思えばわたしを殺せた。でも、殺さなかった。だから……だからわたしも教えなきゃって」

ラファエルは眉をひそめた。

「あの人、本当にそう言ってたの。嘘じゃない」

サンドラはむせび泣いている。ラファエルは手を離したが、サンドラの前に立ちはだかったままでいた。

「黙れ！　つまらない嘘でだまそうとしやがって。おれを馬鹿にするな」

「だまそうなんてしてない」サンドラが涙をぬぐいながら言った。「嘘じゃないの！」

そのとき、ふいに小屋のなかが陰った。フレッドが入り口に立ち、広い肩幅で光を遮っていたのだ。だが、ラファエルは振り向かず、鬼の形相でサンドラをにらみつづけた。まるで生きたまま食らおうとでもするように。

「ウィルが目を覚ましたぞ」フレッドが告げた。

「すぐ行く」

フレッドがそばに来た。あたりは再び日の光に照らされた。

「どうしたんだ？　お取込み中のようだが」

「この女、またこざかしい真似をしやがった」ラファエルは吐き捨てた。

「違う！」

叫ぶサンドラに、ラファエルはまたもや強烈なびんたを食らわせた。その衝撃でサンドラが膝を折った。石の壁にもたれて何とか倒れずにすんでいる。フレッドが驚いた顔でラファエルを見た。

「あとはおまえに任せる」ラファエルはフレッドに言った。

「どうすりゃいいんだ？」

「縛りつけて、さるぐつわをかませろ」

「で、ここに放っときゃいいのか？」

「ああ。ここに転がしときゃ、面倒も起こせないからな」

「そりゃいいが、縄はあるのかよ」

「何とかしろ。とにかく、こいつが指一本動かせないようにしておくんだ。逃げだせないようにな」

「ああ、任せろ」フレッドは請け負った。「ここは心配いらねえ。おれがちゃんとやる。それより、そろそろ行ったほうがいいぞ。ウィルがおまえを呼んでた」

目を覚ましたウィリアムは、ソファの上でわずかに身を起こしていた。ラファエルはソファの端に腰かけた。

「元気になってくれてよかった、ウィル」

ウィリアムは笑おうとした。しかし、やはり痛むのだろう。顔をしかめた。

「くそっ、痛いよ」

「大丈夫だ。すぐよくなる」

ラファエルは、ウィリアムの怪我していない右肩に手を置いた。

「おまえなら回復できるって、わかってた。おれと同じくらいタフだからな」

「兄貴、ちょっと手を貸してくれないか。トイレに行きたいんだ」

ウィリアムはラファエルに寄りかかり、どうにか立ち上がった。だが、よろけてすぐに肩にしがみついてきた。

「ゆっくりでいいぞ、ウィル」

「目が回るんだ」

「まだ仕方ないさ」

「あのさ、ここにいれば、おれたち安全なの？」

「ああ」ラファエルは安心させた。

「おれたち、女の人の家にいるんだよね？」

「そうだ」

「あの女の人はどこ？」

「おまえは自分のことだけ心配してろ」

「あの人、かわいいよね」

ラファエルは思わず軽口を叩いた。

「おまえ、調子が出てきたな。いいぞ。あの女がかわいいっていうのはちょっと違うが……」

「あの人の顔と声、ぼんやりだけど覚えてるんだ。とにかく、あの人はおれの命を救ってくれた」

「そうするしかなかったからな」

それを聞いて、ウィリアムがトイレのドアの前で足を止めた。心配そうな顔でこちらを見つめる。

「兄貴、まさかあの人を……」

「あの人を何だ？」

ウィリアムはためらった。

「まさか殺してないよね？」

ラファエルは顔から笑みを消した。ウィリアムがすぐにしまったという顔をした。

「熱のせいで、そんなたわごとを言うんだな」

「ごめん」ウィリアムがつぶやいた。

「あの女は今、フレッドと一緒に外にいる。でも、気をつけろ。あいつは危険だ」

ラファエルは上腕に巻かれた包帯を見せた。

「七針縫った。今朝がた、あいつはおれを刺し殺そうとしたんだ。だが、おれはあいつを殺さなかった」

「ごめん、悪かったよ」

「いいんだ。それに、もしあいつがおまえを助けられずにいたら、そのときは本当に殺してただろうからな」

ラファエル　十五歳

ラファエルは古い肘掛椅子に座っていた。父親が毎晩座り、本を読んだり考えごとをしたりしていた椅子だ。

そばのベビーサークルのなかでは、ウィリアムが遊んでいた。下にはカラフルなマットが敷いてある。ウィリアムは少し前からお座りができるようになり、ハイハイも始めていた。このぶんだとじきに歩きだすだろう。ラファエルは弟の成長の速さに、驚きっぱなしだった。

目下、ウィリアムはおもちゃの四角いピースを三角の穴に押しこもうとがんばっているところだった。かわいらしい整った顔立ち。ときどきラファエルのほうを見ては、輝くように笑う。

ウィリアムは見るものすべてを吸収しようと、その澄んだまっさらな目でこの世界を眺めていた。

ふとラファエルは立ち上がり、開いた窓から身を乗りだした。弟のアントニーが友だちと一緒に石塀《いしべい》の上に座っているのが見える。

口笛を吹くと、アントニーがラファエルのいる五階の窓に顔を上げた。

「何だよ？」

「帰ってこい」ラファエルは言いつけた。「時間だぞ」

アントニーは見るからに嫌そうな顔をしたが、言いつけに従うのはわかっていた。母親が働きに出ているあいだ、弟ふたりの面倒を見るのはラファエルの役目なのだ。ラファエルだって、同じ年頃の少年たちのように、ガールフレンドと会ったり、仲間と遊びにいったりしたかった。だが、いつも頼りにしているお隣さんが、今日は手がふさがっていた。

ラファエルはベビーサークルの横に膝をつき、ウィリアムの頬を優しくなでた。

「ウィルは頑固だな。ほら、手伝ってやるよ」

手を取っておもちゃのピースを穴に入れるのを助けてやる。ウィリアムはうれしそうに笑って手を叩いた。うまくできて満足らしい。

そこに、アントニーがバタンとドアを開けて戻ってきた。

「あのさ、もうちょっと友だちと……」

「だめだ」ラファエルは遮った。「宿題をやらなきゃいけないだろ」

アントニーは不満げにため息をついた。

「そういうこと、兄貴が言うかよ」

「つべこべ言うな！」ラファエルは怒鳴った。「母さんが帰ってくるまでに終わらせないと、ぶん殴るぞ。わかったか？」

「わかったよ。怒るなよ」アントニーがぶつぶつ言いながら、居間を出ていく。ラファエルもため息をついて窓辺に行き、煙草に火をつけた。ウィリアムに煙が行かないように気をつけながら……。

以前は隠れて吸っていた。だが父親が出ていってから、たくさんのことが変わってしまった。

アントニーは無口になり怒りっぽくなった。母親は悲嘆に暮れ、眠れなくなった。そして、ウィリアムが生まれた。

そう、すべてが変わってしまった。

「ウィルには甘いくせに、おれは友だちとも遊べないのかよ！」廊下でアントニーが怒鳴っている。

「うるせえ、宿題をやれ！」ラファエルは窓辺から怒鳴りかえした。

「くそったれ！」アントニーがまた叫んだ。

ラファエルは煙草を投げ捨て、アントニーと共同で使っている部屋に行った。アントニーはがたつく小さな机の前に座っていた。少し前まで、ラファエルも宿題をしていた机だ。だが、中学三年で勉強は終わりにし、機械工になるため見習い訓練センターに通いはじめた。

とはいえ、機械にさほど関心があったわけじゃない。

そもそも何に対してもさほど関心はなかった。だから、訓練センターの講義は次第にサボるようになっていった。

もしその気があったなら、高校に進学して学業を続けることもできただろう。しかし、人生はラファエルに違う道を歩ませた。

ラファエルは違う道を選びとった。

これから何をするのか。ラファエルはまだ決めていなかった。それでも、ぼんやりとしたイメージは芽生えていた。恐ろしくも魅力的なイメージが……。

「宿題は何だ？」ラファエルは机に向かうアントニーに聞いた。

「兄貴には関係ないだろ」

ラファエルは弟の頭をうしろから小突いた。アントニーが歯向かってくる。だが、力で勝てるわけはなく、すぐにおとなしくなった。

「歴史だよ。一ページ暗記するんだ」

「よし、あとで暗唱させるからな」

「うへ、兄貴は母さんかよ」

ラファエルはもう一度小突きそうになるのを何とかこらえた。自分だってどうやって勉強させればいいのか、よくわからなかった。何かと反抗ばかりする弟にどう向きあえばいいのかなんて、わからない。

反抗的なアントニーは自分にそっくりだった。

「いいか、おれはおまえの母さん代わりでもあるんだ。一時間後に暗唱だぞ」

そう言うと、ラファエルは部屋を出て、居間に戻った。

ウィリアムはぬいぐるみをペタペタ叩いて遊んでいた。その姿を見ると、思わず笑みがこぼれてくる。

ラファエルはウィリアムを抱きあげ、椅子に座った。

まさか十五歳で赤ん坊を腕に抱くことになるとは、思いもよらないことだった。

これほどまでに誰かを守りたい気持ちになるとは……。

この世にこんなにも愛しい存在があることを、ラファエルは初めて知った。

7

十二時四十分

ラファエルは棚から見つけてきたアルバムを開いた。この家の住人について知るには、これが手っ取り早そうだからだ。

どうやら夫婦の写真を集めたアルバムは一冊しかないようだった。しかも、その一冊さえも全部埋まっていない。

アルバムは古い白黒写真で始まっていた。写真はよくあるサイズのもので、十二歳くらいの少年が写っている。どちらかといえばひ弱そうで、清潔だがぱっとしない服に首を埋めていた。玄関前に立っているが、背景に見える家は粗末なもので、荒れ放題のあばら屋といった風情だ。少年は笑わず、拳を握りしめていた。目の奥に深い怒りをたたえてレンズを見返している。発せられる怒りはあまりに強烈で、少年の身体全体をオーラのように取り巻いていた。

次のページは、憲兵の制服を着た若い男の写真だった。

今度はカラー写真だ。これが留守にしている旦那に違いない。

ラファエルはアルバムの台紙から写真を取りだし、裏返してみた。一九七七年二月と書いてある。

ということは、この男が生まれたのは一九五〇年代の中頃あたりになるだろう。やはりサンドラはかなり年上の男と結婚したらしい。たぶん二十歳は年上のはずだ。

「あれ、あの獣医がいないけど？　どこ？」

ふいに、クリステルが部屋に入ってきた。

ラファエルはさっとアルバムを閉じ、棚に戻した。クリステルとフレッドにはここが憲兵の家だと知らせていない。写真は見せないほうがいいだろう。

「あの女なら小屋にいる」テレビの前でうとうとしていたフレッドが返事をした。「納屋だか家畜小屋だか知らねえが、とにかく外の小屋だ」

「そんなとこで何してるわけ？　ヤギの世話とか？」

「じっくり考えごとでもしてるんだろ」

「縛られて、さるぐつわをされてな」ラファエルは言い添えた。「考えごとには、もってこいだ」

クリステルがよくわからないという顔をしたので、ラファエルはさらに言った。

「あの女、またろくでもない真似をしやがった。どうやら馬が好きなようだし、ここで手綱を握るのが誰か、そろそろちゃんとわからせようと思ってな」

「いいんじゃない。ほんと、ラフは女の扱いがうまいよね」クリステルは面白そうに笑った。

ウィリアムはまたソファで横になっていた。衰弱がひどく、起き上がっていられないようだ。ひどく辛そうにしている。ラファエルは心配だった。ウィリアムはまだ窮地を脱していないのだろうか。熱が一向に下がらないのは、悪い兆候じゃないのか。

クリステルは長椅子に座り、棚にあった獣医向けの専門誌をめくっていた。ソファで苦しむウィリアムをチラリとも見ない。ウィリアムがどうなろうと心底どうでもよさそうだった。

そんなクリステルをひそかに見て、ラファエルはサンドラの言葉を思い出さずにいられなかった。ひょっとして、あの女は事実を話していたのだろうか。

「で、いつまでこんなところでウダウダしてるつもり?」クリステルがうんざりした声で言った。雑誌から顔を上げようともしない。

「必要なだけいるさ」ラファエルは冷たく返した。

「けど旦那は?　そろそろ帰ってくるんでしょ?」

「それがどうした。旦那が帰ってきたって問題ない」

「まあ、そうだよね。目撃者をひとり消そうが、ふたり消そうが、たいして変わらないし」

ラファエルはクリステルをにらみつけた。だが、クリステルはニヤニヤして、相変わらず雑誌から顔を上げずにいる。獣医向けの専門誌に急に興味がわいたらしい。

「で、このあとはどこに行くわけ？」無邪気そうな声でクリステルが続けた。

ラファエルはイライラして煙草に火をつけた。

「このあとはどこに行くわけ？」クリステルがまた言った。

突然、ラファエルはクリステルの手から雑誌を取り上げ、床に投げ捨てた。クリステルがようやく顔を上げる。

「おれに話しかけるときは、こっちを見ろ」

「お安い御用よ、ラフ」クリステルが挑発的に笑ってみせる。「で、どこに行くの？」

「考えてるところだ」

「そう。けど、こうなる前に考えとけばよかったんじゃない？　スペアの隠れ家を用意しとくとか」

「スペアの隠れ家ならある」ラファエルは言い返した。

「本当か？」フレッドが期待をにじませた。

「ああ。だがここから遠いんだ。それに、ウィルはまだ移動できる状態じゃない。だから、ウィルが立てるようになるまでここにいる。この話はこれで終わりだ」

　そのとき、車が近づいてくる音が聞こえ、室内に緊張が走った。ラファエルはカーテンの影に隠れ、西の窓から外を伺った。母屋のそばにレンジローバーが停まっていた。なかから褐色の髪をした小太りの女が降りてくる。おそらく、例のサンドラの助手だろう。電話で言っていたように、薬を郵便受けに入れて帰ってくれればいいんだが。しかし、女は家のほうに近づいてきた。

「助手が来た」ラファエルはコルトを抜きながら小声で言った。「隠れろ。音を立てるな」

　数秒後、ドアが三回ノックされた。

　幸い、玄関の鍵は二重にかけてある。

「先生、いませんか？　アメリです」

　ドアノブが回った。ラファエルは息を潜めた。合鍵を持っていたらどうする？

　幸い、合鍵は持っていなかったらしい。助手の女は今度は窓に顔を近づけ、手をかざしながら、なかをのぞいている。

　ラファエルは壁に張りついた。フレッドもクリステルも壁で息を潜めている。ソファのウィリアムには毛布をかぶせ、人がいるとわからないようにしておいた。

　どうやら見つからなかったようだ。助手は車に戻ると、Uターンして小道の向こうへと消えていった。

しばらくして、ラファエルは用心しながらドアを開けた。ドアノブに小さなビニール袋がぶら下がっている。

「ウィルの抗生物質を持ってきたんだ」ラファエルはドアを閉めながら言った。

「まあ、ステキ」クリステルがため息をついた。

「クリステル、おまえ、ウィルによくなってほしくないのか？」

「なんでそんなこと言うわけ？　よくなってほしいに決まってるでしょ。今すぐよくなってほしいくらい。だって、こんなネズミの穴、とっとと逃げだしたいし。ここって陰気すぎて、ほんとうんざりなんだよね……。そうだ、あの獣医のところにちょっと行ってきてもいい？」

「何しに行くんだ？」

「もちろん、いい子にしてるか見てくるの」

「あの女は指一本動かせないだろうよ」フレッドが言った。「おれの技は冴えてるからな」

「縄でも見つけたわけ？　それか手錠を使ったとか？」

「違うね。粘着テープさ。ありゃ最高だ」

「へえ、見にいきたい」クリステルが立ち上がった。

ラファエルは前に立ちはだかった。

「ここにいたほうがいい。できるだけ家から出ないようにするんだ。誰にいつ姿を見られるか、わからないからな。で、もし退屈しているんなら、昼飯の用意をするっていうのはどうだ？」

「何それ。あんたたち、そろいもそろってあたしを家政婦扱いして。それなら、あの獣医を連れてきたらどう？　腕に切りかかるような変人だけど、まあ、何か作ってくれるんじゃない？」

「おれはちょっとしたサービスをお願いしたいだけさ。もちろん断る自由はある」

クリステルがため息をついた。

「ラフに言われたら、断れないってわかってるくせに。ラフの命令の仕方ってほんとセクシーだよね」

フレッドがクリステルをにらみつけた。

ラファエルは、まるで甘やかされた子どものようなクリステルの言いぐさを笑った。だが、クリステルはただの生意気で挑発的な女ではない。

何といっても、クリステルは危険な女なのだ。恐ろしい女と言ってもいい。でなければ、こちら側にいるはずがなかった。

十六時三十分

太陽は出ているが、気温は低いままだった。ラファエルはドアを開け、小さく身震いした。そっと外の様子を伺ってみる。あたりには、嘘のように穏やかな景色が広がっていた。

誰もいないのを確かめると、ラファエルは革ジャンの襟を立て、外に出た。まずは母屋のすぐ隣にある離れへと足早に向かう。離れにはまだ入ったことがなかった。いったい何があるのか。気になって、ラファエルは離れのドアを開けようとした。だが、鍵がかかっていて開かない。

それなら仕方ない。ラファエルはサンドラのいる納屋へと向かった。昼食後、まともなベッドで何時間か眠れたおかげで、疲れが少しは消えていた。動きの鈍かった身体と頭もまたしゃんとしている。

ラファエルは納屋の古びた扉を押し、戸口で立ち止まった。サンドラは粘着テープでうしろ手に手首を拘束され、足首もぐるぐる巻きにされて、横向きに倒れていた。口にもテープを貼られている。

そんなサンドラを、ラファエルはじっと見やった。しばらくそうしてから、ようやくサンドラのすぐ横にしゃがむ。サンドラは震えていた。きっと寒さのせいだろう。そのとき、サンドラがわずかに顔を上げ、目が合った。その目は敵意に満ちていた。どうやら怖がっていないようだ。とりあえず、今はまだ。それとも、この女には怖いものなんてないのか……。

ひとつ確かめてみるとするか。

ラファエルはサンドラの脇の下を抱えて身体を起こし、壁を背にして座らせた。そして口のテープを一気にはがした。こういうものはゆっくりはがすと、逆に痛みが増すからだ。テープをはがしても、サンドラは何も言わずに挑戦的な目を向けつづけた。また脅しの言葉が飛んでくると思って、身構えているのだろう。

再び恐ろしい言葉を投げつけられると思っているに違いない。

だが、ラファエルは黙っていた。ただ興味深げにサンドラを眺めるだけだった。それはこれまで見せたことのない目つきだった。

食欲をそそられるという目つき。

やがて、挑戦的だったサンドラの目が不安の色を帯びはじめた。

そのまま何十秒か、いや何分かが過ぎた。重苦しい沈黙のなかで、風だけが古い納屋に悲しげな音を響かせている。

突然、ラファエルはサンドラの顔へと手を伸ばした。サンドラが身をこわばらせる。しかし、ラファエルは左頬のアザに触れただけだった。数時間前のびんたのあとだ。

「痛むか？」

同情も後悔もいっさいまじえない声で言う。声にはむしろ暗い欲望が潜んでいた。

サンドラがさらに不安の色を濃くした。

「もっと痛くしてやろうか。これよりずっとひどい痛みを与えてやろうか……」

そうささやくと、ラファエルはサンドラの頬から喉をなぞり、さらに肩から首のうしろへと手を滑らせた。そして、いきなりサンドラを引き寄せた。あと数ミリで互いの顔が触れそうになる。

「嘘はついてない！」おびえた声でサンドラが言った。

ラファエルは構わず、唇をサンドラの首筋に這わせた。肌をかすめるように。あるいは肌の感触を楽しむかのように。

「あの人は……クリステルは殺すって脅したの。だから、わたしがいないと弟さんの治療ができなくなるって言ったのよ。そうしたら、あの人、『ウィルが死のうがどうでもいい。ウィルが死ねば、自分の取り分が増える』って言ったの！」

サンドラの首筋をつかむ手に力が入った。じかにつかむ女の肌。ラファエルはサンドラが身を固くするのを感じた。

「本当にそう言ってたのよ。信じて……」

ラファエルは何も言わなかった。黙々とサンドラの腰に手を回し、強く締めつけた。これでサンドラは身体を動かせない。とはいえ、全身の震えは抑えきれないようだ。もはや、この震えは寒さのせいではないだろう。ラファエルはサンドラの喉に唇を這わせ、手で身体をまさぐった。これをされると、服の上からでも電気ショックを受けたような耐え難い痛みになるはずだ。

そう、どんな殴打よりもずっとひどい痛み、激しい痛みになる。

今まさにサンドラは痛みを感じていることだろう。

しばらくして、ようやくラファエルは身体を離した。だが、これで終わりではない。サンドラにもわかっているはずだ。

ラファエルはポケットから折りたたみナイフを取りだし、サンドラの足首の縛《いまし》めを切った。それからつかのま、刃を見つめた。まるで何か別の使い方を考えるかのように。

別の使い道があるかのように。

サンドラは逃れようとさえしなかった。今朝、包丁で刺し殺そうとしたことを思えば、信じられないほど従順だ。自分が報いを受ける番だとわかっているのか。

だが、これは服従じゃない。まだ違う。サンドラはただ恐怖を感じているだけだろう。パニックに陥るほどのとてつもない恐怖。その恐怖で身体が動かせないだけだ。

少しでも動けば相手が飛びかかってくるという恐怖。血が出るほど嚙みつかれるという恐怖で……。

ラファエルは再びサンドラの目を見据えた。脳まで貫くような鋭い目で射抜く。

それから、ほとんどわからないくらい小さく笑った。

サンドラが足を曲げ身体に寄せたが、むなしい抵抗でしかなかった。

ラファエルは目を見たまま、両手でサンドラの左右のふくらはぎをつかみ、その手を上へと滑らせた。手が膝まで来たところで無理やり足を開かせる。もたれている壁から乱暴に引きはがし床に倒した。背中が、次いで頭が激しく床にぶつかり、サンドラがうめき声を漏らす。ラファエルはサンドラの上にまたがり、唇に指を当てた。

「声を出すな」

折りたたみナイフをサンドラの頰、左目のすぐ下に押しつける。

「動くな」ラファエルはささやいた。「動くと刃が滑る」

サンドラは目を閉じ、歯を食いしばっていた。硬く冷たい刃。刃先が薄い皮膚の下の眼球に触れている。

「そんなに震えるな。さもないと、きれいな顔に傷がつく」

「やめて」ようやくサンドラが懇願した。「やめて！」

ラファエルはナイフを持っていないほうの手をセーターの下に入れた。肌は恐怖で冷えきっている。

「ウィルの具合が悪い。かなり苦しそうだ。なのに、あんたはおれを殺そうとしたり、仲間割れを仕向けたりしてばかりだ。ちゃんとウィルの治療をしていない。あんたのせいで、ウィルは死ぬかもしれない」

サンドラが泣きはじめた。目から涙があふれ、刃を持つラファエルの指先も生暖かくなる。

「わたしはただ、あなたに知らせたかっただけなの」サンドラは口ごもるように言った。「あなたのために……」

ラファエルは目の下の刃をさらに押しつけた。一ミリでも動けば切れるだろう。

「おれのためだと？　おれはあんたの助けなど必要ない。助けがいるのはウィルだけだ」

「弟さんは助けるから！」サンドラが叫んだ。

ナイフで脅しながら、ラファエルはセーターをたくし上げ、サンドラの締まった腹を唇でなぞった。触れると、腹はびくっとしてさらに引き締まった。

「いい身体をしてるな。旦那は果報者だ」

「ちゃんと助けるから！」サンドラが必死で繰り返している。「弟さんは助けるから！」

ラファエルはナイフを頬から首へと滑らせ、顎のすぐ下に当てた。

「仲間割れさせようなんてしてなかった。本当よ！　ただ教えようとしただけよ！」

その言葉には構わず、ラファエルは片手をブラジャーのなかに突っこんだ。素晴らしくやわらかい胸……。サンドラが悲鳴を上げた。その拍子に刃がわずかに皮膚を切った。血がゆっくりと喉を伝っていく。

「動くなって言っただろう」ラファエルはため息をついた。

「助けるから！　助けるから、お願い……」

サンドラはむせび泣き、壊れた人形のように「助けるから」と繰り返している。その様子を見つめながら、ラファエルは自ら煽った火を消していった。欲望を駆り立てるのはここまでだ。

やがて、ラファエルはサンドラを力ずくで起き上がらせ、壁に向かって立たせた。サンドラは支えていないとよろめいて、すぐ倒れそうになった。

放心したようにずっと「助けるから」と言いつづけている。

ラファエルはサンドラの手首の粘着テープを切ると、前を向かせ、ナイフを左胸の下に当てて言った。

「ウィルがあんたを待ってる。あいつを助けることだ。できなきゃ、あんたは死ぬ。わかったな？」

ラファエルはサンドラからナイフを離して、顎で扉を示した。

サンドラがボロボロ泣きながら、石の壁にしがみつくようにして扉に向かう。

だが戸口の手前で、腹に手を当て前かがみになった。

「歩け」すぐうしろでラファエルは命令した。

それでもサンドラは動かない。胃のあたりを苦しそうに押さえ、少し吐いた。きっと大量の恐怖も一緒に吐きだしたのだろう。息が苦しそうだ。

「ぐずぐずするな」

サンドラが口をぬぐい、息を整えて外に出た。急に太陽の光を目にしたせいか、足がふらついている。ラファエルは腕をつかみ、先を急がせた。

やがて母屋の前まで来ると、ラファエルは一度立ち止まり、革ジャンのポケットからティッシュを出した。サンドラの顔から涙をふき、首についた血もぬぐいとる。

「泣くのは終わりだ。あんたがそんな顔をしてたら、ウィルが心配する」

「嘘じゃなかったの……」

「黙れ。その話はもういい」

ラファエルはサンドラが落ち着くまで少し待った。それから母屋に入り、サンドラをウィリアムの枕元へと連れていった。

十七時三十分

母屋に戻った直後から、サンドラはウィリアムにせっせと薬を飲ませ、別人のようにかいがいしく世話をしはじめた。脈をとり、体温を計り、傷を消毒し、包帯を巻きなおす。熱い紅茶を用意し、額に冷たい布をのせ、身体にはもう一枚毛布をかける。

まるで看護師そのものだった。

献身的で無口、そしておびえきった看護師だ。

もはや一グラムの反抗もない。

そんなサンドラをフレッドが驚きの目で見ていた。

ラファエルもフレッドのそばに座り、サンドラの動きを逐一監視した。

「あの女に、いったい何をしたんだ？」小声でフレッドが尋ねる。

答える代わりに、ラファエルは意味ありげに冷たく笑った。ポケットからナイフを取りだすと、これ見よがしにテーブルに置く。

「なんだかんだ言って、そいつはやっぱり効くな」フレッドがうなずいた。

ラファエルは笑ったままでいた。しかし、内心では怒りにわきたっていた。サンドラは嘘をついていなかった。今やそれがはっきりしたからだ。クリステルは本当にウィルが死んでもいいと思っているのだ。

殺してやりたい。そんな思いが腹の底にわいてくる。そもそも多少出発が遅れたって、クリステルの取り分が減るわけじゃない。あんな女、チームに入れなけりゃよかった。だが、フレッドがクリステル抜きでは今回の強盗をやりたがらなかったのだ。どうもフレッドはクリステルにべた惚れらしい。とはいえ、ふたりがキスしているところや抱きあっているところは、一度も見たことがない。

イライラして、ラファエルはフレッドにぶちまけた。

「あの女の旦那は警官だってよ。正確には、憲兵だ」

「何だって？」フレッドが目を剝いて叫んだ。「くそっ！　ラフ、おまえ、それをいつ知った？」

「今朝早くだ。だからって、別に何も変わりゃしない。ただし、クリステルには言うな。あいつは今だって相当イラついているからな」

「くそったれ！」フレッドがうなった。「くそったれ！」

ソファに横になっていたウィリアムも話を聞いていたらしい。心配そうな顔でこっちを見ている。

そこで、ラファエルはわざと明るく冗談を言った。

「旦那が憲兵だろうと何だろうと、家に戻ってきたら死ぬほどびっくりするだろうよ。で、感謝してくれるさ。なんたって、気の荒い妻を優しくて従順な妻に変えてやったんだからな」

フレッドが大笑いした。サンドラが目を閉じて、つぶやくように言った。

「変態！」

「何だと？」

「あんたなんか、あの人に殺されたらいいのよ！」サンドラは叫んでいた。「わたしに何をしたか、あの人が知ったらすぐ殺されるんだから！　あんたたち全員殺されるんだから！」

「黙れ！」ラファエルは命じた。「さもないと、また納屋に戻ってさっきの続きをやるぞ」

視線がぶつかりあった。

ラファエルが片手でテーブルのナイフに触れ、もう片方の手をズボンの前にやると、サンドラはようやく目を伏せた。

8

十七時五分

あたりに楽しげなざわめきが広がり、中学生の群れが散っていく。

ついさっき学校が終わったところだった。

生徒のなかには一刻も早く学校から離れようと、走って門から飛びだしてくる者がいる。学校とは、幽閉され精神的拷問を受ける場に等しいと感じているからだろう。

反対に、学校を去るのが悲しそうな生徒たちもいる。いや、そうではなく家に帰ることが辛いのかもしれない。どちらなのかは知りようがない。

ほかには友だちと一緒に道を渡ってバス停へ行こうとする生徒もいれば、親が迎えにきた車に乗りこむ生徒もいる。歩いて帰る生徒、自転車やスクーターで帰宅する生徒、迎えがくるのを待つ生徒……。

そんな風景を男は見つめていた。

中学校の門から数メートル離れたところで、木にもたれながら眺めていた。男の姿は風景に溶けこみ、まったく目立たない。

他人に無関心という世の風潮のおかげで、誰の目にもついていない。

中学生の群れを見ながら、男は自分の少年時代のこと——授業が終わり、学校を出るときのことを思い出した。

ひとりきり。ずっとひとりきりだった。伝染病患者のように、みんな自分を避けていた。優等生だったわけではない。むしろ先生の前ではどもってばかりで、単語を三つ続けて話すことさえできなかった。意地の悪いクラスメイトたちはそれをいつもからかった。

クラスメイトはみんな冷たかった。

テストの点はずっと悪く、勉強に関しては幾度となく注意されていた。ただし、素行で注意を受けたことはない。

成績が悪いのは仕方なかった。夜、ほかの子どもたちは宿題をするが、自分には宿題などやっていられない事情があったからだ。少年時代は勉強の時間が取れるほど恵まれていなかった。生き延びるために戦わねばならなかった。一方では早く神に召されることを祈りながら……。

自分はよくある穏やかな家庭で育った子どもではない。自分の子ども時代は、ほかの子どもたちとは大きく違う。

おもちゃなど与えられたこともない。

ただひとつのおもちゃ、それは自分の身体だった……。

そのとき、突然、門からあの子が出てきた。どれだけ人がいようが、あの子のことはすぐにわかる。

ジェシカ。

長い金髪を風になびかせ、無垢な笑顔を浮かべながら、ジェシカは澄んだ笑い声を響かせていた。

男も笑った。学校にいるあいだジェシカと何時間も離れていたのだ。また会える幸せは格別だった。

おまえが知ったら驚くだろう。どんなにおまえが恋しかったことか。

ジェシカを見ていると、男は優しい気持ちになった。

いや、獲物の少女を見ていると、「優しい気持ち」だと自分が信じているものをかきたてられた。

もうじき、ジェシカは自分のものになる。そして魂のない物でしかなくなる。尽きることのない食欲を、いっとき満たす食事になる。渇きを潤す泉になる。

それ以上でも、それ以下でもなくなる。

男は五十メートルほど離れ、ジェシカのあとをつけはじめた。だが、ジェシカはひとりではなかった。親友のオレリーと一緒に帰っている。オレリーは小柄で太め、褐色の髪の少女だ。まだ子どものくせに早熟で、まるで娼婦のような格好をしていた。

家に着く前に、ふたりが別れてくれたらいいのだが。男は願った。だが、ふたりはくちゃくちゃしゃべり、ふざけて笑いあっている。何も気づかず、ひらすらのんきに。

男が道端に停めているライトバンの横を、それとは知らず、ふたりが通りすぎた。もう帰り道の半分まで来ている。

男はライトバンに乗り、エンジンをかけた。そのあいだもジェシカとオレリーから目を離さない。車をゆっくりと走らせ、追いこしぎわに歩道のふたりを見る。

いつもならこの道はほとんど誰も通らないが、今日に限ってほかに人がいた。ここでぐずぐずするのは得策ではない。男は獲物を得られないまま、アクセルを踏んだ。

そして数分後、ジェシカの家から百メートルほど離れたところに車を停めた。

誰にも見とがめられないよう、カーステレオの音量を落とし、窓を下げる。

男は待った。いつものように。捕食者特有の忍耐強さで待ち伏せた。

それからまもなく、ふたりの姿がバックミラーに現れた。オレリーはまだジェシカにつきまとっている。

今日も捕えそこねた。

だがその瞬間、男はジェシカとオレリーをふたりまとめて連れ去ることを思いついた。

太めで褐色の髪のオレリーはあまり気に入らないが、食前のつまみ程度には役に立ってくれるだろう。飼ってみれば、多少は楽しませてくれるかもしれない。

ジェシカとオレリーが車の脇を通りすぎた。男にまったく注意を払わない。注意など払うわけがなかった。

朝から晩まで誰かにつけ狙われているなど、まだ十三歳のジェシカに想像できるはずがない。一晩中、男が部屋の窓の下にいてジェシカのことを思い、これからジェシカに与える試練に邪悪な喜びを感じてマスターベーションをしていることなど、どうして想像できるだろうか。

男に狙われた以上、ジェシカはもはや未来のある子どもではなかった。腹を空かせた捕食者が爪を立てる獲物だった。

男のよこしまな心を満たすための獲物。男自身、かつては獲物の側だったが、今ではそれを忘れていた。

ジェシカはすでに片足を墓に入れていた。だが、まだそのことに気づくことはできていない。

9

十八時二十分

「そろそろ旦那から電話が来る頃だろう?」

すぐうしろの椅子から、ラファエルが尋ねる。

相変わらず監視されながら、サンドラは夕食の準備をしていた。

離れる気はさらさらないらしい。まったく、あの男は悪夢そのもの、地獄の使者だ。

本当なら、昨日はごくありふれた一日になるはずだった。いつもと同じ一日になるはずだった。なのに昨日、あの男がたまたまこんな辺鄙な場所にやってきて、診療所の看板に気づいたせいで、人生をめちゃくちゃにされてしまった。

とはいえ、前々から心の底ではわかっていた。この人生がいい終わり方をするわけがない、と。

どこかで、そう定められていたのだ。

だから結局、この状態もそれほど不思議ではないのだろう。少し考えれば、驚くことではないのだろう。

だが、今はまともに考えることができなかった。うしろから、ずっと目を向けられているせいだ。視線が肌を焼き、神経をさいなみ、胃をねじ上げる。

「おれは質問をしたんだが」ラファエルがイライラした声になった。

それでもサンドラは振り向かず、夕食の準備を続けた。ひたすらジャガイモの皮をむく。ここに青酸カリがあればいいのに。すぐそばにあれば……。あの猛毒がひと瓶あれば、軍の連隊だって打ち負かせる。ましてや強盗一味なんて、簡単に始末できるのに……。そう考えてから、サンドラはようやく答えた。

「ええ、たぶんそろそろ電話が来るわ」

「何時になる？」

「わからないけど、もうじきよ。七時くらいだと思う」

「携帯にか、それとも固定電話にか？」

「固定電話よ」

「かかってきたら、おれにも聞こえるようにしろ。それから、そばに誰かいると怪しまれるような態度は絶対にとるな。いいな？」

サンドラは黙ってうなずいた。すると、ラファエルが繰り返した。

「いいな?」

気がつくと、息がかかりそうなほどすぐうしろに立っている。

「ええ」サンドラは今度は声に出して返事をした。

「わかればいい」

言いながら、ラファエルが腕をなでまわしてくる。サンドラは身をこわばらせた。吐き気がした。こんなやつ、喉に包丁を突き刺してやりたい。柄まで深々と……。


サンドラの全身に緊張が走るのを感じながらも、ラファエルは身体に触れずにはいられなかった。なぜかこの女にはどうしようもなくそそられた。危険なほどに。サンドラを見ていると、相反するふたつの気持ちに駆り立てられる。

ひとつは、腕に抱いて守ってやりたいという気持ち。

もうひとつは、痛めつけてやりたいという気持ち。何だかわからないが、何かの償いをさせたくなる。

サンドラという女ははかなくて残酷だった。優しくて意地悪だった。もろくて暴力的だった。

とはいえ、そもそも二面性のない人間などいるのだろうか?

そういえば、自分にも昔はもろい面があったものだ。そのことを忘れて生きるようになったのは、いつのことだったろうか。暴力もいとわない人間になろうと心を決めたのは、いつだったのだろうか。ラファエルはもうはっきりとは思い出せなかった。

だが、きっと父親が何の説明もなく家を出ていった日だろうという気はした。

そのときふと気づいて、ラファエルはまた言った。

「それと、旦那にいつ帰ってくるのか、ちゃんと聞け」

「わかったわ」

返事を聞きながらサンドラの髪をかき分け、うなじに触れる。

サンドラがぎゅっと目を閉じた。どれほど怖がっているのかが伝わってくる。

そう、この女には恐怖を感じさせなければならない。でなければ付け入られる。

ラファエルはうしろの椅子に戻ると、サンドラを黙って見つづけた。この女は本当は何者なのだろうか。優しげな翡翠色の瞳の奥に、いったい何を隠しているのだろうか。

✵　✵　✵

フレッドは二階のクリステルの寝室に入った。日が暮れてあたりは暗くなり、薄闇が飢えた狼の群れのように家の周囲を取り巻いている。クリステルは椅子にもたれ、放心したように窓の外を見ていた。

その姿はまるで陶器の人形だった。子どもがうっかり忘れて置き去りにした人形のようだ。

いつものように、心はどこかに飛んでいるのだろう。クリステルだけが知る魔法の世界だか悪魔の世界で、好きなように戯れているに違いない。ひょっとしたら怪しい世界で探検を強いられているのかもしれないが、それは本人のみぞ知ることだ。

フレッドはゆっくりとクリステルに近づき、むきだしの肩に両手を置いた。自分が来るのを待っていたかのように、クリステルがほほ笑み、顔を向ける。ふたりはキスをした。

「そのワンピース、すごく似合うな」フレッドは言った。

「そんなことより、ここって退屈すぎ」クリステルは子どものように甘えた声を出した。

「外を見たって、何にもないし」

「もうちょっとの辛抱だ。もうすぐ遠くへ行けるからな。で、おれたちは金持ちになる」

「大金持ちだよね！」

クリステルが椅子の上に膝をつき、フレッドの首に腕を巻きつけて、またキスをした。

「けど、ここにずっといたら危ないと思う。逃げないと」

「どうだかな。おれはいい隠れ家だと思うんだが。まあ、そこそこいいっていうか」

「そこそこいいって、何それ？」

フレッドはためらった。

「どういうこと?」聞きながら、クリステルは誘惑するようにフレッドのシャツの下に手を這わせた。

「いや、あの獣医の旦那、憲兵なんだってよ」

クリステルが動きを止めた。額に深いしわが寄る。

「え、何?」

「だから、おれたちは憲兵の家にいるんだ」

「そんなの聞いてなかった!」

「おれだって聞いたばかりだ。ラフは今朝から知ってたみたいだが」

「で、あたしたちには黙ってたわけ?」

「もっと早くに聞いてたって、たいして違わねえよ。ラフはおまえには知らせるなって言ってたんだ。おまえ、ずいぶんイラついてるからさ」

「何言ってんの。さっさとここから逃げださないと。憲兵の旦那が帰ってきたら、あたしたち終わりだよ」

「大丈夫だ。今夜は帰ってこないらしい」

クリステルが椅子からおりて、また窓の外を見た。

「だって、あんたは警官を撃ち殺したんだし……。さっきニュースで言ってたでしょ。重傷だった警官が死んだって」

「わざわざ教えてくれて恩に着るよ！」

フレッドは吐きだすように言うと、ベッドに寝そべった。クリステルはしばらく黙っていたが、やがて隣に来てささやいた。

「あたし、心配なんだよね。ラフってあたしたちを裏切ったりしない？」

「馬鹿なこと言うな。あいつは信用できる男だ。裏切るなんて絶対ない」

「けど、明日の朝起きたら、ラフが宝石を持って逃げてるかもしれない。そしたらどうする？　宝石は一階の戸棚にラフが鍵をかけて、しまってあるんだし」

「鍵くらいかけて当然だろ」フレッドは言った。「どっちにしろ、あいつがウィルを置いて逃げるもんか。ウィルはまだ立てないんだし逃げようがねえ」

「どうだか」

「その話はもうやめろ。あいつは裏切ったりしない。そんなのやつじゃねえんだ」

「だといいけど」

クリステルがフレッドの上にそっと乗って、足を巻きつけた。

「ドアが開いているぞ」フレッドは笑って言った。

「いいんじゃない？」クリステルはフレッドのシャツのボタンをはずしながら答えた。「みんな下にいて、二階はあたしたちだけなんだし。今は世界にふたりだけってこと」

フレッドはクリステルの髪をなで、背中へと手を下ろした。素晴らしく似合っているミニの黒いワンピースを、腰までまくり上げる。

クリスタルが大胆に振る舞うのは、まれなことだった。こんなふうに求めてくることも、クールな野生動物の仮面をはずすこともめったにない。

知りあって何年もたつが、フレッドはクリスタルのことがいまだによくわからなかった。何に苦しんでいるのかも謎のままだ。

もちろん知ろうとする努力はした。だが、クリスタルの心の鍵を開けるのは難しかった。たとえるなら、フランス銀行の金庫をこじ開け、金塊にたどり着こうとするようなものだ。まだ解錠コードも見つけていない。だからこそ刺激的でもあった。

フレッドは目を閉じた。クリスタルの唇が胸や腹をなぞっている。このままクリスタルのやりたいようにさせてみるか。

今回はどこまでできるだろう。

クリスタルはこっちの火をつけるだけつけて、急にやめてしまうことが多かった。突然、越えられない壁を築いてしまうのだ。

ときにはそれがよくわからなくて、クリスタルに無理強いをしたこともある。だが、そんなときもクリスタルは恨む様子は見せなかった。むしろ、フレッドは自分で自分が嫌になった。無理やり快楽を得たあとは、決まって痛みを感じたからだ。

クリスタルと初めて会ったのは、道端だった。正確に言うなら、しみったれた路地裏か。

ひとりで歩いているときにすれ違い、きれいな女だと思っていたら、金を巻き上げようとナイフを向けてきたのだ。それですっかり気に入って、一緒に連れていくことにした。

あのとき、クリステルはまだ二十歳前、自分は四十歳になろうとしていた。

クリステルが持っていたのは「クリステル」という名前だけ、こっちは長い前科があるだけだった。

クリステルには家族がない。それとも、もう家族はいらないのかもしれない。どちらなのかはわからなかった。だが、そんなのはどうでもいいことだ。

フレッドはクリステルのめちゃくちゃなところや謎めいたところを愛していた。反抗的で決してなつこうとしない野生動物のような反応が好きだった。危険なところ、ときには邪悪にさえなるところが気に入っていた。

そのとき、クリステルが離れていく気配がして、フレッドは目を開けた。また置き去りか。クリステルはベッドを出ると、窓辺に戻っていった。再び自分だけの世界に入ったようだ。

フレッドは深いため息をつくと、クリステルのそばに行った。抱きしめてみたが、クリステルは身をこわばらせるだけだった。大理石の彫刻のように硬く冷たい反応だ。

「たぶん今夜は続きができるよな」フレッドは耳元でささやいた。

クリステルは何も答えなかった。

もう心はここにないのだろう。

十九時十二分

電話が鳴った。サンドラがびくっとする。

「受話器を取れ」

ラファエルはそう命じると、サンドラのうしろにぴたりとついた。左手で腕を締めつけ、右手で銃口を脇腹に突きつける。サンドラが息を呑んだ。

「出るんだ」

サンドラが受話器を取り、スピーカー機能のボタンを押した。

「おれだ。パトリックだ」

「あら、元気？」

やはり旦那だった。サンドラは自然にしゃべろうと必死になっている。手が震えていた。

「おまえこそ元気か？」旦那が言う。

「ええ」

「でも、声がおかしいぞ」

ラファエルは銃口を押しつけた。サンドラが受話器を落としそうになる。

「何でもないの。その……ちょっと疲れてるだけ」

「仕事が忙しかったのか？」

「いいえ。なんだかだるくて、仕事は休んだわ」

「どこか悪いのか？」

「たぶん、軽い風邪よ。すぐよくなるから大丈夫」

「本当か？　具合が悪そうだぞ」

「そんなにひどくないの。心配いらないわ」

短い間《ま》のあと、突然、旦那がいぶかるように尋ねた。

「そこに誰かいるのか？」

ラファエルは歯ぎしりした。

「いいえ、ひとりよ。ひとりに決まってるじゃない」サンドラがあわてて返事をする。

「いつもと様子が違うぞ」

どうも一筋縄ではいかない旦那のようだ。サンドラが本当のことを言わないよう、ラファエルは銃口をさらに強く押しつけた。すると、サンドラがささやいた。

「あなたがいなくて寂しいからよ。とっても寂しいの。ひとりぼっちになった気がして」

それを聞いて、ラファエルは少し銃口を離した。

「おれも寂しいよ」旦那が答えた。声に何の感情もこもっていない。「でも、もう少しで帰れるから待っていてくれ」

「今夜、帰ってくるの？」サンドラが聞いた。

「いや、今夜は無理だ。まだ仕事が終わっていないからな」

「いいのよ。必要なだけ時間をかけてちょうだい。ちゃんとわかってるから」

「じゃあ、また電話するよ。ここを発つときに連絡する。いいね？」

「わかったわ」

旦那は黙ったまま、電話を切らないでいる。ふいにサンドラが息を大きく吸ったかと思うと、大声で言った。

「携帯が鳴ってるから切るわね。おやすみなさい」

そうして電話を切ると、めまいでも起こしたかのように、飾り棚の大理石の天板にしがみついた。この女、またなめた真似しやがって！　ラファエルは逆上した。銃をしまうや、飾り棚からサンドラを引っぱがし、こっちを向かせる。

「この野郎！　なんであんな切り方をした？」

「だって……あんなお芝居、あれ以上は無理だったから」

「あれじゃ、旦那が怪しむだろうが！　携帯が鳴ってるとか、ふざけたことぬかしやがって！」

「いいえ、そんなことはない。あの人は何にも怪しんでない。本当よ……」

「うるせえ！　あいつは、誰かいるのかって聞いてただろうが！　で、あんたはさっさと電話を切りやがった。あれで怪しまないわけがねえ！」

ラファエルは逃げようとするサンドラを飾り棚に押しつけた。

「もうたくさん！　こんなの嫌！　馬鹿野郎、放せ！」

サンドラがめちゃくちゃに叫びだした。ラファエルの胸を拳で殴り、脛《すね》を蹴る。ラファエルはサンドラの首をつかむと、力まかせに持ち上げた。つま先だけがかろうじてタイル張りの床に触れている。

「黙れ！　おとなしくしろ！」

反応がない。ラファエルはますます逆上し、首をつかんだままサンドラの後頭部を壁に激しく打ちつけた。

「二度とふざけた真似はするな！　おれを殴るんじゃねえ！　わかったか？」

やはり反応がない。

「わかったか？」ラファエルは叫んだ。

「やめろ、兄貴！　手を放せ」

ウィリアムがいつのまにかソファから起き上がっていた。真っ青な顔で、テーブルにしがみついている。

「兄貴、やめるんだ」

だが、ラファエルはやめなかった。長すぎる何秒かが過ぎる。そのあいだ、手はサンドラの首を圧迫しつづけていた。

噛みついたら最後、二度と離さないピットブル。身体に染みついた習性だった。

「兄貴、放すんだ、今すぐに！」ウィリアムがきつい調子で繰り返した。「馬鹿な真似はよせ。その人を殺しちまうぞ！」

その声に、ラファエルははっとしてようやく手を放した。サンドラがゆっくりと足元に倒れていく。

気がつけば、フレッドとクリステルも部屋の入り口に立ったまま、こっちを見つめていた。いつからいたのか。ふたりが階段を下りてくる足音も何も聞こえなかった。

もう一度サンドラに目を向けると、苦しそうにぜいぜい喘いでいる。

くそっ。ラファエルは玄関のドアを叩きつけ、家の外に出た。


池のほとりで、ラファエルは煙草の吸い殻を投げ捨てた。煙草の先は、暗闇を照らすちっぽけな光だった。だが闇は希望を食い尽くす。そんななかで、こんなささやかな光など何の役にも立ちはしない。

ラファエルは吸い殻をじりじりと踏みつけ、湿った土にねじこんだ。

いつしか池のそばまで来ていた。母屋からはせいぜい二百メートルほどだろうが、その距離が今は何キロにも思える。長い道のりを歩いて境界を越え、闇の中心まで来てしまった気がした。

闇の中心。そこは、さまよえる人間が影になる場所だった。ここに来た人間は血も涙もない恐ろしい影になる……。

二十三時四十五分

あれから、誰も口をきかなかった。誰もさっきの話題を持ちださない。ひたすら沈黙が続いていた。それは火山の噴火の予兆を思わせる沈黙だった。

フレッドとクリステルは夕食を終えると、さっさと二階へ上がっていった。

ラファエルはウィリアムが眠るソファのそばで、肘掛椅子に座っていた。ウィルは相変わらず苦しそうにしている。また熱が上がったらしい。

サンドラが熱を下げようと薬を飲ませていた。優しげな仕草で額に手を当てる。だが、ウィリアムにほほ笑みかけるその顔はぎこちなかった。

「足が痛いんだ」ウィリアムが弱々しい声で訴えた。

「辛いわよね」ソファの肘掛けに座りながら、サンドラが答える。

ウィリアムが目を閉じた。まだ少年の面影が残る顔が苦痛でゆがんでいる。

ラファエルはサンドラについてくるよう合図した。台所に行き、ドアを閉める。サンドラは台所の真ん中でじっとしたままだ。ふたりだけになったので、おびえているのだろう。だが、ラファエルはサンドラに近づくことなく、ただ尋ねた。

「なんでウィルはあんなに苦しんでる？　どうなってるんだ？」

「だって、銃弾を二発も受けたのよ」サンドラはそれだけ言った。

「適当なことを言うな。撃たれたらどうなるかなんて、こっちは百も承知なんだ。あいつはタフだ。こんなに弱るはずがない」

「たぶん……弟さんは足の傷が化膿しているんだと思う。だからさっき、抗生物質を投与したの。でも、あの薬でよかったのか……」

「つまり、あんたはウィルに毒を飲ませたってことか？」

「違う。そうじゃない。でも……」

「でも、何だ？」

サンドラが倒れるように椅子に座り、テーブルに肘をついた。頭を抱えている。

「ここは病院じゃない。あるものだけで手を尽くすしかないの」

「まだ手は尽くしてないだろうが！」ラファエルは声を荒げた。

「本当にそう思う？　だってここには何もないのよ。何ひとつないの！　採血も検査もできないから、診断も下せない。それに、わたしは獣医よ！　もううんざり！」

ラファエルは冷静になろうと自分を抑えた。サンドラの言い分はもっともだ。だが、認めるわけにはいかなかった。そこに、サンドラが追い打ちをかけた。

「弟さんを助けたいなら、病院へ連れていくべきよ。今すぐに」

ラファエルはイライラしてサンドラをにらんだ。

「それができたら苦労はしない。わかってるだろ!」

「決めるのはあなたよ。わたしはできる限りのことをするしかない」

サンドラが視線を避けるように床に目を向けた。さっき首を絞めた跡が顎の下でアザになっている。頭をもがれかけたのかというほどくっきりとした跡で、相当痛そうだ。

「どうかウィルを助けてほしい」ラファエルは声を落として言った。「あいつはおれのたったひとりの家族なんだ」

そこには悲痛な響きがあった。

ラファエルが急に弱気になったので、サンドラは驚いて目を上げた。散々脅して暴力を振るったあげく、今度は同情を引く作戦なのか。それでも、サンドラはふいにラファエルが哀れに思えた。

「今言ったとおり、わたしはできる限りのことをする。でも、本当に弟さんのことを大切に思うなら、緊急外来に行くべきよ。ふたりとも刑務所に入ることになるかもしれないけど、そうすべきだわ」

「あんたは全然わかってない！　刑務所に入るってのは、死ぬよりひどいことなんだ」

「それなら……」

サンドラが言いよどむと、ラファエルが続きを促した。

「何だ？」

「外国の病院に連れていくのはどう？　確かに、ここからだと国境は遠いけど……」

「無理だ。フランスと同じで、どこの国でも撃たれた怪我人が来たら、すぐに通報される。逃げる前に捕まるのがおちだ」

これ以上話すことはなかった。サンドラは黙ってまた床を見つめた。床が開いて非常脱出口でも現れてくれればいいのに。

ラファエルが流しに身をかがめ、蛇口から直接水を飲みはじめた。ジーンズから拳銃の銃床がのぞいている。手を伸ばせば届く距離だ。あの銃を奪えば……。心臓がバクバクする。恐怖で身体が震えた。

きっと安全装置がかかっているだろう。たぶん弾が入っていないだろう……。

つい言いわけをしてしまう。そうしているうちにラファエルが水を飲み終え、振り返った。おまえの考えていることなどすべてお見通しだとでもいうような目で、こちらを見つめる。チャンスはすでに通りすぎてしまった。

サンドラは心を読まれないように急いで目を伏せた。まだあきらめていないと知られるのはまずい。

この先もあきらめるつもりなどなかった。

自分はこの男が思っているような女ではない。

人里離れた土地で静かに暮らす、優しくか弱い獣医なんかじゃない。

そのあたりの御しやすい女とはわけが違う。おとなしく夫の帰りを待つだけの女だと思っているなら大間違いだ。

十一月六日

木曜日

Jeudi 6 novembre

10

二時三十五分

これがおまえの最後の夜だ。

家のやわらかいベッドで眠り、心地よいぬくもりに包まれて過ごすのは最後になる。

せいぜいぐっすり眠り、いい夢を見るがいい。

最後の夢を見るがいい。

あと数時間もすれば、中学校での一日が始まる。いつもと変わらない一日だと、おまえは思うだろう。少し退屈して、楽しい未来を夢見るかもしれない。だが、おまえにそんな未来はもうない。

おまえの唯一の未来、それはおれだからだ。

おまえの未来はもはやおれのもの、おれの手のなかにある。今、おれはおまえの未来をもてあそんでいる。もうじき、おまえ自身をもてあそぶように。

そう、もうじきだ、愛しい子よ。

目覚めれば、おまえは特に感動もなく無意識に今日一日を過ごすことだろう。それぞれの瞬間を深く味わうこともしないだろう。

なぜなら、知らないからだ。そう、まだ知らない。おまえは目の前に人生が広がっていると信じている。多くの年月があり、たくさんの夢や計画が待っていると信じている。

今日一日、おまえがどこへ行こうが、おれはあとをつけていく。

朝になれば、おまえは家を出るだろう。それが最後だ。

母親がおまえにキスをするだろう。

それが最後だ。

休み時間にトイレでこっそり煙草を吸うこともあるだろう。

それは初めてかもしれない。

友だちを驚かせたくて、先生に生意気な口をきくこともあるだろう。

それも最後だ。

おまえは気づかれないように、あの少年のほうを見るだろう。あの少年を好きなのはわかっている。向こうも笑いかえしてくれるといいのだが。それは初めてのことになるだろう。

授業中、おまえはテスト用紙に向かい、できるだけいい成績を取ろうと必死で頭を働かせる。今学期の成績がよければ何か買ってくれると両親が約束したからだ。

だが、おまえがテストの結果を知ることはない。

おまえは今日一日を終え、ほっとしながら学校を出る。

それも最後だ。

きっと翌日の地理の試験が心配になるだろうが、その試験をおまえが受けることはない。だから、あまり復習していなければいいのだが。時間の無駄でしかないのだから。

あと少しで、そんなことはどれもどうでもよくなる。

重要なものなど何もなくなる。おれ以外には。

おまえには、おれしかいなくなる。

ほかには、恐怖と苦しみと死しかない。

おれには、おまえしかいなくなる。

あと半日ほどで、おまえはおれのものになる。

おれはおまえを天使にしてやるつもりだ。

ただし、おまえが最初でもなければ、最後でもない。

11

三時十五分

サンドラはベッドで寒さに震えていた。

寒くて身体中がむしばまれた。

恐怖で胸が苦しくなる。

だがどれだけ身体が凍え、恐怖で胸が締めつけられても、布団を引きあげることさえできなかった。

ベッドに両手首を縛りつけられているせいだ。疲れ果てているのに、眠ることもできない。そもそもこんな状態で眠れるはずがなかった。それもこれもあの男のせいだ。今もあの男は隣の居間で椅子に座り、瀕死の弟を見つめているのだろう。

この部屋と居間は薄い壁で隔てられているだけだった。その距離が何千キロもあればと思わずにいられない。いっそ死にたいくらいだった。

そうこうするうちに、身体の震えはますますひどくなった。歯ががちがちと鳴っている。憔悴しているのに、目を閉じることさえできない。サンドラは少しでも暖をとろうと、足を動かしてみた。動きは初めゆっくりだったが、次第に勢いを増した。

やがて、自分でも抑えがきかなくなり、足でベッドの枠を激しく打ちはじめた。それと同時にうめき声が出た。声はだんだん大きくなり、叫び声に変わった。それから、涙もあふれだした。涙はとめどなく頬を伝い、冷えた首を濡らした。手首のひもを少しでもゆるめようと、拳を握り両腕に力を込めて引っ張ってみた。といっても、縛《いまし》めが解けるとは思っていない。そんなものはもう何時間もやって無駄だとわかっていた。ほんの気休めだ。

はたして自分はこんな目に遭ういわれがあるのだろうか。たぶん、あるのだろう。そんなことを考えても何の慰めにもならないが、きっと恐怖にとらわれながらベッドに縛られても仕方ないことはしたのだろう。

でもいずれにしろ、この事態は自分のせいじゃない。

この事態に責任もない。責任がないのだから、罪もない。あの人だってしょっちゅうそう言っていた……。

そのとき、ふいにドアが開いた。かすかに明かりが射し、同時に大きな人影が現れた。サンドラは動きを止めた。叫ぶのをやめ、息を呑む。頭に赤信号が灯った。

あの男だ。危険の合図だ。

「何を騒いでる？」ラファエルが怒鳴った。

サンドラは返事をしなかった。ベッドの上で身を固くし、ひたすらおとなしくする。声の調子からすると、どうやら寝ているところを起こしてしまったらしかった。よくない兆候だ。

ラファエルが手探りで暗い室内を歩き、枕元にあるランプのスイッチを押した。明るいなかで、こちらを見ているのがわかる。手をベッドに縛りつけられているせいで、サンドラは涙をぬぐうこともできなかった。無防備にベッドに横たわっているしかなかった。

「何をしてるんだ？」

ラファエルがまた言った。涙のあとは見たはずだが、なぜ泣いているとは尋ねない。どっちにしろ、涙の理由はわかっているだろうし、そんなことはこの男にはどうでもいいのだろう。でなければ、聞くくらいはするはずだ。

ほかの問題で頭がいっぱいというわけか。

「あんた、自由になりたいんだな。けど、そんなことをしても時間の無駄だ。ベッドを壊せば何とかなるだろうが、さすがにそりゃ無理だろう」

そう言って、ラファエルが笑った。いまいましい笑いだった。サンドラは顔をそむけて壁を向き、ラファエルの顔を見ないようにした。だが、ふとマットレスが沈むのを感じた。ラファエルがベッドの端に座ったのだ。

「どのみち、窓の取っ手ははずしておいた。だから、奇跡的にひもがほどけても、あんたはこの部屋から出られない。まあ、窓ガラスを壊せば逃げられるだろうが、それだと大きな音がする。そんな騒ぎを起こしたら、おれが気づかないわけないだろう。要するに、あんたに逃げ道はないってことだ。わかったら、おとなしく眠ることだな」

サンドラは黙ったまま、なすすべもなく壁を見つめた。壁紙が色あせている。何度も別のものに張り替えようと思ったが、最後の最後でやっぱり替えずにいたものだ。慣れ親しんだ世界をほんの少しでも変えてしまうと、この身が脅かされる気がしていた。

「あんた、口がきけなくなったのか？　いつもの威勢はどうした？」

ラファエルが両手で顔をつかんで首をねじり、無理やり自分のほうに向かせようとした。サンドラは抵抗したが、すぐに従った。

今は怒らせないようにしなければ。

「で、なんでおれを起こした？」

「起こそうとしたわけじゃない……。わたしは逃げられないんでしょう。なら、ひもをほどいてほしいの。これじゃ眠れないから」

「それはできない。あんたはおれを殺そうとしたからな。あれをやられちゃ、もう無理だ。だいたい、文句を言われる筋合いはないだろう。あんたは本物のベッドに寝てるんだ。おれのほうは椅子で我慢してるっていうのに」

ラファエルが顔から手を離したが、サンドラはもう壁を向かないようにした。

「寒いの」

「だから何だ？　おれに温めてほしいのか？」

その言葉に、サンドラはぞっとして思わず身を縮めた。

「この家が寒いのは、おれのせいじゃない」

ラファエルは薄笑いを浮かべて言うと、足元の布団をつかんだ。そうして、首のところまで布団を引っ張りあげ、明かりを消した。

「二度とおれを起こそうとするな。今度起こしたら、また納屋に放りこんでやる。それか、おれが一緒に寝てやるからな」

そう言い残し、ようやくラファエルが部屋を出た。ドアは開けたままだ。サンドラは深呼吸をし、気持ちを静めようとした。だが、腹わたが煮えくりかえっていた。

あいつめ、好き放題して！　この償いは必ずさせてやる！

あんなやつ、恐ろしい報いを受ければいい！

あと少しすれば、あいつのほうがガタガタ震えることになる。恐怖を味わうのもあいつ。寒さで凍えるのもあいつ。そう、あと少しすれば……。

六時三十分

フレッドは細く開けた窓の前に立った。

新鮮な空気が吸いたかった。上半身は裸だし、入ってくる風は氷のように冷たい。それでも朝の空気を吸うと、気分はよくなった。

あたりはまだ薄暗かった。まるで未練がましい敗者のように、夜がぐずぐずと居座っている。

フレッドは振り向いて、ベッドのクリステルを見た。クリステルはマットレスの端に丸まってぐっすりと眠っている。

夜のあいだ、フレッドは隣の部屋で眠り、朝になってクリステルの眠る部屋にまた来ていた。だが、どうしてこの部屋はクリステルひとりの部屋なんだろうか。自分たちふたりの部屋でもよかったんじゃないだろうか。

とはいえ、そんなことは大きな問題じゃない。そもそも、予定どおりに進んでいないことが多すぎる。

その最たるものは、こんなところにいることだろう。

こうしているあいだにも、憲兵の旦那が帰ってくるかもしれなかった。憲兵の家に留まっているなんて、まったくとんでもない話だ。

フレッドはまた外を見た。今日はいい一日になる。何とかそう思いこもうとした。今日こそついにここを出て、もっと安全な隠れ家に向けて出発する。ラファエルが言っていた第二の隠れ家ってやつだ。いわゆる隠し球か……もしかしたら嘘かもしれないが。

宝石のことも気がかりだった。あんなものはとっとと売って金にしたほうがいい。危ない物はできるだけ早く手放すべきだ。

もちろん、ラファエルが経験豊かで華々しい経歴の持ち主なのはわかっていた。だが、フレッドは自分たちのあいだには根本的なものが欠けている気がしてならなかった。信頼が欠けているのだ。

確かに今回、ラファエルと組んでここ数年でも屈指の派手な強盗を成功させたが、その後の展開ははっきり言って最悪だった。

いや、そもそもあれを成功と呼べるのか。フレッドは銃撃戦の最中に倒れた女のことを思い出した。ほとんど見る暇はなかったが、あの女に夫や子どもはいたのだろうか。とはいえ考えてみれば、当たったのが自分の弾だったとは限らない。警官の撃った弾の可能性だってあるだろう。

しかし、それも今となってはどうでもいいことだ。とにかく血が流れ、成功はあっというまに失敗に変わった……。

と、ふいにクリステルが寝返りをうった。眠りの底から出てこようとしているのだろうか。苦しげに何かつぶやいている。

いったい、どんな悪夢を見ているのだろう。フレッドは打ち明けてもらいたかった。クリステルがどんな人間で、どんな人生を送ってきたのか、教えてもらいたかった。

きっとひどいことがあったに違いない。でなければ、あんなに精神が不安定になるはずがないし、路上生活などしていなかっただろう。あんなに強くて弱い人間になるには、よほどのことがあったはずだ。

傷つきやすくて、同時に残酷な女。

昨夜、クリステルは機嫌が悪かった。フレッドはその気にさせようとしたが、代わりに冷たく跳ね返された。そんなのはいつものことだったが、今回ばかりはどうにもイライラした。

クリステルが変な女なのはよくわかっているし、そういうところも好きだった。ただし、この自分がイライラさせられるのは許せない。

特に昨日の晩は慰めが欲しかった。女の肌を感じたかった。クリステルに大事にされていると感じたかった。

彼女が必要だった。

思い出すと、フレッドはどうしてもクリステルを起こしたくなった。おまえはおれのものだと言ってやりたくなった。おれは人の言いなりになるような男じゃない。凶悪強盗のリストに載り、警察でさえ恐れる男だ。だから、女に手玉に取られたりはしない。そう耳元で叫びたかった。

今はどうしてもこの部屋から出ていきたくなかった。自分もぐずぐずと居座りつづける夜のようなものなのだろうか。

未練がましい敗者なのだろうか。

フレッドはベッドのクリステルに近づくと、タンクトップのひもをずらし、肩に口づけた。クリステルが目を開ける。一瞬ぼんやりしていたが、誰だかすぐにわかったようだ。

ベッドの反対側へとゆっくり逃げていく。

だが、フレッドは構わず布団に潜りこんだ。

「今はだめ」

クリステルが弱々しい声で言い、フレッドのほうを向いて抱きついた。指で背中のタトゥーをなぞっている。鎌首をもたげたコブラのタトゥーだ。

「もうちょっと眠りたいんだよね」クリステルがつぶやいた。「けど、抱きしめてくれてうれしい。寂しかったし」

結局、フレッドはクリステルを腕に抱いたまま、そっと眠らせた。

なんてこった。クリステルはおれに何かの魔法をかけたに違いない。ほかに考えようがなかった。

七時

ウィリアムは少し前から目を開けていた。すぐそばの椅子では、ラファエルが眠っている。背中を丸め、かなり前かがみになった姿勢だ。

あんな姿勢で寝ていたら、起きたときに身体が痛くなるだろう。ウィリアムは心配になった。どこかに痛みが出ないだろうか。

兄貴はいつだってこうだった。

たとえ鉄格子の向こうにいても、ずっと自分を気にかけてくれていた。

昼も夜もどんなときでも自分を見守ってくれていた。今回だって決して見捨てようとはしない。

ウィリアムはソファから起き、ひとりで立ち上がってみた。痛みで叫ばないように、歯を食いしばる。足が恐ろしく痛かった。何とかテーブルまで歩いてしがみつき、目を閉じた。早くも気絶しそうだ。

これじゃ赤ん坊じゃないか。自分がひどく弱々しく思える。頭がぐるぐる回っていた。

ひどいめまいに襲われ、吐き気がする。

自分はもっと強いはずだった。でも、そうでもなかったらしい。

頭のなかで湯が沸騰し、筋肉が溶けてしまったような気がした。バランス感覚がなくなっていた。酒を何リットルも飲んだか、質の悪い麻薬を注射されたかのようだ。

それでもウィリアムはトイレに向かった。手当たり次第つかめるものにしがみつきながら、ゆっくり進んでいく。ラファエルを起こしたくはなかった。

とにかく、立てるようにならなくちゃいけない。ひとりでちゃんと立てなくては。仲間の足を引っ張るお荷物になりたくなかった。

しばらくして、ウィリアムはようやくトイレにたどり着いた。倒れないように壁に片手をつき、膀胱《ぼうこう》をからにする。怪我をした右足をかばうため、左足で踏んばった。

それから水を流すと、ウィリアムはまた居間へ向かった。だが途中でめまいがひどくなり、突然目の前が暗くなった。たくさんの光がきらめきだす。赤、青、緑……。

ソファに戻るんだ。たかが八メートルじゃないか。

けれども、それは恐ろしく長い距離だった。

「兄貴……」

とうとうウィリアムはラファエルを呼んだ。もはや叫ぶ力もなかった。蚊の鳴くような声しか出てこない。叫んだりしたら身体がバラバラに砕けてしまいそうだった。

「兄貴……」

もう一歩前に進む。ようやくテーブルにつかまることができた。だがそこまでだった。ウィリアムは膝がきかなくなり、ゆっくりとくずおれた。

閃光が走り、次の瞬間、目の前が真っ暗になった。

ドスンとにぶい音がして、ラファエルは夢から引きはがされ、はっとして目を覚ました。見ると、ソファが空っぽになっている。何があったかはすぐにわかった。ラファエルはあわてて起き上がった。節々が痛むが、アドレナリンが一気に巡ったおかげで瞬発力が出た。

「ウィル？」

テーブルの向こうに行くと、ウィリアムが倒れていた。意識がない。

「くそっ」

ラファエルは床にしゃがみ、ウィリアムを仰向けにして両手で顔を包んだ。

「ウィル、聞こえるか？」

答えはない。ラファエルは台所へ行き、コップに水を入れて戻ると、ウィリアムの顔に振りまいた。それでも反応はなかった。

「ウィル、くそっ、目を覚ませ！」

何度か水をかけると、ウィリアムはやっと目を開けた。

「おまえ、何があったんだ？」

「トイレに行ったんだ……」

「馬鹿野郎！　起きるときはおれに声をかけろ。そのために夜通しつきっきりで、そばにいるんだぞ。こんなことをされちゃ、おれの腰が悪くなるじゃないか」

「ごめん」ウィリアムがつぶやいた。

ラファエルはふっと笑った。

「まあ、いいさ。ソファに戻るか」

だが、ウィリアムは立たせるだけでも一苦労だった。体重が八十キロ以上あるうえ、自力ではほとんど立てないのだ。ずっしりと重みがかかってくる。しかも怪我をしている左肩に触れないようにしないといけない。それでもラファエルは超人的な力を発揮して、何とかウィリアムを立ち上がらせ、肩を貸した。背中が痛むが仕方ない。

ところが二メートルほど歩いたところで、ウィリアムはまたへなへなとうずくまった。

「ちくしょう！　がんばれ！」ラファエルは励ました。

「おれ、もうじき死ぬんだ……」

「何を言ってる？」

「おれは死にかけてるんだ」

ラファエルは胸が締めつけられた。自分のほうが倒れてしまいそうだった。

「馬鹿なことを言うな！　ほら、立つんだ！」

「立てないよ。もう立てない……」

ちょうどそのとき、フレッドが部屋に入ってきた。フレッドはウィリアムが倒れているのを見て飛んでくると、ソファまで運ぶのに手を貸した。

「よくなってねえようだな」

フレッドにそう言われ、ラファエルもしぶしぶ認めた。

「ああ、悪くなってる。けど、こいつなら切り抜けられるさ」

「もちろん、そうだろうよ」フレッドもうなずいたが、口調はまるでお悔やみだった。

ソファに戻ったウィリアムは水を一杯飲み、また目を閉じていた。ラファエルはその手を取って握りしめた。

「大丈夫、よくなるさ、ウィル。おまえはタフなんだ。また元気になれる」

「身体が重いんだ」ウィリアムが答える。「電車の下敷きになった気がする。力が全然出ない」

「心配するな。何日かすれば新品同様になるさ。そうしたら、好きなように金を使えるぞ。金のプールにどっぷりつかれるんだ。どうだ、カリブに日焼けでもしにいくか？」

ウィリアムは少しだけ笑い、それから激しくせきこんだ。昨日から、結核にでもかかったような咳をしていて、全然よくなっていない。怪我をした肩に響くのだろう、せきこむたびに顔をゆがめている。

そのとき、台所をごそごそあさっていたフレッドが居間に顔を出して言った。

「くそっ、コーヒーが飲みたいのに見つからねえ。あの獣医はどこだ？」

「今、呼んでくる」

そう答えると、ラファエルはサンドラのいる寝室に行って明かりをつけた。サンドラは目を覚ましていた。布団は首まですっぽりかかったままだ。目の様子からすると、よく眠れなかったらしい。

ラファエルはベッドにかがみ、サンドラの手首とベッドをつなぐひもをほどきにかかった。きつく縛っておいたので、結び目がなかなかゆるまない。何分かして、やっとひもをほどくことができた。

「よし、立て。コーヒーでもいれてくれ」

だが、サンドラは布団の下でじっとしたまま動かない。ラファエルは驚いて、サンドラを見た。

「何をしてる？　さっさと動け」

「お願いだから、少しひとりにさせてほしいの」

「何だって？」

「すぐに行くから」サンドラは食ってかかるように言った。「だから、少しひとりにさせて」

ラファエルは眉をひそめた。

「あんたをひとりにはできない。すぐに起きてついてこい」

「嫌よ」

思わずため息が出る。ラファエルは何とか冷静でいようとした。

「服は着ているんだろう？　だったら、どうした？」

それでもサンドラが何も言わないので、とうとうラファエルはカッときて布団を引きはがした。だが腕をつかもうとして、動きを止めた。シーツに丸い染みが広がっている。これは……。

「あんた、漏らしちまったのか？」

「そうよ。満足？」サンドラが悔しげに言った。

ラファエルは答えずに、ただ薄く笑ってサンドラを見た。

「ベッドに縛られてたら、トイレなんて行けないわよ」サンドラがまた言った。

「そりゃそうだ。じゃあ、行くぞ」

「その前に着替えをさせて」

「わかった。五分だけやろう。ただし、おれも部屋に残る」

そう言うと、ラファエルはサンドラに背を向け、ドアの前で腕を組んだ。

「妙なことを企むなよ」釘を刺しておく。

サンドラがタンスから清潔な服を出し、急いで着替えはじめた。

漏らしたことにかなりの屈辱を感じている違いない。

そのうえ、実は鏡のおかげで着替えも丸見えだった。サンドラは気づいていなかったが、タンスの鏡とドアの内側についた鏡が合わせ鏡になっていたのだ。

「着替えたわ」

「じゃあ、行くぞ」言いながら、ラファエルはサンドラを前に行かせた。「朝食のしたくができたら、シャワーを浴びるといい。そのままじゃ、惨めすぎるしな」

サンドラがにらみつけてくる。

「わたしのあんな姿を見て、さぞ満足でしょうね」

「別に何とも思わないさ。まあ、正直言って、あんな姿でもどんな姿でも、あんたを見たってうれしくも何ともない」

「それはこっちも同じことよ。見ててごらんなさい。もうじき、そっちが漏らすことになるんだから！」

そう言い捨てて、サンドラが部屋から出ようとした。だが、ラファエルは聞きとがめ、腕を伸ばして行く手を阻んだ。足でドアを静かに閉める。

「あんた、今、何て言った？」

　サンドラは黙っている。

「もうじき、おれが漏らすことになる、そう言ったよな？」

「警察に捕まって刑務所に入ったら、お漏らしするでしょうよ！」

　ラファエルはけたたましく笑った。サンドラがあとずさろうとするのを、もう片方の腕で遮った。

「つまり、おれが刑務所を怖がってると、あんたは思ってるんだな。言っておくが、おれは十四年間刑務所にいたんだ。で、一度も漏らしたことなんかねえんだよ」

「けど、次に刑務所に入ったら、もう出てこられないわよ。監禁は重罪なんだから」

「もしまた刑務所に戻るとしたら、そのときは殺人罪だろうさ」

　サンドラが真っ青になった。ラファエルはほくそ笑んだ。

「まあ、おれのほうは何をしようが刑務所に戻ったりしない。誓ってやるよ。けど、あんたは違う。朝っぱらからおれを挑発なんかしたら、ひどい一日が待っていると思え」

　離れようとするサンドラに、ラファエルはぐっと近づいた。

「動くな。まだ話は終わっていない。あんたが不愉快な態度を取りつづけるなら、また納屋に放りこんでやる。で、おれはときどき様子を見にいって、あんたとちょっと楽しむことにする。あんただって、おれと楽しみたいんじゃないか、サンドラ？」

　サンドラが目を伏せた。

「わたしはただ、あなたたちにこの家から出ていってもらいたいだけなの。あなたが刑務所に入っても入らなくても、本当はどうでもいいの」

「聞き分けがよくなってきたな。あんたはどうしようもない女だが、おれは結構気に入ってるんだ」ラファエルはサンドラの頬をなでながら言った。「今度、漏らしそうになったら、おれを呼べ。そんな楽しい場面、見逃したくないからな！」

「人でなし！」

「かもな。けど、あんただってこういう男は好きだろう？　女はおれみたいな男にあこがれるものだ」

「勝手に言ってればいいわ！」

「いや、隠そうとしても隠しきれないことってのはあるからな。あんた、ほんとは憲兵の旦那にちょっとうんざりしてるんだろ？」

「そんなことないわ」

「本当か？　どうもおれにはあんたが幸せな結婚生活を送ってるとは思えないんだが」

「あなたが来るまでは幸せだったわ。こんなふうに人生を台無しにされるまでは……」

「嘘だな」

「それよりコーヒーが飲みたいんでしょ？　欲しいの、どうなの？」

ラファエルは笑いを大きくした。まったく、気の強い女だ。ますます気に入った。

「ああ、コーヒーをくれ」

ラファエルが右腕を離すと、サンドラは頭を上げ、昂然《こうぜん》と部屋を出ていった。

七時二十分

ラファエルはテーブルでフレッドと向かいあい、朝食をとっていた。サンドラは朝食を作り終え、調理台にもたれてコーヒーを飲んでいる。

「で、今日はどうするつもりなんだ？」フレッドがトーストを食べながら聞いた。

「昨日と同じだ」ラファエルは淡々と答えた。

「ラフ、おまえ、ここに永住するつもりか？　のどかな片田舎に惚れちまったのかよ」

「ウィルの具合を見ただろう？　まだ立ち上がれないんだ」

「それがどうした。車のうしろに乗せて、出発すりゃいい。歩く必要なんてねえ。後部座席で寝てりゃいいだろうが」

「あのアウディを使うのは危険すぎる」

「獣医の四駆があるじゃねえか！」

「あの車じゃスピードが出ない」

「いや、あれで十分だ」フレッドが食い下がった。

ラファエルはため息をついた。

「少なくともあと一日、ウィルには安静が必要だ。連れ回したりしたら、死んでしまう。そんな危険は冒せない」

「そのために全員を犠牲にするってことか？」

ラファエルは何秒間かフレッドの目を見て、それから答えた。

「そうだ」

「くそっ、おれたちはチームじゃなかったのかよ！　チームなら、個人プレーはなしだろ」

「そのとおり、おれたちはチームだ。チームなら、仲間が死ぬのを放っておくなんてなしだ」

フレッドがいきなりテーブルをバンと叩いた。サンドラがびくっとしたが、ラファエルは気にせず、フレッドとにらみあった。

「こんなところにあと一日だと！　やってられるか！」フレッドが怒鳴る。

「そうか」ラファエルは冷ややかな声で返した。「なら、クリステルを連れて出ていくんだな」

「分け前をくれ」

ラファエルは薄く笑った。本当は爆発寸前なのを隠すための笑いだった。

「分け前だと？　おまえがあれをもらってどうする？　あの手の盗品をさばける手合いにツテなんかねえだろうが。せいぜいそのへんの間抜けなやつに売っちまうのがおちだ。で、そいつはあっというまに警察にしょっぴかれて、おまえの名前をとっととバラすだろうよ。そんな危険な真似ができるか！　ずらかるなら手ぶらで行け！」

フレッドの顔が怒りで真っ赤になった。しかし、相手がただ者じゃないのを思い出すくらいの理性はまだあったらしい。必死に怒りを抑えた様子で言った。

「わかった。あと一日待ってやる。まあ、憲兵の旦那が帰ってこねえといいがな」

「わかればいい。この話はまた明日だ」

気がつくと、台所の入り口にクリステルが立っていた。いつから話を聞いていたのだろう？

「おはよう」

クリステルが言ったが、誰も返事をしなかった。クリステルはフレッドのそばに寄り、うしろから抱きついたが、フレッドは手荒くはねつけた。

「ふたりともなんで怒鳴ってたわけ？」クリステルはいかにも無邪気そうに尋ねた。

「フレッドは今日ここを出ていきたいそうだ。だが、おれはまだ出ていきたくない。それだけの話だ」ラファエルは言った。

「ウィルの具合がよくならないから？」

「ああ」

　クリステルが肩をすくめた。

「どっちにしても、ここだろうと、どこだろうと……」

　言いながら、クリステルはフレッドの横に座ったが、フレッドはクリステルに目もくれない。

「人って死ぬときは、死ぬんだよね。そういうのが運命なら、どうしようもないわけ。だから、喧嘩はやめといたら。したって、仕方ないんだし」

　それから、クリステルはサンドラのほうを向いて言った。

「あんたさ、ぼうっとしてないで、早くコーヒー持ってきてよ」

　だが、サンドラも負けていなかった。上から下までクリステルを眺めまわしながら、こう返した。

「コーヒーくらい自分でいれられるでしょ。カップは食器棚の上、コーヒーメーカーはあなたのすぐうしろよ。どうぞお好きなだけ召し上がれ！」

　ラファエルは誰にもわからないようにこっそりと笑った。

12

七時三十分

ジェシカは洗面所の鏡の前に立ち、ワクワクしながら耳に揺れるイヤリングを見た。大きな輪の形をしたシルバーのイヤリング。これをつけるのは初めてだ。親友のオレリーが見たら、きっと死ぬほどうらやましがるだろう。

「ジェシー、急いで。遅刻するわよ！」母親が呼んでいる。

「すぐ行くってば」

ジェシカはため息をついた。もうちょっとイヤリングを見ていたい。結局、さらに一分ほど鏡を見てから、ジェシカは階段を駆けおりた。

「忘れ物はないわね」母親が念を押す。

「うん、ないよ」

玄関で、ジェシカはカーキ色をしたスニーカーのひもを結んだ。コンバースのハイカットだ。それからジージャンをはおり、かばんを持つと、父親のいるキッチンへ向かった。学校に行く前に、挨拶のキスをするためだ。父親はコーヒーを飲み終わったところだった。

「今日の数学のテストは午前中かい？」

「ううん、午後だよ」

「パパの予感だと、すらすら問題を解ける気がするぞ」おでこにキスをしながら、父親は言った。

「どうかな。そんなのわかんないよ」

それから、ジェシカは母親の待つ玄関に戻った。

「今日の授業は何時まであるの？」

「五時だよ」

いつもの朝と同じように、母親は笑顔でジェシカに言い添えた。

「じゃあ、五時半にはちゃんと帰ってくるのよ」

「わかってるって」

「オレリーによろしく言ってね」

「うん。そうだ、週末にオレリーがうちに来るって、忘れてないよね？」

「大丈夫、ちゃんと覚えてるわよ」

母親が答え、ジェシカの頬にキスをした。ジェシカは家を飛びだした。オレリーはもう曲がり角のところで待っているだろう。このイヤリングを見たら、うらやましくて叫んでしまうに違いない。ジェシカは早くオレリーに会いたかった。

そんなジェシカのうしろ姿を、母親はほほ笑みながら見送った。

知らなかったからだ。

これが無邪気な娘を見る最後になると。このあと身を裂かれるような苦しみが待っているのだと。

母親は知らなかった。

半日後には、その平和だった人生がガラガラと崩れてしまうことを。

そして、想像を絶する恐怖に襲われ、母親にとって何よりも恐ろしい試練に耐えねばならなくなることを。

娘の苦痛を想像するだけで、何も知ることができないまま……。

流せる涙は流しつくし、喉が枯れるほど叫ぶことになる。

容赦のない酸に身を焼かれ、苦しむことになる。

もしもそれがわかっていたなら、母親は娘を追いかけ、しっかりと腕に抱いただろう。

決して離さなかっただろう。

だが、母親は知らなかった。知るはずがなかった。

だから、元気に玄関を飛びだすジェシカを見送りながら、母親はほほ笑んだ。
それが最後だとも知らずに。

13

ラファエルはウィリアムが朝食を食べるのをそばで見ていた。昨日は丸一日何も食べていなかったのに、あまり食が進まないようだ。何とか食べ物を呑みこもうとしている。

「そろそろ出発できそうだ」ウィリアムが言った。

「いや、まだだめだ。出発は明日にしよう」ラファエルは答えた。

「大丈夫だよ。おれはもう……」

その言葉を遮って、ラファエルは言った。

「決めるのはおまえじゃない。おれだ」

「でも、フレッドが……」

「決めるのはおれだ。ほかの誰でもない」ラファエルは繰り返した。「どっちにしろ、ここにいれば安全さ」

「憲兵の旦那が帰ってこなければ、だろ」ウィリアムがつぶやいた。

「帰ってきたら、おれが何とかする。憲兵ひとりくらい、おれが怖がるわけないだろう？」

「わかってる。けど、憲兵を襲うのって相当まずいんじゃないか」

「強盗のときに、もう警官がひとり死んでるんだ。こうなりゃ、ひとりもふたりも……」

　ウィリアムはショックを受けた顔になった。

「警官が死んだ？」

「ああ、昨日、病院で死んだ」

「ちくしょう！」

「どうしようもないさ」

「おれたち、かなりやばいよね？」

「うまい逃げ道を見つけるさ。心配するな。おまえは元気になることだけを考えろ。おまえの仕事はそれだけだ。ほら、食え。食わないと元気が出ないからな」

　ウィリアムがぎこちなく笑った。

「あのさ、兄貴、一緒にいられてうれしいよ。おれ、ずっとこんな日を待ってたんだ」

　不意打ちのようなその言葉に、ラファエルは少々落ち着かない気分になった。こんなふうに愛情や優しさをまっすぐ示されることに慣れていなかった。そのうえ、ウィリアムは目に涙まで浮かべている。ラファエルはますます動揺した。

「何言ってるんだ。弾を二発も食らったうえに、こんなクソ辺鄙なところに引っこんでるんだぞ。おまえ、本当にこんな日を待ってたのか？」

「兄貴にはわからないよ。おれ、兄貴がいなくて寂しかったんだ……」

ラファエルはウィリアムの肩に手を置いた。心が揺さぶられていたが、笑ってごまかした。

「馬鹿なことを言ってないで、とにかく食え」

そこに、サンドラが薬を持ってやってきた。手のひらに何種類かの薬をのせ、もう片方の手に水の入ったコップを持っている。

ウィリアムは渡された薬を素直に飲んで尋ねた。

「どうしてこんなに咳が出るんだろう?」

「たぶん、気管支炎だと思うわ」サンドラが答えた。

「気管支炎?」

「ええ。最悪の場合、インフルエンザにかかっていて、それで気管支炎の症状が出ているのかもしれない」

「なんてことだ」ラファエルはため息をついた。

「インフルエンザの流行が始まっているの。何日か前から身体がだるくなかった?」

「そういえば、少しだるかった」

「やっぱり。ウイルスに感染していたのね。潜伏期間が三日か四日あるから。それで、今、こんなに弱っているのよ。大怪我をして、傷が化膿したうえに、インフルエンザにまでかかって……。薬をひとつ追加しておいたから、早く元気なれるはずよ」

「ありがとう」ウィリアムが答えた。

「じゃあ、包帯を変えましょう」

ウィリアムはソファに起き上がっていたがまた横たわり、下半身にかけていた毛布をとった。身に着けているのは、Tシャツとパンツだけだ。

サンドラはマスクをかけ、手袋をはめると、包帯をはずした。ラファエルはサンドラのやることをじっと見た。

まさにヒナを見守る親鳥だ。

「足の傷はよくなってるわね」サンドラが言った。「明日になれば、それほど痛まなくなるわ」

「立てるようになるかな?」ウィリアムが尋ねた。

「たぶんね。とにかく、少しずつよくなっているのは間違いないわ」

「おれにはそうは思えないが」ラファエルは口を挟んだ。

「確かに弟さんは衰弱してる。けど、傷の状態はいいわ」サンドラがきっぱりと言った。

ラファエルはまだ生々しい傷跡を見つめた。言われてみれば、傷の状態は悪くない。サンドラがいい仕事をしているのは間違いなかった。

サンドラが縫合部分を消毒し、ガーゼを当てて、包帯を巻きなおした。そうして、手袋を変えながら指示した。

「次は肩よ」

ラファエルはウィリアムを再びソファに起き上がらせ、Tシャツを脱がせるのを手伝った。ウィリアムの上半身が裸になった。


何て美しいんだろう。Tシャツを脱いだウィリアムをそばで見ながら、サンドラはそう思わずにいられなかった。ほほ完璧な美しさだ。ぜい肉のない引き締まった身体つきで、過度な筋肉を誇示するわけでもない。胸毛はなく、肌はほどよく焼けている。邪気のない顔つきはどこか天使のようで、瞳は兄のラファエルと同じく薄いブルーだ。でも兄と違って、目つきはずっと穏やかだった。それに、このほほ笑み……。

完璧すぎて、素敵という言葉では足りないほどだ。とにかく見事だった。

このウィリアムに近い将来降りかかるだろうことを思うと、サンドラは胸が締めつけられた。せめて麻酔をかけているあいだに死なせてあげればよかった。そうすれば、まもなく訪れることになる地獄の苦しみから逃れさせてあげられたのに。

だが、そんな思いはおくびにも出さず、サンドラは処置を終えて言った。

「できたわ」

「ありがとう」

使ったマスクと手袋を捨て、道具を片づける。たぶん、自分は人間相手でもいい医者になれたのだろう。ただ、人間を治療したいとは思わなかった。

人間など本当は救いたくない……。

サンドラが手を洗いに洗面所へ行くと、ラファエルはまたもやぴたりとついてきた。まるでしつこいヒルだ。

「インフルエンザの話は本当か？」

「もちろんよ」

「それより化膿菌のせいで弱ってるんじゃないか？」

サンドラは鼻で笑った。そうして科学者が無知な一般人に対するように、ラファエルを見返した。

「違うわ。インフルエンザよ。悪い偶然が重なることもあるの。けどそうなると、わたしたち全員、ウイルスに感染してる可能性があるわね」

「マスクをしたほうがいいんじゃないか？」

サンドラは肩をすくめた。

「今さらいらないと思う。うつるなら、もううつっているはずだから」

そう言って、サンドラは洗面所から出ていこうとした。だが、ラファエルに腕で遮られた。いつものことだ。

「とにかく、あんたには感謝してる。正直、あんたはよくやってくれている」

意外な言葉に、サンドラは戸惑った。

「昨夜のことは悪かった。呼んでくれればよかったんだ。そうすりゃ、トイレに連れていけた」

サンドラは足元を見つめた。ラファエルが続ける。

「そろそろシャワーを浴びるか？　窓の取っ手を壊しておこう。そうしておけば、クリステルに見張ってもらわなくてすむからな」

つまり、わたしの話を信じてくれたってことね。サンドラは言葉の裏を理解し答えた。

「ありがとう」

八時二十五分

サンドラがシャワーを浴びているあいだ、ラファエルはウィリアムのそばにいた。

「おれも身体を洗いたいよ」ウィリアムがため息をついた。「くそっ、もう三日もシャワーを浴びてない。これじゃ、数キロ先まで臭ってる」

「そんなことないぞ」ラファエルは笑って否定した。

「他人事だよな！」

「あとでサンドラの意見を聞いてみよう」

「そうだ、煙草をくれよ」

「おまえは病気なんだぞ。そんな状態で……」

その言葉を裏づけるかのように、ウィリアムが激しい咳に襲われた。やはり肩に響くのだろう。怪我をした左肩を押さえている。

少しして咳がおさまると、ウィリアムはまた話しはじめた。

「うまく逃げたあと、兄貴は何をしたい？」

ラファエルは肩をすくめ、簡単に答えた。

「やりたいことを全部だな」

「けど、絶対にやりたいってことがあるだろ？」ウィリアムが笑った。

「たくさんあるさ。おまえはどうだ？」

「おれも山ほどある。でっかい船を買って、世界中を旅行したいな。南極から北極まで、いろんな街の港に一週間とか一か月とか停泊して、世界を一周したいんだ。暑い国にも寒い国にも行って……」

ラファエルはそばの椅子に座った。自然と口元がほころんでくる。

「おれはな、秋にカナダのセント・ローレンス川の上空を飛んでみたいと思ってる」

「水上飛行機で？」

「ああ。ガキの頃からの夢だったんだ」

「知らなかったよ」ウィリアムが言ってそのまま口をつぐんだ。

ラファエルも黙って想像した。青空に浮かぶ雲、浜に寄せる波、遠くに見える水平線。氷山、砂丘。広々とした空の下にある見知らぬ土地の数々……。

どんな場所だろうと、ウィリアムとふたりで行こう。二度と鉄格子なんかに邪魔させない。

そのとき、突然、ウィリアムが尋ねた。

「あの人のこと、殺さないよね？」

その言葉で、ラファエルは少々乱暴に現実に引き戻された。何も答えずにいると、ウィリアムは目の奥をのぞくようにして、繰り返した。

「兄貴、あの人を殺さないよね？」

ラファエルは立ち上がって答えた。

「おれはやるべきことをやるだけだ。おまえはそろそろ休め」

✹　✹　✹

クリステルは、池のほとりにいるフレッドのそばに立った。朝食のテーブルでラファエルと激しく言い争ったあと、フレッドは外に出て池のまわりをぶらついていたのだ。

「あたしのこと怒ってる?」隣に座りながら声をかける。

フレッドは口を固く結んだまま、灰色の水面から目を離さない。

「実は、言ってなかったことがあるんだよね」クリステルは構わず話しつづけた。「昨日、あの獣医に聞いたんだけど。ラフはウィルに、あたしのこといかれてるって言ってたらしい」

フレッドが意地悪く笑った。

「いかれてる? ずいぶんひどいことを言われたな!」

クリステルはフレッドの太ももに手を置いた。ほとんど足の付け根に近いところだ。

「そう。けど、そのわりにうれしそうだよね」

「うるせえ。うっとうしいだけだ。その手をどけろ」

クリステルは手を離し、ため息をついた。

「続きに興味はないわけ?」

「どの続きだ?」

「ラフは、できるだけ早くあたしたちを追い払うとも言ってたって。あたしたちに分け前を渡さないためらしいよ」

ようやくフレッドがこちらを向いた。恐ろしい目をしている。クリステルは、殺し屋のような目をするフレッドが好きだった。

「あたしたちのせいで、強盗がうまくいかなかったからだって。あたしたち、信頼できないみたい」

「おまえ、何をほざいてる?」

「別に。あたしはただ、あの獣医が言ってたことを伝えただけ」

「そんなのでたらめに決まってる! あの女は騒ぎを起こしたいだけだろうが!」

「本当にそう思う? そんなことして、あの女になんかいいことあるわけ?」

フレッドはしばらく黙った。それから石ころをつかんで池に投げ、こう答えた。

「わからねえ。あの女が何を企んでるのかなんて、おれにはわからねえ。けど、ラフがそんなことを言うとは、どうしても信じられない。あいつはそんなやつじゃないだろ。まっすぐな男なんだ」

「もちろん、あたしもそう思う」クリステルは薄笑いを浮かべた。「ほんとにね」

フレッドは何も言わずにクリステルを残して立ち去った。

十時十五分

ウィリアムは再び眠っている。薬のおかげで容態が落ち着いているらしい。そこで、ラファエルはサンドラの監視をフレッドに任せ、少し外をひと回りすることにした。フレッドはまだ朝の喧嘩が尾を引いているのか、むっつりとしていた。

母屋を出ると、ラファエルは馬のところへと向かった。昨日見た四頭の馬にすっかり魅了されていたのだ。

馬に乗ったことは一度もなかったが、馬というのは魅力的な動物だと前から思っていた。とりわけここにいる馬たちは最高だ。気が荒くて堂々としていて、しかも優雅ときている。柵のそばまで来ると、ラファエルは馬たちを呼んで注意を引き、近づいてくるのを待った。

昨日のように三頭はさっと駆け寄ってきたが、黒い馬だけは距離をとっている。ラファエルは革ジャンのポケットから少し硬くなったパンを取りだした。そうして、力強い顎で指を砕かれないように注意しながら、馬たちに与えはじめた。

やがてパンがなくなると、そっと馬たちの鼻面をなでた。

気がつけば、子どものように目を輝かせ、笑っていた。

いつか自分も馬を飼うことにしよう。ラファエルは思った。ウィリアムとふたりで世界をひと回りしたら、南アメリカあたりの牧場で馬を飼おう。そう、いつかはどこかに腰を落ち着けなければならないのだから……。

　どこか、我が家だと思える場所に落ち着きたい。

「馬が好きなんて、知らなかった」

　ふいに声がして、ラファエルはギクリとした。だが、振り向くまでもなかった。クリステルの声だったからだ。クリステルはすぐ横にやってきた。

　近すぎる距離だった。

「何をしてるんだ？」ラファエルは尋ねた。

「そっちと一緒。外の空気を吸いに来ただけ。ここって死ぬほど退屈だし」

「もっとひどいところだってあるさ」ラファエルは言った。

「へえ、そんなところある？」

「ああ。クレルヴォー刑務所ってところだ」

　クリステルは小さく笑い、ラファエルの腕に手を置いた。

「そうだった。ごめん。刑務所ってすごく辛いんでしょ」

「おまえには想像もできないさ。ところで、その手をどけてくれ」

「なんで？」

「おれはおまえの男じゃないからだ。で、おまえの男のフレッドはこういうのは好きじゃない」

そう言うと、ラファエルは横を向き、ようやくクリステルを見た。

「おまえたちふたりに何があったのか知らないし、そんなのはおれにはどうでもいい。だが……」

「昨日の夜、セックスしなかったんだ」クリステルがあっけらかんと言った。「ていうか、その前からずっとしてないし。それで、あいつ、欲求不満ってわけ。けど、あたしはしたくなかったんだし、どうしようもないんだよね」

ラファエルはクリステルの手を振り払った。

「おまえらが寝ようが寝まいがどうでもいい。だいたい、こんなことをしても時間の無駄だ。こういうのはおれの趣味じゃないからな」

「こういうのって?」クリステルがいかにも無邪気そうに聞いた。

「人の女に手を出すのは趣味じゃない」

「へえ、そう? けど、あの獣医には手を出すつもりでしょ? 違う?」

言いながら、クリステルは身体をすりよせてきた。腕をラファエルの首に巻きつけ、つま先立ちになって顔を近づけようとする。が、うまく届かないようだ。

「何をしてるんだ?」

「何だと思う?」

ラファエルが黙っていると、クリステルはあとひと押しとばかりに身をくねらせた。なんとも動物的な迫り方で見事なものだ。

ラファエルはニヤリと笑い、クリステルを乱暴に抱きしめた。クリステルが唇を近づけようとする。だが、ラファエルはクリステルの身体をそのまま持ち上げ、柵の向こうに放り入れた。クリステルは馬たちのど真ん中に着地した。馬たちが驚いて逃げていく。

「ちょっと、これどういうこと？」

柵に寄りかかったまま、ラファエルはからかうようにクリステルを見た。クリステルは果敢にも続きをしようと、柵ごしに再び腕を首に巻きつけてくる。柵になど負けていられないとでもいうようだ。

「早くこっちに来て」クリステルはささやいた。「馬小屋に行って、干し草の上でたっぷり遊びましょ」

そんなクリステルをラファエルは押し返した。

「いや、遠慮しておく。まあ、馬たちは盛りのついたメス犬が来てくれて大喜びだろうが」

クリステルは一瞬あっけにとられていたが、我に返って吐き捨てた。

「くそったれ！」

ラファエルは大笑いした。クリステルが柵を乗りこえてこちら側に戻ってこようとする。けれども、ちょうど柵にまたがったところで、ラファエルは肩をポンと押し、また向こう側へと突き落とした。

「じゃあな。そうだ、馬小屋に行ったら、冷たい水がたっぷり入った水飲み場があるぞ。そこに入ってくるといい。頭を冷やしてくるんだな」

「きっと後悔するんだから！」ジーンズについた草を払いながら、クリステルが言った。

「何が目的か知らないが、下手な芝居はやめておけ」

ラファエルは背中を向けて付け加えた。

「今日はおまえのラッキーデーだ。フレッドには、おまえがおれを誘惑したことは言わないでおくさ。まあ、少なくともすぐにはな。いつか言うかもしれないが……」

「もし言ったら、殺すから！」

笑い声を響かせて、ラファエルは道の向こうへと消えた。


ラファエルは離れの前で煙草に火をつけた。まださっきのクリステルの行動に驚いていた。男としてはまんざらでもなかったが、やはり困惑のほうが大きかった。

煙草を吸いながら、ラファエルは母屋へ戻ろうと歩きかけた。だが、そのとき、悲鳴が聞こえた。

立ち止まり、耳を澄ましてみる。

確かに悲鳴が聞こえる。女の声。

サンドラの悲鳴だ。

ラファエルは煙草を投げ捨て、母屋に駆けこんだ。居間で一度足を止めて見ると、ウィリアムがソファから立ち上がろうとしている。

「上だ！」ウィリアムはそう言うと、ソファに倒れた。

ラファエルはコルトを抜きながら階段を駆けのぼった。廊下で立ち止まり、また耳を澄ます。悲鳴は奥の部屋から聞こえるようだ。ラファエルは奥のドアへと急ぎ、肩でドアを押し破った。

そして、戸口で呆然とした。

サンドラがフレッドに抱きすくめられ、もがいていたのだ。半裸姿で……。

「フレッド、サンドラを放せ！」我に返って、ラファエルは怒鳴った。

フレッドが手を放した。すぐさまサンドラがラファエルの腕に飛びこんできた。

「あいつを縛って！　好きにさせないで！」泣きながら叫んでいる。

ラファエルはサンドラをうしろにやり、ゆっくりとフレッドのほうに歩を進めた。

「違う、そうじゃねえんだ、ラフ！　その女の話はでたらめだ！　そいつのほうから誘ってきて……」

ラファエルは最後まで言わせなかった。フレッドの顔に右ストレートを食らわせ、タンスまで吹っ飛ばした。

フレッドがふらふらと立ち上がると、今度はみぞおちにパンチを見舞った。フレッドはうっと身をかがめ、少し血を吐いて膝をついた。

「くそっ、やめろ……。落ち着けよ！」

だが、ラファエルは構わずにフレッドを無理やり立たせ、壁に押しつけた。拳銃を腹にめりこませる。

「動くな」

「馬鹿な真似はやめろ、ラフ。あの女は頭がおかしいんだ！」

「黙れ！　しゃべったら、はらわたをぶちまけてやる。馬鹿な真似をやめるのは、おまえのほうだ。おれのチームに強姦魔は必要ねえ！」

「だから、誤解だ！　その女が誘ってきたんだ」フレッドがじっとしたまま繰り返した。

「なのに、いきなり叫びだしやがって……」

ラファエルはさっとサンドラの様子を見た。壁にもたれて座り、手で顔を覆っている。激しい嗚咽に肩が震えていた。

「なるほど」ラファエルは冷たい声で言い放った。「あれがおまえと寝たがってた女ってわけか？」

「くそっ、ラフ。おれはただ……」

「黙れ！　部屋から出ろ」

ラファエルは銃を向けたまま一歩下がった。フレッドは一瞬こちらを見てから、おとなしくドアへと向かった。だが途中、サンドラの前を通るときだけ、恐ろしい目をしてこうすごんだ。

「てめえ、ただですむと思うなよ」

フレッドはサンドラをにらみつけ、それから振り返って言った。

「ラフ、おまえ、取り返しのつかねえ馬鹿をやったな」

ラファエルはただ銃を向けて同じ言葉を繰り返した。

「部屋から出ろ。命令だ。三度は言わせるな」

「おまえ、自分が何をしてるかわかってねえんだよ。この女はおれたちに殺し合いをさせたいんだ」

そう言い捨てて、フレッドは部屋を出ていった。ラファエルは銃をベルトに戻し、サンドラの前にしゃがんだ。サンドラはおびえきって身を丸め、手で顔を覆ったまま動かない。ラファエルは手首をそっとつかんで、その手を開かせた。

「大丈夫、もう終わった。あいつは部屋から出ていった」

そして、カーペットに落ちていたセーターを手にして言った。

「服を着るといい」

サンドラはまだおののいていたが、セーターを着た。太ももまで下がっていたジーンズもはき直す。そうしてベッドの端に座り、涙をぬぐった。目は泣きはらして真っ赤だった。

「どうしてあんなことになったんだ?」ラファエルは聞いた。

「あいつが二階の部屋に一緒に来いってってたの。取りにいきたいものがあるからって。わたしをひとりで下に残しておけないって言って……。なのに部屋に入った途端、ドアを閉めて、それから……」

恐怖がよみがえったのか、サンドラは再び手に顔をうずめ、激しくむせび泣いた。

「それから、あいつは無理やり……」

「わかった。それ以上は言わなくていい。もう終わったんだ。何も怖がることはない」

サンドラがラファエルを見た。それから、取り乱した様子で言った。

「わたし、あいつに殺されるわ!　仕返しされる!」

「大丈夫だ。おれがいる。やつには指一本触れさせない。おれを信じろ。じゃあ、そろそろ下に行くか」

ラファエルはサンドラの腕をとり、廊下へと引っ張りだした。

14

牧場でラファエルに突き放されたあと、クリステルは母屋に戻ろうとゆっくり歩いていた。だが、あと少しで着くというとき、フレッドが母屋のほうからやってくるのに気がついた。歩きながら、プラスチックのプランターを蹴飛ばしたりしている。離れていても激怒しているのがわかり、鼓動が激しくなった。もしかしてラファエルがさっきのことを話したのだろうか？

クリステルはしばらくその場に立ちすくんだ。フレッドは脇目も振らず、池のほうへと歩いている。見ていると、そのまま池を通りすぎ、林に向かっていった。

どうしよう。クリステルは少しためらった。それから、フレッドを追うことに決め、走りだした。草地を抜け、池のほとりを過ぎ、葉が鬱蒼と茂る林へと入っていく。

空は不穏な色を見せていた。その空の下、クリステルは走った。世界で誰より愛する男を追いかけて……。

サンドラは居間でウィリアムの近くの椅子に座り、声を出さずに泣いていた。まだ少し震えている。

ラファエルは熱いコーヒーを手渡した。

「ほら、飲むといい」

「何があったんだ？」ウィリアムが心配そうに尋ねた。

「何でもない」ラファエルは答えた。

するとサンドラが聞きとがめた。

「何でもない？」怒りで顔がゆがんでいる。「わたしはレイプされかけたのよ！　それを何でもないですって？」

ウィリアムがあ然として、つかのま言葉を失った。ラファエルは気まずくなって窓の外を見た。

「フレッドはどうしちまったんだよ？」ウィリアムが尋ねた。

「さあな」ラファエルは答えた。「だが、おれがちょうど駆けつけたから何もなかったんだ。だから、その話は蒸し返すな」

それを聞いて、サンドラが手にしていたカップを壁に向かって投げつけた。カップはラファエルの顔のすぐ横を飛び、ラファエルは一瞬動揺した。その隙にサンドラが玄関のドアに向かって駆けだした。ラファエルは戸口でサンドラをつかまえ、家のなかに連れ戻すと、ドアに二重に鍵をかけた。

で追いついた。転げ落ちそうになりながらも、何とか取り押さえる。

「いいかげんにしろ！」

ラファエルは階段からサンドラを引きずるようにして下ろし、居間の椅子に座らせた。サンドラは再び泣きだした。ラファエルは目を閉じた。ヒステリーを起こしたあとは、また泣くのか。うんざりしてついため息が出る。それでもありがたいことに、もう逃げる様子はない。

少しすると、サンドラが顔を上げて頬をぬぐった。

「だって、本当に怖かったの」まだ泣いている。

「もう終わったんだ」ラファエルは乾いた口調で言った。「だから、気を落ち着けておとなしくしてくれ。でないとまたベッドに縛りつけないといけなくなる。わかったな？」

そこに、ウィリアムが言った。

「で、兄貴、フレッドをどうするつもりなんだ？」

ラファエルは驚いてウィリアムをまじまじと見た。

「おれはあいつの顔をぶん殴ったんだぞ。それ以上どうしろっていうんだ？　きっと、あいつはおれを恨んでるだろうよ。くそっ、あっちもこっちもどうなってるんだ！」

「少し落ち着け！」

だが、サンドラは今度は二階へと駆けだした。ラファエルはまた追いかけ、階段の途中フレッドとクリステルは池のそばのベンチに並んで座った。古い木のベンチは湿気でだいぶ傷んでいる。頭上では、大きなブナの木が枝を伸ばしていた。樹齢が百年ほどもありそうな老木は、冬を前にほとんど葉を落とし、幹と枝だけになっている。春が来てまた緑豊かな姿へとよみがえる日をじっと待っているのだろう。

ふたりは長いあいだ話をした。小さな声で、互いに手を取り、見つめあいながら。いつものように、秘密を分かちあった。かつてないほど、秘密がふたりを結んでいた。

＊　＊　＊

十二時

ラファエルはサンドラをどうにか落ち着かせ、診療所の助手に電話をさせた。

「そうなの、今日も仕事に行けそうにないのよ。たぶん、来週まで無理だと思う。……ありがとう、ええ、用心してゆっくり休むわ……」

電話が終わった。

長椅子に座るサンドラは、まだ取り乱している様子だった。

ウィリアムは相変わらずソファにぐったりと横たわっている。

ラファエルはウィリアムのそばの椅子に座り、じっと押し黙っていた。

そのとき、玄関のドアをノックする音が二度響き、ウィリアムとサンドラがびくっとした。

ラファエルもドキリとし、急いで窓の外に目をやった。クリステルとフレッドだった。そういえば、さっきドアに鍵をかけたから入れないのか。ラファエルは思い出し、ドアを開けた。フレッドが目の前に現れる。一瞬、互いに無言でにらみあった。それから、ラファエルは脇へよけ、ふたりをなかへ通した。また内側からドアに鍵をかけ、その鍵をジーンズのポケットにしまう。

部屋に入ったフレッドはまずサンドラに恐ろしい目を向けた。そうしてサンドラを縮みあがらせてから、ラファエルの前に立ち、ひとこと言った。

「話がしたい」

ラファエルは再びフレッドとにらみあった。にらみあいはしばらく続いた。向こうも強気で勝負は互角だ。やがて、ラファエルは顎をしゃくって台所に行けと合図した。

「クリステル、おまえは居間でサンドラを見張っててくれ」

「了解」

台所に入るとラファエルはドアを閉め、手をさりげなく背中にやった。すぐにコルトを抜ける位置だ。

「話を聞こう」

フレッドの上唇は切れていた。お見舞いした右ストレートは相当威力があったのだろう。

「お互いにさっきのことは水に流す。それでどうだ?」フレッドが言った。

ラファエルはしばらく考え、うなずいた。

まあ、それしかないだろう。

「わかった」

「ただ、これだけは知っておけ。おまえはあの女にだまされてる。おれは無理強いなんかしちゃいねえ。あっちから誘ってきたんだ。あいつは自分で服を脱いでおれにすり寄ってきた。なのに突然叫びだして、殴りかかってきたんだ」

「へえ、殴りかかってきただと?　おまえの顔にはおれが殴ったあとしか見えないが」

フレッドは聞き流してこう続けた。

「いいか、ラフ。あの女は完全に頭がいかれてる。それかおれたちを仲間割れさせようとしてる。そのどっちかだ」

だが、ラファエルはそうは思えなかった。

「仲間割れなんかさせたって、あいつには何の得もないだろう。そもそも、そんなのはおれにはどうでもいいことだ。おれはただ、二度とあんな騒ぎはごめんってだけだ」

「ああ、安心しろ。あんなことは二度とない。どっちみち、おれたちはじきにここをずらかるじゃねえか。で、それぞれ分け前をもらったら、あとは勝手にするだけだ」

フレッドが握手の手を差しだした。ラファエルは少し間を置いてから、その手を握り返した。

十三時

ウィリアムはいくらか回復したらしい。ほんの数歩だが、ひとりで歩く練習を始めていた。ただし、すぐにへたっている。

それでも自信がついたのか、今度は「シャワーを浴びてくる」と言いだした。

ラファエルは見ていた道路地図から顔を上げた。

「大丈夫か？　まだ立ってるのも……」

「わかってる。けど、こんなんじゃ気持ち悪いんだ」

「そうか。じゃあ、おれもついていく。階段で倒れたりしたら困るからな」

ラファエルはまずサンドラを一階の寝室に閉じこめた。そして、ウィリアムを支えながら階段の下まで移動した。

そのとき、フレッドが書斎のドアから顔を出して呼びとめた。

「玄関の鍵を貸してくれないか。ちょっとクリステルと外の空気を吸ってくる」

ラファエルはジーンズから鍵を出し、フレッドに放り投げた。

「悪いな。おれたちがいなくても、あの女は部屋から逃げられねんだよな?」

「ああ、窓の取っ手をはずしておいた。だが、あんまり遠くへは行くなよ。何があるかわからないからな」

「わかった」

階段の幅は狭かった。そこで、ラファエルはウィリアムが倒れたときのために、うしろからついて上った。

「かばんから着替えの服を取ってこないと」ウィリアムが言う。

「あとでおれが持っていくさ」

ウィリアムは手すりにしがみつきながら、ほとんど片足だけで跳ねるようにして上がっていった。

「急がなくていいぞ」

「こんな身体じゃ、急ぎようがないよ……」

しばらくして、ウィリアムはようやく二階にたどり着いた。浴室に入るとすぐさまスツールにドスンと座り、上がった息を整える。

「着替えを取ってくるからな」

ウィリアムが服を脱ぎはじめるのを見ながら、ラファエルは浴室を出た。服を脱ぐのでさえ、今のウィリアムには超人的な努力が必要そうだ。

あとどれくらい、こんな状態が続くのだろうか。


フレッドは階段の下の暗がりにクリステルを立たせた。見張りだった。

ウィリアムは少し前にシャワーを浴びにいき、一度下りてきたラファエルもまた二階に上がって付き添っている。

逃げるなら今がチャンスだった。ラファエルの革ジャンは肘掛椅子の背もたれにかけっぱなしになっている。フレッドは革ジャンのポケットを急いで探った。

「あったぞ。戸棚の鍵だ」

小声で言うと、クリステルが悪魔のほほ笑みを見せた。

「じゃ、早く宝石を出してきて。あたしは荷物を取ってくる……」

実は、フレッドはクリステルと示し合わせ、宝石を持って逃げることに決めていた。一時間ほど前に母屋に戻ったあと、二階寝室のベッドの脇に荷物をまとめ、その機会を狙っていたのだ。だが、今ラファエルのいる二階に行くのは……。

「危険すぎる。必要なものはあとで買えばいい」

フレッドは階段下の戸棚の鍵を開け、すぐに宝石の入ったスポーツバッグを見つけた。

「よし、これだ！　逃げるぞ」

「アウディのキーは？」クリステルがジャケットを着ながら聞く。

「ちゃんとある。行くぞ」

ふたりでそっと母屋を出ると、フレッドは玄関のドアに外から鍵をかけた。

急ぎ足で母屋の裏手にあるガレージへ向かう。すると、クリステルが小声で言った。

「気をつけないと。風呂場の窓からガレージが見えるよ」

そこで、上から見えないように母屋の壁を伝いながら、ガレージの扉へとたどり着いた。扉まで来れば、風呂場の窓からは見えにくい。フレッドはできるだけ音を立てないよう、そろりと鉄製の扉を上げた。リモコンキーを押す。アウディのドアが解錠された。

すぐさまフレッドは車に乗りこみハンドルを握った。クリステルも宝石をトランクにしまい、助手席に来た。

「オーケー、出発して。とっととずらかろうよ」

しまった！　ラファエルははっとした。革ジャンのポケットに戸棚の鍵を入れっぱなしだった。頭で警報が鳴る。

おれとしたことが！　うっかりしていた。

ウィリアムをバスタブに残したまま、ラファエルは廊下に飛びだした。だがすぐには下におりず、まずクリステルが使っていた部屋に入った。ベッドの脇にスポーツバッグがふたつ置かれている。部屋はきれいさっぱり片づいていた。

あわてて階段を駆けおり、居間を見る。予想どおり誰もいない。フレッドもクリステルも消えている。

冷静にならなくては。さっきフレッドは「ふたりで外の空気を吸ってくる」と言っていたじゃないか。それだけのことだ。荷物だって、逃亡中ならいざというときに備えてまとめておくのが当然だ……。

ラファエルは革ジャンをつかみ、ポケットを探った。鍵はなかった。

アドレナリンが一気に噴き出す。

確か内ポケットに入れたはずだが。

急いで戸棚に向かうと、戸棚の鍵はちゃんとかかっていた。ラファエルはつかのま、ほっとした。

そうだ、そんなことがあるわけない。こんなのはただの妄想だ……。

だがどうしても疑いは消えなかった。そこで、ラファエルは玄関のドアを開けようとしてみた。

ドアには外から鍵がかかっていた。

疑いが確信に変わっていく。

もはや決定的だった。鍵は間違いなく革ジャンのポケットに入っていたのだ。フレッドたちはその鍵を使って戸棚を開け、宝石を出してまた閉めた。そうして宝石を持って外に出ると、玄関のドアにも鍵をかけ、なかから出られないようにしたのだ。

ラファエルはすぐさま居間の窓を開け、ためらうことなく飛びおりた。

「兄貴、どうしたんだ?」

ウィリアムは転びそうになりながらも、何とかバスタブをまたいだ。片足しかきかないと、何をするにもおぼつかない。

「兄貴?」

返事はなかった。なぜ物も言わずいきなり飛びだしてしまったのだろう。何かまずいことが起きたに違いなかった。きっとそうだ。

ウィリアムは窓から外を見た。わずかにガレージの扉が見える。

扉は開いていた。

少し前までは閉まっていたはずだ。

「どうなってるんだ」

ウィリアムはTシャツとジーンズを着た。まだ体は濡れていたがそんなことは言っていられない。

痛くて思わず顔がゆがんだ。また激しい咳が出て、つんのめった。気持ちが萎えそうになる。それでも気力を奮い立たせ、ウィリアムは廊下に出た。

サンドラは閉じこめられた部屋のなかで所在なく歩いていた。が、ふと立ち止まり窓辺に立った。

その直後、ラファエルが窓の外を突っきった。右手に銃が光っている。

一瞬、ラファエルと目が合った。

その殺気に、サンドラは思わずあとずさった。

「くそっ」フレッドは苛立った。「何なんだ、この車は？」

もう十回もエンジンをかけようとしていた。だが、いっこうにかからない。ガソリンは残っているし、バッテリーも上がっていない。冷却水もある。

フレッドは外に出てボンネットを開け、さっと目を走らせた。

「あのくそ野郎！」

　クリステルも寄ってくる。

「何なの？」

「ちくしょう！　ラフの野郎、セルモーターをはずしてやがる。こうなったら、あの獣医の四駆を使うしかねえ」

「獣医の四駆？　だって、キーはどこ？」クリステルはパニックになりかけていた。

　フレッドはボンネットを閉じ、タイヤを蹴った。

「くそっ！　今は探せねえ。じきにラフが下に戻ってくるからな。だが逃げるチャンスはまた来るから心配するな。今夜あたり何とかする。まずは四駆のキーを探すぞ。それまでは全部もとあった場所に戻すんだ」

　そのとき、声が響いた。

「その必要はない！」

　ふたりは動きを止めた。

　ラファエルのコルト・ダブルイーグルがふたりにまっすぐ向いていた。

15

十三時三十分

ここは人が多すぎる。うるさいし、匂いもひどい。

ごった返す食堂は何もかもが過剰だった。静けさというのものがほとんどない。

その食堂で、パトリックは昼食を取っていた。

静けさが待ち遠しかった。だが、これもあともう少しの辛抱だ。まもなく穏やかで平和な場所へと帰ることができる。

妻サンドラの待つ家へ。

馬たちのいる家へ。

広い敷地、澄んだ空気。立ちこめる霧さえも今は恋しい。

霧は世の中の醜い部分ををうまく覆い隠してくれるからだ。

パトリックは待ち焦がれた。家から遠く離れたここでの滞在を早く終えたかった。やっと今夜には終わりそうだ。

きっと今夜は帰れる。しかし、たとえ自分が不在でもサンドラの心にはこの自分がいつもいるはずだった。

翡翠色の瞳が魅力的なサンドラ。その陰の部分にも魅了される。

彼女が恋しかった。

確かに、ふたりの関係は容赦ない戦いにも似ている。

とはいえ、決して仲が悪いわけではない。

とにかく彼女が恋しかった。

この関係は他人には理解できないかもしれない。

そもそも自分たちには他人など必要なかった。お互いがいればそれでいいのだ。

そう、自分にはサンドラが必要だった。自分がいてやらないとサンドラは生きていけない。そう感じることが必要だった。

野生的で残酷なこの関係が必要だった。

ときにはサンドラに主導権を握らせることもある。所有者とは所有物があってはじめて所有者でいられるものだからだ。所有物は大切にしなければならない。

はたから見れば、自分たちはごく普通の夫婦に見えるだろう。

だが、普通のものなど何ひとつ存在しない。

はたから見れば、自分たちは愛しあっているように見えるだろう。

だが、愛なんてものは存在しない。

自分たちには、外の世界など存在しない。

パトリックは早く帰りたかった。勝者として。英雄として。

静かな夜に秘密を分かちあいながら、サンドラを見ていたかった。寝顔を見つめていたかった。サンドラが目を覚ますまで。

目を覚ましたサンドラは、見つめられていることに気づいてはっと息を呑むだろう。パトリックはその瞬間を見たかった。その翡翠色の瞳に恐怖が浮かび、その恐怖が徐々に広がるさまを……。

16

フレッドとクリステルは硬直したまま動けないでいる。

標的としては申し分なかった。はずしようがない。理想的だ。

ラファエルはふたりを交互ににらみつけた。

「おまえら、よくもおれを裏切ったな！　臆病者はさっさと逃げだすってわけか！」

声に怒りがにじんだ。底知れぬ怒りと深い失望が心を襲う。

その勢いのまま、ラファエルはフレッドに吐き捨てた。

「そう、セルモーターなら、おれが納屋に隠しておいた。だが、まさかサンドラじゃなく、おまえたちが逃げるとはな」

フレッドは黙っている。この状況で何も言えるわけがないだろう。

「ガレージから出ろ！　出たら手を頭のうしろで組め」ラファエルは命じた。

ふたりが外に出て、銃口の二メートルほど前に立つ。

死はまぬがれない。当然だ。

それがゲームだ。

「銃を地面に置け。ゆっくりとだ」

フレッドが左手でグロックを持つと、ゆっくりと地面に置き、蹴ってよこした。さっきまでの仲間は今や敵だ。

おそらく、自分はフレッドの最後の敵になるだろう。

ラファエルはふたりを見据えたまま銃を拾い、ジーンズのポケットに入れた。

一瞬、思い出が脳裏をよぎる。刑務所の中庭でフレッドとともに笑い、将来のことを話していた……。

喉が締めつけられた。悲しみが深い分だけ怒りも増した。怒りは頂点に達した。

「卑怯者！　おまえみたいなクズと組んでたとはな！」

「宝石は返す。おれたちの分はいらねえ。だから、行かせてくれ」

「へえ、ずいぶん気前がいいじゃないか」

「おれたちはここから逃げられれば、それでいいんだ」

「だったら、最初から手ぶらで行けばよかっただろう。それなら行かせてやったさ」

「頼む。クリステルは見逃してくれ。これはおれの一存でやったことだ。クリステルは反対したんだ」

きっと嘘だろう。それに、もはやそんなことはどうでもよかった。

裏切られた。頭を占めるのはその事実だけだ。それ以外のことは消えていた。早くも記憶の奥底に埋まっていた。

「わかった。クリステルは生かしてやろう」

フレッドの目に安堵が浮かんだのを見て、ラファエルは冷たく笑い、続きを言った。

「ただし、おれを楽しませるあいだだけだ」

クリステルが蒼白になり、腕がだらんと下がった。

「くそったれ！」フレッドが叫ぶ。

ラファエルは笑いつづけた。この場を支配しているのはこの自分だと相手に思わせるために。だが、引き金に指をかけながらも、心のなかでは撃つべきか迷っていた。確かに、このあたりにほかに人家はない。とはいえ、たまたま近くを通る人間がいないとも限らない。さらに、もし銃を撃てば銃声は遠くまで響くはずだ。

そう考えると、銃を使うのはリスクが大きい。

別の手段にしたほうがいい。

何より、撃つには今までとは違う種類の勇気を絞りださねばならなかった。平然と人を殺す。はたしてそんなことができるだろうか。怒りと憎しみは相当なものだが、それでも……。

ラファエルはためらった。

そんなラファエルの心中を察知し、フレッドはクリステルにさっと目配せした。

どうせ助からないのなら隙を見て飛びかかろう、と……。

一階に下りると、ウィリアムは今度は必死に窓を乗りこえた。うまく着地できず、衝撃でうっとうめいてしまう。

それでもどうにか立ち上がり、母屋の壁を伝いながらガレージへと向かった。

途中、銃を持ってくるべきだったと悔やんだが仕方ない。

相変わらず痛みはひどく、叫びださないよう唇を噛んだ。しばらくしてやっとラファエルの背中が目に入った。

「兄貴！」

ウィリアムは懸命に呼びかけた……。

一方、銃を構えていたラファエルは、突然のウィリアムの声に一瞬だけ横を見た。時間にしてわずか十分の一秒。

だが、それは決定的なミスだった。

まずい。そう思ったときには、フレッドが飛びかかってきていた。地面に倒れ、その拍子に拳銃が手から離れていく。拳銃は二メートルほど先に転がると、そばに停めてあったサンドラの四駆の下へと滑っていった。

馬乗りになったフレッドが顔を殴りつけてくる。一発、もう一発。

ふいに曇り空がまぶしくなった。急に太陽が出てきたのか、チカチカする。と思うまもなく目の前が真っ赤になった。

ウィリアムの声が遠のいた。

ポケットのグロックをつかもうにも、フレッドに膝で押さえられ、腕が動かせない。右腕の傷口が開き、思わず叫び声が出た。意識が遠のきかける。

首をつかまれ、頭を地面に叩きつけられた。フレッドの手がギリギリと首を絞めはじめる。

「てめえ、この野郎！　殺してやる！」

頭上でフレッドの声が響いていた。

クリステルは四駆の下に身をかがめ、コルトを取ろうとした。だが手が届かない。仕方なく、腹ばいになって手を伸ばした。

ところがコルトに手が触れたと思った瞬間、誰かに足首をつかまれ、強い力で引きずられた。砂利で顔と手のひらがすりむける。クリステルは必死で抗い仰向けになった。

引きずっていたのはウィリアムだった。ウィリアムはクリステルの上着の襟をつかんで立たせ、車体に押しつけた。クリステルはもがき、足の怪我を狙ったが、ウィリアムは強烈な平手打ちを食らわせた。車の窓にクリステルの頭を打ちつける。クリステルが目を剝いて、車体をずるずると滑り地面に倒れた。

おれだって兄貴の力になりたいんだ。兄貴の力に……。

ウィリアムは四駆にもたれた。目の前の景色が入り混じり、揺れている。もう立っていられなかった。ウィリアムはクリステルの横に倒れこんだ。だが朦朧としながらも、ラファエルとフレッドの死闘を目で追った。この悪夢から出る道はひとつ。勝つしかない。もしフレッドが勝てば、ラファエルは死ぬ。負けた者には死が待っている……。


馬乗りになったフレッドに、ラファエルは首を絞められた。息ができなかった。このままだと、じきに意識がなくなってしまう。どうにかしてゆるめさせなければ。

ラファエルはフレッドの顎にパンチを見舞った。渾身のアッパーカット。首を絞める手がゆるむ。フレッドのバランスが崩れた。

その隙にラファエルはぱっと立ち上がり、ポケットへと手を伸ばしたが、グロックをつかむ暇はなかった。フレッドもすぐさま体勢を立て直し、殴りかかってきたのだ。雄牛ばりの力。狂犬病の犬なみに猛々しい。殺されないための死闘だった。

フレッドはがむしゃらに打ってきた。激しい殴打。立っていられるのがやっとのほどだ。それでもラファエルはフレッドのパンチを見切り、反撃に転じた。

もつれあい、殴りあう。血みどろの戦い。荒くれ者の儀式。

今や顔は血まみれだった。血は腕の傷からも流れ出る。

ふたりしてもつれあいながら、母屋の窓の下へと転がった。

ラファエルはフレッドに馬乗りになり、殴りつづけた。パンチがフレッドの顎を打つ。鼻を砕き、腹にめりこむ。頭にも強烈な一発を食らわせた。

ぐったりとしたフレッドを、さらに母屋のコンクリートの縁に叩きつける。

とどめだ。ラファエルはグロックをつかんだ。

銃口をフレッドの喉に押しつける。フレッドの身体がこわばった。

「やめてくれ！」

ラファエルはフレッドの目を見据えた。

これで終わりだ。

裏切りは決して許されない。

その罪は何よりも重い。罰はひとつしかない。

ラファエルは引き金を引いた。

その瞬間を、サンドラが窓の向こうで見つめていた。

17

はっとして、ラファエルはふらふらとあとずさった。

突然、足の力が抜け、横たわるフレッドに背を向けるようにして、地面にがっくりと膝をつく。息がうまくできなかった……。

一方、ウィリアムはようやくラファエルのところまでたどり着いた。見ると、母屋の部屋の窓が割れ、そこから赤い筋が垂れている。そしてその窓の下で、フレッドが死んでいた。ぐったりとしたその姿はまるで糸の切れた操り人形だった。目はかっと見開かれ、口は最後の苦痛そのままにゆがんでいる。

後頭部は文字どおり吹き飛んでいた。右足がまだぴくっと動くのは、もはや単なる反射だろう。

ウィリアムは手で口を覆い、遺体に背を向けてラファエルの隣にうずくまった。ショックでほとんど怪我の痛みも感じない。

ラファエルのほうはウィリアムの存在を感じてようやく息を整えた。

何も言わず、ただウィリアムと見つめあう。

いつしか涙があふれていた。

クリステルは意識を取り戻した。あたりはしんとしている。嫌な予感がした。頭がずきずきと痛んだ。口のなかで変な味がする。

何があったのだったか。つかのま、地面に横たわったままぼんやりした。

それからすべてを思い出し、四駆を支えに立ち上がった。そして見た。母屋の窓が割れ、赤黒い染みが壁に散っているのを。

クリステルはその下へゆっくりと目を向けた。心が見たくないと言っていた。

そこには、フレッドがいた。

壁にもたれるようにして、フレッドが死んでいた。

ラファエルは立ち上がった。手を貸してウィリアムも立ち上がらせる。

そうして、ウィリアムと静かに抱きあった。二人とも生きている。つかのまの幸せを噛みしめた。ほんの一瞬の幸せ。だが、それだけでも十分素晴らしいものだった。

そのとき叫び声が響き、ラファエルはウィリアムから身を離した。クリステルだった。

クリステルはフレッドの遺体にかぶさるようにして肩を震わせ、泣きじゃくっていた。

ラファエルは再びグロックを手にし、クリステルへと近づいた。クリステルが顔を上げた。色の違うふたつの瞳がこちらをじっと見る。

一メートルほど手前で、ラファエルは立ち止まった。この距離ならしくじりようがない。

クリステルが一歩下がった。相変わらず目はこちらを見たままだ。

だが、その目には葛藤が浮かんでいた。頭では今死ぬのがいいと思いながらも、本能が死への恐怖を叫んでいる。どちらに転んでも地獄。まさに地獄の入り口に違いない。

さらに一歩、クリステルが下がった。

ラファエルはその距離を詰めた。もう一メートルもない。

クリステルが両手を前に突きだした。そうすれば弾が避けられるとでもいうように……。

そのまま流砂に沈むように、クリステルは恐怖に呑みこまれていった。その様子を、ラファエルは黙って見つめた。喜びも同情も感じない。

やがてついにクリステルが懇願した。

「お願い、殺さないで！」

ラファエルは表情のない目でクリステルを見返し言った。

「あいつを愛してたか？」

意外な言葉に、クリステルがぽかんとした。

「あいつを心から愛してたか？」

「すごく愛してた」

「なら、今の望みはひとつだろう。フレッドのそばに行きたいってな」

＊　＊　＊

部屋のドアが開いた。ラファエルが戻ってきたようだ。

だが、サンドラは部屋の隅にうずくまったままでいた。うつむいて、ベッドとタンスのあいだで膝をぎゅっと抱えていた。

ラファエルがそばに来た気配がして、サンドラはようやく顔を上げた。ラファエルの顔は血まみれだった。手もシャツもジーンズも、何もかもが血まみれだ。ラファエルの血とフレッドの血、その両方がべったりとついている。

この男はやはり恐ろしい。

サンドラは思い出した。目の前の窓の向こうで、フレッドの後頭部が弾け飛んだことを。自分ももなくああなるのだろうか。

フレッドを撃ちぬいた弾はその勢いのまま窓を貫き、サンドラの顔をかすめた。それから部屋の壁に当たって止まった。

サンドラは思い出した。死んだフレッドがぐにゃりとして動かなくなったことを。自分もまもなくああなるのだろうか。

あの光景を見たあと、サンドラは部屋の隅へと這い、それからずっと暗がりに身を縮めていた。できることなら壁に潜ってしまいたかった。身体が震え、うめき声が漏れた。

とはいえ、自分は死というものを知らないわけではない。

むしろ、知りすぎるほど知っていた。


サンドラのいる部屋のドアを開けながら、ラファエルも少々身構えていた。何があるかわからないからだ。

目でゆっくりとサンドラを探すと、サンドラは部屋の隅にいた。顔を伏せ膝を抱えたまま、身体を小刻みに揺らしている。

ラファエルはそばに寄り、サンドラの前にしゃがんだ。

「怪我をしたのか?」

サンドラが顔を上げる。その顔には、ガラスの破片で切った傷があった。だが、ほんのかすり傷だ。すぐに治るだろう。

目には恐怖が刻みつけられていた。その恐怖は決して癒えはしないだろう。

「部屋から出るぞ」

ラファエルは手首をつかんで床から引っ張りあげた。

「嫌よ、離して。触らないで！」

仕方ないので、力ずくで部屋から出す。

力まかせに居間へと押すと、サンドラは長テーブルにぶつかった。それから異様な光景に気づいたらしく、叫ぶのをやめた。

「嫌だってば！」

ソファには、ウィリアムが疲れきった様子で横たわっていた。

険しい表情で、ぼんやりしている。

肘掛椅子には、粘着テープを巻かれたクリステルがいた。手首は肘掛けに、足首は椅子の脚にそれぞれ固定してある。クリステルの目は一点を見つめていた。

まるで心は別のところにあるかのように……。

ラファエルはサンドラのいた寝室の鍵を閉めた。ありがたいことに、この家はどのドアにも鍵がかかるようになっている。

なんとも便利だった。

それから、ラファエルはグロックをウィリアムに預けて言った。

「もしこいつらがおかしな動きをしたら、撃て。いいな？」

ウィリアムが返事をしないので、ラファエルは強い口調で繰り返した。

「いいな？」

「わかった」

ウィリアムの返事を聞くと、ラファエルは階段を上り浴室へ向かった。階段は障害物訓練のようにきつかった。頭も腕も腹も猛烈に痛い。

ようやく二階に着くと浴室へ直行し、着ているものを全部脱ぎ捨てた。服は全部燃やさねばならないだろう。

ラファエルはバスタブに入り、急いでシャワーの栓をひねった。早く血を洗い流したかった。血も肉片もすべて洗い流したい。

熱すぎる湯に小さく叫んだあと、ラファエルはしばらくシャワーの下にたたずんだ。水が赤く渦巻きながら、足元を流れている。

頭にも真っ赤な渦が巻いていた。

十六時四十分

「クリステルをどうする?」ウィリアムが小声で聞いた。

「まだわからない」

ラファエルは正直に答えた。ウィリアムとふたり、台所のテーブルで話しながら、隣の居間のクリステルとサンドラにも目を光らせていた。

好きなようにできる女がふたり。

変質者なら舌なめずりする状況だろう。

だが、ラファエルにはむしろ地獄だった。両手にふたつ厄介な荷物を抱えている気分だった。それも爆弾が仕掛けられた荷物だ。

「そろそろここから出たほうがいいんじゃないか、兄貴。これ以上いるのはやばそうだ」

ウィリアムがコーヒーを前に言った。しかし、そう言いながらも額に汗をかき、熱のせいで目がうるんでいる。話をするのも辛そうだ。

「今夜出発しよう」ラファエルは答えた。「大丈夫か？」

「ああ。さっきだって、ひとりで歩けただろ？」

「さっきは緊急事態だったからな。今は立ってるのもやっとみたいだ」

「すぐよくなるさ。間違いない」

「そうだな。だが、それまでは横になってろ。倒れちまわないようにな。二階に連れていってやろうか？　部屋がふたつ空いてるぞ」

「いや、ソファで寝る。ソファにいれば、おれも一緒にあのふたりを見張れるだろう？」

そう言うと、ウィリアムは立ち上がった。けれどもすぐにふらつき、テーブルにしがみついて目を閉じた。

「くそっ、まだ目が回る……」

ラファエルはウィリアムを支えてソファまで連れていった。残念ながらよくなっていない。ラファエルはサンドラに近づくと、まるで飼い犬相手に話すように言った。

「ウィルの世話をしろ。具合がよくない」

急に熱が上がったらしかった。サンドラは新たに薬を用意し、何とかウィリアムに飲ませている。

ラファエルは、クリステルと向かいあう位置で、長椅子に座った。クリステルは憎しみに満ちた目を向け、突然口を開いた。

「宝石を持って逃げようって話だけど、あれはあたしが考えた」

椅子に拘束してから初めて発した言葉だった。

「逃げたいって言ったのはあたし」クリステルは敵意をむきだしにして繰り返した。

ラファエルは返事をしなかった。代わりに、蔑むように口の端をゆがめた。

「フレッドじゃない」クリステルは執拗に言った。「あんたたちみたいなろくでなしとは一緒にいられないって、あたしがフレッドに言った。いい？　あんたたちだって、もうすぐ死ぬんだから！」

ラファエルは粘着テープを手にクリステルに近づき、歯でテープを食いちぎった。

「聞いてるの？　ウィルなんか死ねばいい！」

その言葉と同時に平手打ちが飛んだ。ラファエルは思いきりクリステルをひっぱたいた。そして口にテープを貼ると、椅子ごと奥の書斎に押しこみ、力まかせにドアを閉めた。

ラファエル　十六歳

呼吸が速くなる。

速すぎる。

だが、ラファエルは怖がるものかと誓っていた。

もう何も恐れないと決めていた。

ナイフを握り、覆面をする。そして郵便局のドアを押し、ナイフを振りかざした。

なんの変哲もないただのナイフ。それを十六歳のガキが振りかざす。

局員の女が目を見開き、まじまじとこっちを見た。それから、両手を上げて椅子から立ち上がり、壁際まであとずさった。

局員はおびえていた。でも、本当はラファエルだって怖かった。

たぶん同じくらいびくついていた。

「金を出せ！」

金。そのしわくちゃな紙切れに、人はとんでもない価値を与える。

金。それは何より魅力的なペテンだ。

ときとして、凶悪な殺人鬼を生む。

「早く出せ！　ぐずぐずするな！」ラファエルは怒鳴った。

局員は小型金庫を開け、なかにある金を大急ぎで集めて、カウンターに置いた。

「これで全部よ」そう言いながら、またうしろに下がる。

ラファエルは金を奪うと、全速力で逃げだした。

途中で覆面とナイフをゴミ箱に捨てながら、必死に走った。死神に追いかけられているように。

何キロも走りつづけた。

ようやく足を止めたのは、三十分後だった。息が切れていた。

ラファエルは奪った金を数えた。

五百五十フラン。

初めての強盗。その道のプロとして初めてのギャラだ。

もちろん、ちっぽけな額だった。

それでも、ラファエルは笑った。

手が震えていた。

だが、次からはもう震えないだろう。

18

あと一時間半の我慢。そのあとは自由になれる。

それにしても、数学っていったい何の役に立つんだろう。

ジェシカはテスト用紙に向かいながら、ひそかに数学を呪った。

数をかぞえるのはいいとして、あとはどうなんだろう?

公式やら定理やら。そんなのは昔々どこかのサディストが発明した拷問としか思えない。とびきりずる賢い人が作りだした洗練された拷問だ。

先生もパパもママも「勉強はみんな、人生でいつか役に立つ」とか、「どれも将来必要になるから、今は何でも頭に叩きこむのが大事」とかよく言うけど。

でも、数学って……将来何の役に立つんだろう。

考えてもわからなかった。

ジェシカは数字よりも言葉が好きだった。言葉のほうがずっと詩的できれいだからだ。豊かでエレガントで寛大で、感動を呼ぶ気がする。

だって、数字じゃ愛は語れないし、助けも求められない。

そういうことは、言葉や仕草、目でするものだ。

人は言葉で夢を語る。数字でできるのは計算だ。

たとえば、時間の計算。何時間かかったとか、何分かかったとか。数字は早いか遅いかを弾きだす。

ほかには、夏休みが終わるまであと何日とか、死ぬまであとどれくらい時間があるとか、お金はどれだけ残しておかないといけないとか。

親しい人が何人いなくなってしまったとか。数字はそういう計算をするものだ。

それ以外に、ジェシカはどうしても数学をやる意味がわからなかった。だから、確率の海で溺れ、代数の雪崩に息を詰まらせ、無意味な集合にもがき苦しんだ。

そこで、ジェシカは逃避した。

教室から羽ばたいて学校を抜け、今の日々からも飛びだして、未来を夢想した。

二十歳になった自分はどんなふうだろう。二十歳……それは遠い未来だった。決してたどり着けない地平線くらい遠く思える。

でも、いつかは自分も二十歳になるのだ。

不思議なことに、四歳のころから死は身近に感じてきたくせに、二十歳はずいぶん遠く思えてしまう。なんだかチグハグだけど。

大学生になった二十歳の自分はどんなだろう。ジェシカは想像した。専攻はもちろん文学だ。または、語学か美術かもしれない。

通っているのは有名大学。

そのあとは学校の先生になるだろうか。それとも女優？　ジャーナリスト？

今はまだ決められない。

ただし、数学や科学の道はあり得なかった。数字と公式にはうんざりだ。

二十歳になった自分は、たぶん街中の小さなワンルームに友だちとシェアして住んでいる。当然、車は持っているだろう。

きっと美人になっていて、男の子たちはみんな、ひれ伏しているはずだ。

そして二十歳になれば自由になれるから、三角法なんて忘れていい。ピタゴラスもタレスも、みんな記憶から追いだしてしまえる。

一、二、三……ジェシカは三つ数えて早くもそのときの自分になった。

未来の自分は自由だ。

誰もがそうであるように、ジェシカもそう信じていた。

だから、窓際の席に座ってぼんやりと外を見ながら、ほほ笑んだ。ほとんど白紙のテスト用紙のことなど忘れて……。

と、そのとき、クラスの誰かが咳をして、ジェシカは現実に引き戻された。遠い未来を飛んでいた心がテスト用紙へと墜落する。

時間は容赦なく過ぎていた。刻一刻と悪い結果が確実になっていく。白いところだらけの紙が「早く埋めろ」と追いたてていた。

でも、たとえ百年かけたって、これ以上埋めるのは無理だろう。

こんな宇宙語、ちんぷんかんぷんだ。

ジェシカはそっと顔を上げ、左の席の男子を盗み見た。

リュカ。名前までかっこいい。

リュカはテストにものすごく集中していた。書くことがたくさんあるようだ。リュカが特別授業をしてくれればいいのに。そうしたら、一気に成績が上がる気がする。

そんなことを思っていると、見られているのに気づいたらしい。リュカが一瞬こっちを見てフンと笑った。蔑むような残酷な笑い。

ジェシカは胸がズキンと痛んだ。ショックでボールペンが灰色の床に落ちていく。その音に、先生が顔を上げて眉をひそめたけれど、またすぐに手元の採点作業へと戻った。

ジェシカは真っ赤になってペンを拾い、再びテスト用紙を見た。用紙はどこからどう見ても白かった。

絶望的なほど真っ白だ。

悲惨すぎる。

こんなの、家に帰って何て言えばいいんだろう。パパとママに叱られるのは間違いなかった。ふたりともきっとすごくがっかりする。

じゃあ、家に帰らないことにしようか。一瞬、ジェシカは考えた。

どこか遠くへ行くのはどうだろう。想像するだけじゃなくて、本当に……。

そうすれば怒られない。数学だけじゃなくてほかにも嫌なもの全部から逃げられる。

でも、もしそんなふうにいなくなったら、パパとママはすごく不幸になるはずだ。ふっつりと行方をくらましたりしたら、死ぬほど苦しむに違いない。

だいいち、パパとママに会えなくなったら、自分だって死ぬほど辛い。

確かによく叱られる。けど、パパもママも自分を愛してくれている。それはよくわかっていた。だから安心できたし、守られていると感じることができた。

そのとき、先生の声が響いた。

「テスト終了！　ペンを置いて」

テスト用紙が回収される。ジェシカは泣きたい気分だった。

やがてチャイムが鳴って授業が終わり、教室は騒がしくなった。ジェシカも持ち物をしまい、先に廊下に出ていたオレリーに合流した。オレリーは満面の笑みを浮かべている。

それもそのはず、数学はオレリーの得意科目なのだ。

「どうだった？」オレリーが尋ねた。

「最低。パパとママに殺されそう」

「そんなことないって。大丈夫。ちょっと怒られるだろうけど、すぐに機嫌を直してくれるって」

オレリーは肩を抱いて励ましてくれた。そのままふたりで混みあった廊下を歩き、校庭に向かう。でも、ジェシカはなかなか気持ちが晴れず、こう言った。

「もう死んじゃいたい」

「だめだめ、そういうのはなし。まだまだジェシカは死なないよ。歌にもあるじゃん。『死ぬには若すぎる《トゥー・ヤング・トゥー・ダイ》』って」

そう言って、オレリーはふざけて歌いだした。気持ちをほぐしてくれているのだ。

「死ぬには若すぎる……死ぬには若すぎる！」

オレリーは大声で何度も歌ってくれた。いつもそうだ。オレリーはどんなときだって歌っているか、笑っているかのどちらかだった。泣き顔は見たことがない。

本当はたくさん泣いてもいいはずなのに。

オレリーは孤児だった。親もいないし、家族もない。生まれてすぐに捨てられて、施設でほかの子どもたちと共同生活をしていた。施設はモダンな小さい建物で、ジェシカの家から二ブロック離れたところにあった。

これまでオレリーは三つの里親家庭に預けられてきた。

最初の家庭には、オレリーは成人するまでいたいと思ったそうだ。でも、児童福祉施設の馬鹿な担当者に無理やり引き離された。

里親の女性とオレリーの結びつきが強すぎると判断されたらしい。

そのあとのふたつの家庭では、オレリーは家出を繰り返した。

それから自殺未遂も……。

そして結局、オレリーは施設での生活を選んだ。今は一か月に二度、週末をジェシカの家で一緒に過ごしている。

ジェシカにとって、オレリーは姉のようなものだった。年はひとつしか上じゃないけれど、この年頃で一歳の差は大きい。

ただし、オレリーは留年していたのでクラスは同じだ。

これまでの環境を考えれば、留年も仕方ないだろう。

でも、今のオレリーは複雑な生い立ちなどまったく感じさせなかった。そんなオレリーを、ジェシカは心から尊敬した。

数学のテストは散々だったし、リュカには鼻で笑われた。けれど、オレリーといるとそんなのはどうでもいい気がしてくる。ジェシカはオレリーと一緒に歌いだした。

「死ぬには若すぎる！」

19

十七時八分

少し前に近くの教会で五時の鐘が鳴った。

やっと今日の授業が終わった。

ジェシカは校門前で友だちとしばらくおしゃべりをして、それからオレリーと一緒に帰り道を歩きだした。

「うちに寄ってく?」ジェシカは誘った。

「やった！　でも、ちょっとだけね。じゃないと、またマルシアル先生に怒られちゃう」

マルシアル先生は、オレリーがひそかに恋心を抱いている施設の先生だ。将来は結婚するつもりでいるらしい。二十五歳も年上なのに、オレリーは全然気にしていなかった。

ジェシカはオレリーとふたりでいつもの道や広場をいつもどおりに歩いた。そのあいだずっとおしゃべりしつづけた。

「えー！　マルシアル先生っておじさんだよ。それより、リュカってかっこいいよね」

オレリーと笑いあっていると楽しくて、散々だった数学のテストも初恋のリュカから意地悪な笑いを向けられたこともすっかり吹き飛んだ。

途中、どこかのおばあさんが小型犬と散歩しているのに出会ったときは、通りすがりにふたりでふざけて不良少女のふりをした。さぞかしビクビクしてるだろうと思って見ると、おばあさんはニコニコしながらすれ違った。怖くなかったようだ。犬は赤い毛糸で編んだコートを着せられていてかわいかった。

十分ほどして、静かな細い道へと入った。空き地の横を通る道で、いつもほとんど人はいない。

家への近道なので、学校帰りはたいていここを通っていた。パパとママからは「絶対に通らないように」と言われていたけれど。

でも、絶対だめだと言われると、反抗したくなるものだ。

そのとき、白いライトバンが横に停まり、運転席の窓が下がった。

「ちょっと、いいかな」運転席の男が尋ねた。

ジェシカはオレリーとのおしゃべりをやめ、立ち止まって男を見た。怪しい人だろうか。

男は五十代くらいで、陽気な笑顔を浮かべていた。髪は白髪まじりで、顔には無精ひげが伸びている。

「どうも道に迷ったみたいでね。ムーラン通りに行きたいんだが、わかるかい？」

「それ、あたしたちの住んでる通りです」オレリーが言った。

「本当かい？　デュリューさんの家に行くところなんだよ。ひょっとして、きみたち、知らないかい？」

「うちです！」ジェシカは驚いて答えた。

男がエンジンを切った。

「じゃあ、きみがジェシカだね？　私はお父さんの同僚で、一緒に市役所で働いているんだ。今日の夕方、家に来てほしいと言われていてね。お父さんが車を売りたいそうだから、見せてもらう予定なんだよ。気に入ったら買うつもりなんだ」

「そうですか……」

「さて、じゃあどうしようか。車に乗っていくかい？　そうすれば、道を教えてもらいがてら、家まで送っていけるよ」

ジェシカはオレリーと顔を見合わせた。

「ねえ、ジェシカのパパは車を売りたいって言ってたの？」オレリーが尋ねる。

「うん……正確にはママの車なんだけど」

「乗らないのかい？」男がせかした。

「でも、この時間だと父はまだ帰ってないと思うんです」ジェシカは言った。

「お母さんが車を見せてくれるそうだよ。お父さんが電話をしていたから、きっとお母さんが待ってくれているだろう」

男が助手席のドアを開けたが、ジェシカはやはりためらった。

「友だちをひとりにしたくないので……ここで家の場所を説明します」

「それなら、ふたりとも乗ったらどうだい。前にシートがふたつあるから」男が提案した。

「ねえ、せっかくだし乗せてもらおうよ。歩かなくていいし」

オレリーがそう言って、先に車に乗りこんだ。ジェシカは気が進まなかったが、仕方なく乗った。こんな男の人とは一緒に帰りたくなかった。かっこいい人が運転する素敵な車ならまだしも、さえないおじさんの運転するこんな古いバンなんか嫌だった……。

ふたりの少女が車に乗ると、男はエンジンをかけ、バックミラーを確認した。

誰もいない。

男は車を発進させた。車内にカチッという音が響き、ドアがロックされる。

ナンバープレートは偽物、ライトバンはどこにでもあるタイプだ。

完璧だった。

「突き当たりを右に行ってください」茶色の髪の少女が道案内をした。

男は満面の笑みで答えた。

「ありがとう、オレリー。きみがいなければ、困るところだった」

「あの……どうしてあたしの名前を知ってるんですか？」

＊　＊　＊

十九時五十五分

心のなかで、ジェシカは助けを叫んでいた。

声を出すことはできなかった。口に粘着テープを貼られているせいだ。

ジェシカは助けを求めた。

心のなかで父親と母親に呼びかけ、どこかにいるはずの神さまにも祈った。

「助けてください。どうか見捨てないで。家に帰りたいんです……」

このライトバンがどこに向かっているのかはわかっていた。

地獄。きっとそうだ。

でも、どんなふうに死ぬのかはわからなかった。

そのせいでこんなに怖いのかもしれない。

ジェシカは父親の言葉を思い出した。「希望のおかげで生きられるんだ」茶目っけたっぷりに笑いながら、よくそう言っていた。

つまり、絶望したら死んでしまうということだ。

だったら希望を持ちつづけよう。そうしなければ。

今は街灯の下を通っているらしかった。断続的に光が入る。ジェシカはつかのまオレリーを見た。粘着テープで手足を縛られ、ライトバンの冷たい床に転がされている。自分と同じように……。明るくなったときに、一瞬オレリーと目が合った。パニックに陥った目……。そしてまた、暗くなった。

ジェシカは、手首を拘束する粘着テープから自由になろうとした。これで何度目になるだろう。だが、できなかった。

そのとき、男がカーラジオの音量を上げた。ニュースが聞こえてくる。

《……中学生の女子生徒二名が行方不明になりました。警察は誘拐事件として捜索しています。ふたりはダニエル・カサノヴァ中学に通う中学二年生で、ひとりはジェシカ・デュリューさん、十三歳。身長一メートル六十二センチ、金髪のロングヘアで、行方不明になったときの服装は、ベージュのTシャツにデニムのジャンパーということです。もうひとりはオレリー・マルタンさん、十四歳。一メートル五十九センチ、褐色のショートへ

ア、瞳は茶色で……》
男が振り向いて言った。

「ほら、おまえたちのことだ」

そして高笑いをして続けた。

「おまえたち、もうすぐフランス中が知る有名人になるぞ！」

ジェシカは希望を取り戻した。つまり、自分たちが誘拐されたことはみんなが知っているということだ。フランス中、いや世界中のみんなが。

でも、誘拐されたことは知っていても、どこにいるのかは誰も知らないんじゃ……。だめ、気を強く持たないと……そうだ、自分たちがこのライトバンに乗りこむのを、誰かが見ていたかもしれない。

もしそうなら、警察が追跡しているだろう。次の角を曲がったら、パトカーがいるかもしれない。サイレンの音が聞こえないか、ジェシカは耳を澄ました。青い回転灯を点滅させたパトカーがいないだろうか。

映画みたいに、ぴったりのタイミングで助けにきてくれないだろうか。

警察が来て解放されて家に帰り、あの男は刑務所に入れられる。

そうしたら、自分たちは有名人だ。友だちはみんな興奮して話を聞くだろう。パパとママはきっと何もかも許してくれる。戻ってきただけで幸せだから、悪かった成績も全部許してくれる。リュカだって今度はヒロインに憧れる目で見てくれる……。

けれども、サイレンの音もなければ、青い回転灯もなかった。不吉な暗がりしかなかった。ライトバンのうしろの地下墓地のような暗がり。聞こえるのはエンジンのうなる音とラジオから聞こえる雑音だけだった。

ヒロインなんか、どこにもいない。ここにいるのは、むざむざと犯罪者の魔手にかかった少女だけだった。

「夢は見るな。誰もおまえたちを見つけられない。何日かは話題になるだろうが、そのうち忘れられる。まあ、心配するな。おれがちゃんと面倒をみてやるからな」

ジェシカは拘束された身体をよじらせながら、何とかオレリーの横に行った。額をくっつけていると、涙が交じりあった。

途中、逃げるチャンスはあったのだ。自分たちを助手席に乗せたまま、あの男はしばらく車を走らせていたが、一度どこかで車を停めた。そのとき、逃げようと思えば逃げられた。でも、男は大きなナイフをオレリーの喉に当ててこう言った。

「逃げたりしたら、こいつの喉を掻ききってやるからな。だが、おとなしく言うことをきけば、ふたりとも命は助けてやる」

だから、ジェシカは男の言うことを聞くしかなかった。後部座席に移り、渡された小瓶のなかの液体を飲んだのだ。そして意識を失った。真っ暗な深い穴に落ちるように……。

意識が戻ったときには手足を粘着テープで拘束され、口にもテープを貼られていた。頭には恐怖と叫びが渦巻いていた。

きっともう家から遠いところにいるのだろう。

これからひどい目に遭わされるのだろう。

やっぱりあのとき、逃げるべきだった。今となっては遅すぎる。あの男はこのあとふたりとも殺すつもりなのだ。

逃げていれば、両親や警察に知らせることだってできたのに。

たぶん、あの男はあのときオレリーを殺したりしなかったから……。

ジェシカは際限なく考えつづけ、自分を責めた。

たぶんこれは罰なんだ。パパとママがだめだって言っていたのに、空き地の横の道を通ったから。

罰を受けているんだ。家に帰らないことにしようなんて考えたから。

弟なんかいないほうがいいのにって、しょっちゅう思っていたから。弟に嫉妬ばっかりしていたから。

一人っ子だったらよかったのにとか、オレリーがお姉さんだったらよかったのになんて考えていたから。

きっとこれは罰なんだ。一昨日《おととい》、おばあちゃんにひどいことを言ったから。

たくさん嘘をついたから。

悪いことばっかりしたから。だから罰を受けているんだ。

ジェシカは泣いた。息が苦しくなるほど泣きつづけた。


一方、ジェシカと寄り添いながら、オレリーも息が苦しかった。恐怖と寒さで肺がちゃんと動かなかった。手足がこわばっていた。

おかしなことに、さっきからオレリーはかわいがっている猫のことばかり考えていた。自分がいなかったら、誰がマラバールの世話をするんだろう。マラバールは、施設の先生たちから十四歳の誕生日プレゼントにもらったチンチラだった。

もしマラバールが捨てられたらどうしよう。ううん、そんなことはないよね。

オレリーはこれまで施設を家だと思ったことは一度もなかった。でも、今はあの施設が世界でどこよりも素晴らしい場所のように感じられる。帰れるのなら、どんなことでもしたかった。一生施設で過ごしたっていいくらいだ……。

運転席の男がラジオから流れる曲に合わせて鼻歌をうたっていた。

そのラジオの歌を、オレリーも聞いていた。だが、もう歌えない。

「死ぬには若すぎる……死ぬには若すぎる……」

ジェシカと一緒にこの歌を歌うことは二度とないのだろうか。

十一月七日

金曜日

Vendredi 7 novembre

20

零時　数分過ぎ

ラファエルは腕時計を確認した。長い夜になりそうだった。

ウィリアムは疲れて眠っている。また具合が悪くなってきたらしい。ときおりぜいぜいと苦しそうな息をし、支離滅裂な言葉をつぶやいていた。

ラファエルは固まった筋肉をほぐすと、台所に行った。冷めたコーヒーを注いだカップを電子レンジに入れ、煙草に火をつける。温めなおしたコーヒーはまずかった。だが、目を覚ましているには必要だ。今夜はまだしばらく眠るわけにいかない。

玄関のドアを少し開け、澄んだ冷たい空気を吸ってから、ラファエルはウィリアムのそばに戻った。

ウィリアムは目を開けていた。

「兄貴、今何時？」

「午前零時を少し過ぎたところだ。おまえは寝てろ」

「今夜、出発するはずだっただろ？　行かなきゃ……」

「いいから寝てろ」ラファエルは父親のように繰り返した。「出発は明日にする」

「でも……」

ラファエルはウィリアムの手を握った。

「サンドラの旦那からさっき電話があった。今夜帰ってくるそうだ」

ウィリアムの目に不安がよぎった。ラファエルは続けた。

「だから、今逃げるのは得策じゃない。帰ってきた旦那が憲兵仲間と警察に知らせて、すぐに追っ手がかかるだろうからな。それよりも、旦那が帰ったところを襲って縛る。で、動けなくしたあと逃げるんだ。そのほうがいいと思わないか？」

「ああ、たぶん……。サンドラはどうしてる？」

「隣の寝室だ。ベッドに縛りつけてある」

「クリステルは？」

「あっちの書斎だ」

ウィリアムが怪我をした右足を動かそうして、歯を食いしばった。

「痛むか？」

「ああ、くそっ」

そう言った途端、ウィリアムは激しくせきこんだ。苦しそうに顔を真っ赤にしている。

ぐったりとソファに倒れながら、ウィリアムはまた尋ねた。

「憲兵の旦那は……がっちりしたやつかな?」

「そうでもないだろうよ」

ラファエルは笑って安心させた。それから、コルトの銃床に触れながら言った。

「任せとけ。おれが忘れられない歓迎をしてやるさ」

「でも……」

「おまえはおれを信用してるだろう?」

「ああ。兄貴のことは信用してる。自分なんかよりずっと……」

「じゃあ、心配するな。うまくやってやる」

一時二十二分

銃口が額に当てられ、ラファエルは目を開けた。

クリステルの顔がぼんやりと見える。

「殺してやる。これはあたしからフレッドを奪った報い」

ラファエルは椅子の肘掛けを握りしめた。

「どうしようもなかったんだ！　あいつはおれを裏切った！」

「頭をぶちぬいてやる。あんたがフレッドにしたのと同じように」

そして銃声が壁にこだまする――。

ラファエルは飛び起きた。夢だったのか。どうやら椅子で数分眠っていたらしい。

目をこすり、すぐにウィリアムのほうを見た。ウィリアムは穏やかな呼吸で眠っている。それを見て、ラファエルは落ち着きを取り戻した。クリステルの顔もグロックの銃口も、はらわたがねじれるほどの恐怖も薄れていく。それから、口に残る苦い味も……。

フレッド。

仕方ない。向こうが死ぬか、こっちが死ぬかだったのだ。

ラファエルは静かに立ち上がり、外に出ると、家の前で煙草を吸った。霧がまた出ていた。ここの名物のようだ。このあたりに、霧のない夜はあるのだろうか。

冷たい風が吹き、どこかからフクロウの鳴き声を運んでいる。

ラファエルは煙草を踏みつぶした。幸いなことにストックは十分にあった。隠れ家に潜伏するあいだは、近くの煙草屋に買いにいくわけにはいかないのだ。用意周到にするに越したことはない。

その後、家のなかに戻ると、再びまずいコーヒーを飲んで煙草を吸った。今度こそ眠るわけにはいかなかった。サンドラの旦那はもうじき帰ってくる。歓迎の準備をして待っていなければならない。

だが、それまでまだ時間はあったので、ラファエルはクリステルとサンドラの様子を見にいくことにした。刑務所の看守にでもなったつもりで見回りをするのだ。

最初にクリステルを見にいった。

書斎の照明をつけると、急に明るくなったせいで、クリステルは目を閉じた。

ラファエルはパソコンのそばに置いてあった水のボトルをつかみ、クリステルの口の粘着テープをはがした。クリステルは正面の壁を見つめたままだ。夜のように冷ややかで、風のようにとらえどころがない。

懇願もしなければ不満も言わない。ラファエルは感心せずにはいられなかった。

口元に水のボトルを近づけても、クリステルは顔をそむけた。

「このあとは朝まで来ないぞ」

「とっとと消えて、人殺し！」

ラファエルは口をきつく結び、それからひとこと言った。

「勝手にしろ」

口に粘着テープをまた貼ろうかと迷ったが、結局貼らないままにしておいた。そして明かりを消してドアを閉め、今度は寝室のドアを開けた。

サンドラのいるその部屋は、恐ろしく寒かった。鎧戸を閉めていても、銃弾で割れた窓から夜の冷気が入っていた。サンドラは凍えているに違いない。

ラファエルは枕元のランプをつけ、ベッドの端に座った。

「起こしたか？」静かに尋ねる。

サンドラが首を横に振った。少しのあいだ、ラファエルはその顔を見つめた。きれいだった。無防備で、ベッドに縛りつけられて……。

ラファエルは孤独を感じていた。心が寒かった。サンドラと孤独を分かちあいたい。サンドラを腕に抱いて心を温めたい。

だが、ラファエルはその欲望を押さえようとした。どっちにしろ、サンドラが首を縦には振らないだろう。長い犯罪リストに強姦を加えることもできなくはないが、無理やりというのは思い描いているものとは違っていた。

「旦那がもうすぐ帰ってくるからな。あんたにも一緒に待ってもらうぞ」

言いながら軽く額に触れ、目にかかった髪を払ってやると、サンドラは瞬時に身をこわばらせた。

それから取り乱した様子でこっちを見た。

「夫を殺したりしないわよね？」

ラファエルは答えずに、ただサンドラを縛るひもを解いた。自分で縛ったものだったが、ほどくには少し時間がかかった。

自由になると、サンドラは起き上がりベッドに座った。こちらの考えを読もうとでもいうように、相変わらずじっと見つめてくる。やがて、サンドラはゆっくりとにじり寄り、互いの肩が触れあうところまで近づいてきた。そうして、ためらいながらもラファエルの顔に手を伸ばし、そっと右頬の傷跡をたどった。ラファエルはサンドラの目を見てささやいた。

「銃を奪うつもりなら、時間の無駄だ。ウィルのそばに置いてきた」

それでもサンドラは何も言わず、そのまま首のうしろへと手を這わせた。

となると、欲しいのは銃ではないということだ。

サンドラがぴたりと身を寄せた。だが、ラファエルは反射的に押し返した。

「何を企んでる？」

答えの代わりに、キスが返ってくる。今度はラファエルも受け入れた。珍しく素直な気分だった。ただし警戒は解かないでおく。

と、サンドラがつぶやいた。

「あの人を殺さないで」

ラファエルは寂しく笑った。

つまり、これは旦那を殺されないための手段ってわけか。まあ、いい。それならそれで構わない。

サンドラがベッドに仰向けに倒れ、ラファエルはその上に覆いかぶさった。もうためらうのはやめだ。

一陣の風が部屋を吹きぬける。サンドラが目を閉じた。ラファエルはその首筋に唇を這わせ、ブラウスのボタンをはずしていった。

だが、サンドラの目を見たとき、動きを止めた。翡翠色の瞳はいつも盗みだす宝石のように光っていた。涙に濡れて……。同時に、憎しみもきらめいていた。

両手は固く握られていた。まるでこれから死闘に向かうかのように……。

ラファエルは身を起こした。少なからずショックだった。そのショックを隠そうとして、ついすごむような声が出た。

「おれが怖いのか？」

「そんなことないわ！」サンドラがあわてたように言った。

「そこまで嫌なのか？」

「お願い、やめないで」悩まし気な声でささやいてくる。

「もういい。服を着ろ」

「嫌よ。あなたはわたしと寝たいんでしょ？　わかってる」

「あんたはどうなんだ？　おれと寝たいのか？」

「そんなことはどうでもいいの」

ラファエルは眉をひそめた。

「おれは無理に寝るつもりなんてない。もし力ずくであんたと寝るつもりだったら、縛ったままにしておいた」

それでもサンドラは引きとめ、機嫌を取ろうとした。身を差しだすように肩にしがみついてくる。ラファエルは背を向け、突き放した。

「やめろ。哀れな女だな」

ラファエルは立ち上がった。サンドラはベッドの上で身を固くしていたが、やがて静かに泣きはじめた。ラファエルは部屋のドアを開け、ドア枠にもたれて腕を組んだ。

「さっさと来い」

サンドラがブラウスのボタンをとめ、立ち上がった。ラファエルはそばを通ったサンドラの手首をつかんだ。

「あんたは危険なことをしようとしてた」

「夫のためなら、何だってするわ」

冷ややかな声だった。自分の負けがよくわかっているのだろう。

「だがどう見たって、ああいうのはあんたには無理だ」

ラファエルはサンドラの顔を両手ではさむと、壁に押しつけた。

「二度とおれを手玉に取ろうとするな。二度とだ。わかったな？」

「わかったわ。ごめんなさい。馬鹿みたいだった。でもああすれば……」

「ああすれば、何だ？」

「何でもない……。ただ、怖かったの。わたしにはあの人しかいないから。お願い、わたしからあの人を奪わないで」

意外にも胸を打たれた。ラファエルはサンドラの目に浮かぶ涙をぬぐい、思わずキスをした。またベッドに戻ろうかとさえ考えた。

だが、ゲームはまだ終わっていない。

ラファエルはフレッドの言葉を思い出していた。

〈あいつは自分で服を脱いでおれにすり寄ってきた。なのに突然叫びだして……〉

「あんた、フレッドもこうやって罠にかけたのか？」

「違うわ！」

「いや、違わないんじゃないか。あんたはフレッドを誘った。おれにあいつを撃たせるためだ。それか、おれたちに殺しあいをさせるつもりだったんだろう？」

「違うわ！」サンドラが繰り返した。「あのとき、あなたがどう動くかなんて、わたしにわかるはずがない。そりゃ、あなたに聞こえるように叫んだけど……やめさせてくれるように。でも、どうなるかなんてわからなかった。あなたはあの男の肩を持ったかもしれないのよ」

「確かにそうだ。一理ある」

ラファエルはニヤリと笑って認めた。だが実を言うと、頭が混乱していた。どうも心がやわになっている。もうじき旦那が帰ってくるというのに、このままではまずい。この女のペースに乗せられている場合じゃない。

やわらかい肉ほど食われやすいのだ。

そろそろ牙を剝く頃合いだった。ラファエルは爪を研ぎなおした。悪人の鎧を身に着けた。

「心配するな。あんたが誘ってきたことは旦那には黙っておいてやる。どっちみち、打ち明け話なんかしてる暇はないだろうしな。旦那には安らかな気持ちで死んでもらいたいだろう?」

サンドラは口を開きかけたが、何も言えずにいた。ラファエルは再びニヤリと笑った。効果てきめんだ。満足して一瞬気がゆるむ。そこに、サンドラの平手打ちが飛んできた。不意を打たれ、ラファエルはぽかんと口を開けた。それから我に返り、余裕の笑みを繕いながら言った。

「殴るんなら、もっと強くやることだ」

そして、平手打ちを返した。十倍は強力なやつだ。サンドラがよろめき、悲鳴を上げた。その声でウィリアムが目を覚ました。

「これが手本だ。こうすりゃ、効き目がある」

打たれた頬に手を当てて、サンドラは居間へとあとずさった。頬はじきに腫れあがり、青いアザになるだろう。

「さてと。コーヒーを作ってくれ。すっきりした頭で、あんたの旦那を歓迎したい」

二時四十五分

車が近づく音がして、ラファエルは顔を上げた。

サンドラと目が合ったが、その目からは何も読み取れなかった。おそらく、恐怖と希望が入り混じった気持ちでいるのだろう。

ラファエルは決然とコルトを手に取った。

ジーンズのポケットからフル装塡した弾倉《マガジン》を取り出し、グリップエンドに叩きこむ。乾いた金属音が響き、サンドラが身震いした。ラファエルはサンドラを見据え、銃口を向けた。

「動くな。そのまま座ってろ。いい子だ」

「黙れ。少しでも声を上げたら、あんたも旦那もふたりとも殺す。旦那に知らせようなんて考えるな。いいな?」

「あの人を殺さないで!」

突然、サンドラがドアに向かって走りだした。ラファエルはすばやく腕をつかみ、叫びだす前に手で口をふさいだ。

サンドラは暴れた。逃げられそうになり、ラファエルは銃床で顔を殴った。

これが一番手っ取り早いやり方だった。お上品にしている暇はない。

サンドラが崩れるようにうずくまった。

「ウィル、サンドラを頼む。叫べないようにしておけ」

そう言うと、ラファエルは窓から外を伺った。車の姿はない。おそらく家の裏手のガレージにでも停めているのだろう。

ウィリアムが何とかソファから起き上がり、サンドラを腕に抱えた。サンドラは痛みにうめいていた。目の上が切れ、血が流れている。

「静かにするんだ」

サンドラが声を出さないよう、ウィリアムは手で口を覆った。そのそばにはベレッタが置いてある。ラファエルはベレッタにも弾倉を入れておいた。銃は一丁よりも二丁あったほうがいい。

部屋の明かりは、壁の小さな照明だけにしてあった。ほどよく薄暗い。罠を仕掛けるには完璧だ。

サンドラが我に返り、また暴れはじめた。ウィリアムが首に腕を回し、締めあげている。だが、サンドラは逃れようとその腕に嚙みついた。

「静かにしろ！　でないと、絞め殺すぞ」

ウィリアムがサンドラの耳元で脅し、締めつける力を強めた。サンドラはようやくおとなしくなった。

ラファエルはドアの左側に立ち、じっとしたまま息を潜めた。だが、旦那はなかなか現れない。

「何をしてるんだ？」ラファエルは小声でつぶやいた。「車で寝てるのか？」

だいぶ待ったあと、ようやく足音が近づいてきた。

取っ手が動き、ドアが開く……。

向こうがドアを閉めるより先に、ラファエルは銃を喉に押し当てた。

「動くな」

相手が取っ手を持ったまま、動きを止める。

「誰だ？」

「黙れ。手を上げろ。ゆっくりとだ」

ラファエルは手荒く壁を向かせ、身体検査をした。サンドラの旦那はまったく抵抗しない。おとなしいものだ。

「銃はどこだ？」

「銃？」

「ああ銃だ。どこにある？」

「銃など持っていない」

ラファエルはコルトの銃口を首に押しつけながら、こっちを向かせた。

「何度も同じことを言わせるな。銃はどこだ？」

「持っていない。本当だ」

そう言うと、相手はようやくサンドラを見た。だが、ウィリアムに締めつけられている妻を見ても、何も言わない。こんなときにお決まりの「おれの妻に何をした？」もない。はたから見ても、サンドラはこっぴどく痛めつけられた姿だというのに。

ウィリアムが手をゆるめ、サンドラは好きなだけ叫べるようになった。それなのに、サンドラも黙って夫を見つめている。なんとも奇妙な表情だった。

悪いことをして申し訳ないとでもいうような顔をしている。

ラファエルは銃口をサンドラの旦那の首にさらに押しつけた。

「銃はどこかと聞いているんだ」

旦那が口を開きかけたが、それより先にサンドラが言った。

「わたしが言ったの。この人たち、あなたが憲兵だって知ってるのよ」

その言葉を継いで、ラファエルは言った。

「そういうことだ。おまえは憲兵なんだろう？　憲兵ってのは銃を持っているものだ」

「今は持っていない」

「どこにある？」

「それは……」

話しやすいように、ラファエルは少し銃を引いた。

「職場に置いてある」サンドラの旦那が答えた。

「あんた、身分は？」

「身分？」

「将校か下っ端なのか、聞いてるんだ」

相手は一瞬ためらってから言った。

「大佐だ」

「つまり将校か。膝をついて、頭で手を組め」ラファエルは命じた。

相手はおとなしく従った。

「どうやらあんたは女房より聞き分けがいいようだな。いいことだ」

「きみは何者なんだ?」

「知らないのか?　もっと勉強しないとな。宿題はちゃんとやることだ」

「何者なんだ?」

サンドラの旦那は執拗に繰り返した。

「あんたの悪夢だよ、大佐」

21

サンドラが夫に状況を説明していた。

銃を持って家で待ち伏せしていたのが誰なのか。ほんの短い時間で端的に状況をまとめている。たいした要約力だった。

妻が話すのを聞くあいだ、サンドラの夫——パトリックは驚くほど静かにしていた。まるでお茶を飲みながら世間話でも聞いているようだ。

相変わらず膝はつかせたままだったが、ラファエルはパトリックに手を下げることを許した。

それにしても、この展開は予想外だった。ラファエルは興味深く観察した。

パトリックは背はあまり高くなく、どちらかといえばひ弱な印象で、肩は丸まり気味だった。サンドラよりもかなり年上で、見たところ二十歳は離れている。金縁の丸眼鏡をかけ、髪は白髪まじりだった。

連続殺人犯を追うエリート憲兵というよりは、退職した図書館司書に見える。

なぜサンドラはこんな男と結婚したのだろうか。もしかしたらファザコンなのかもしれない。

とはいえ、ラファエルはその波乱に満ちた人生で多くのことを学んできた。とりわけ大事なのは「見た目にだまされるな」ということだ。しょぼくれた見かけのやつが、とんでもない力を持っていることもある。そのいい例が、刑務所にいた小男だった。幸い、頰に傷をつけられるだけですんだが、あの男にはもう少しで墓場送りにされるところだったのだ。

それでもやはり相手にするなら、いかつい体格の若者より老いぼれたじいさんのほうがいい。

だが、見かけ以上に意外だったのは、パトリックが妻のサンドラをまったく気にかけないことだった。「何かひどいことをされたのか？」も「この野郎、おれの妻に何をした！」も何もない。

サンドラが招かれざる客について手短かに話すあいだ、パトリックは妻の顔を冷たく見るだけだった。

いや、冷たくさえない。不安の色も浮かべていない。

その目には何も浮かんでいなかった。

空っぽの目。まったくの空っぽだ。

その空っぽの目で、パトリックは今度はラファエルを見て言った。

「きみたちに何かしてやれることはあるか？」

ラファエルは耳を疑った。こいつには反抗心のかけらもないのか？　内心の動揺を隠そうと、ラファエルは大声で笑った。

「おれたちに何かしてくれるのか？」

「ああ、互いに利益が一致しているようだからね。そっちはうまくここから逃げだしたい。こっちはきみたちに早く出ていってもらいたい。つまり、手を組めるってことだ」

「馬鹿言うな！　憲兵なんかと手を組めるか！」ラファエルは目を剝いた。

「こっちはきみたちになど興味はないんだ。きみたちが捕まっても捕まらなくても、そんなことはどうでもいい」

ラファエルがあっけにとられていると、パトリックは淡々と続けた。

「強盗は担当じゃないからね。はっきり言うと、きみたちが早く出ていってくれれば、それで満足だ」

「ああ、わかるさ」ラファエルは吐き捨てた。「あんた、女房に再会できて心底うれしそうだからな。早くふたりっきりで過ごしたいんだろう。だがな、親父さん、何かしてくれるって言うんなら、まずはおれを馬鹿にするのをやめることだ。そうしてくれりゃ、ありがたい。それから、忘れるな。銃を持ってるのはこのおれだ。あんたじゃない。あんたの言う『手を組む』ってのがどういうことかは知らないが、そもそも、あんたはしゃべっちゃいけねえんだよ」

皮肉っぽい調子で始めたが、最後ははっきりと脅迫の色をにじませた。

だが、相変わらずパトリックは不安を見せなかった。平然としている。それでもさすがにいくらか考える様子は見せ、少ししてこう返事をした。

「きみたちの望むことは何でもしよう。ただし、妻には手を出さないでほしい」

やっと言ったか。ラファエルは心で毒づくと、片手で煙草に火をつけながら言った。

「手遅れだったな。女房の顔を見ただろう?」

「どうして妻に暴力を振るった?」

その問いには怒りも憎しみもなかった。時間を尋ねるのと変わらない。ただ知りたいだけという口調だった。

「いい子にしてなかったからだ」

「だろうな。よくわかるよ」

ラファエルはあ然とした。一瞬言葉を失い、パトリックの顔をまじまじと見た。最初の驚きが軽蔑に変わり、嫌悪に取って代わる。そこにパトリックが言い足した。

「だが、これからは妻もおとなしくなるだろう」

「そりゃよかった。ところで、そろそろ眠らせてもらおうか。あんたと一晩中しゃべっていたいところだが、明日は長いドライブになるんでね。というわけで、今からあんたをそこの立派なテーブルに縛りつける。これ以上しゃべれないように、口にテープを貼らせてもらう。そのあと、あんたの女房もベッドに縛りつける。そうすりゃ、こっちはゆっくり眠れるからな。どうだ、いい計画だろう？」

パトリックがうなずいた。

「さっきも言ったが、こっちはきみたちの望みどおりにする」

「ほう、あんたはとんでもなく聞き分けがいいな」ラファエルは鼻で笑った。「いい心がけだ。ちょっとでも妙な真似をしたら、頭をぶちぬくことになるからな」

そう言って、ラファエルは人差し指で額を指した。

だが、そうやって脅してもパトリックはうなだれもしなければ動揺も見せない。やはり空っぽの目のままだ。ラファエルは続けた。

「あんたの女房に聞いてみろ。おれは頭をぶちぬくのが得意なんだ」

「ああ、聞かなくてもわかるよ」

「よし、じゃあ立て。あんたのために粘着テープを用意しておいた。納屋で見つけたやつだ。箱に山ほど入ってたが、あんた、テープの収集でもしてるのか？」

「いいや」

「あんなにたくさん、どうするのかは知らないが、まあ、おかげでこっちはありがたい」

パトリックが立ち上がった。その動きが思いのほか機敏だったのを、ラファエルは見逃さなかった。どうやらたいして疲れていないらしい。

ラファエルはコルトをウィリアムに預けた。ウィリアムはひどい顔色で今にも倒れそう
だが、必死にこらえている。

「よし、ここに座れ」

ラファエルは粘着テープを使って、テーブルの脚にパトリックを拘束した。おとなしい
ものだ。しかし口にも粘着テープを貼ろうとしたとき、パトリックが顔をそむけた。

「口はやめてもらえないか。きみたちの睡眠の邪魔はしない。ちゃんと黙っているから」

だが、ラファエルは顎をつかんでこちらを向かせた。すると、パトリックが言い募った。

「呼吸器の病気なんだ。口にテープを貼られたら、息ができなくなるかもしれない」

「おれの知ったことじゃない」ラファエルは冷たく笑った。

「それはそうだろうが、憲兵を殺したとなると……」

「もう警官がひとり死んでるんだ。あんたが最初じゃない」

そこにサンドラが割って入った。

「ラファエル、お願い！　口には貼らないで。夫は本当に呼吸器に持病があるの」

「おまえ、名前で呼ぶ仲なのか？」パトリックが驚いた顔をした。

「それは……」サンドラが小声になった。

うつろだったパトリックの目に、初めて何かが現れた。脅しの色が浮かび、冷酷で凶暴

なものが閃《ひらめ》いた。奥底に隠していたものが、突然表に出たのか……。だが、それも一瞬で消えた。

「どういうことなんだ?」パトリックが今度は穏やかな口調で尋ねた。

サンドラはどう答えればいいのか言葉に詰まり、口ごもっている。

ラファエルはパトリックに向けて、これ見よがしに粘着テープを振りかざした。

「あんた、ちゃんと黙ってるって言っただろう」

パトリックが声を出さずにうなずいた。ラファエルは立ち上がりながら言った。

「心配するな。あんたの女房をかばんに詰めて連れていく気はこれっぽっちもないからな。もしそれが心配なら、とんだお門違いだ。喜んで置いていくさ」

それから、サンドラに近づいた。

「あんたの番だ。あっちの部屋に行くぞ」

22

そこから数百キロ離れたところでは、ジェシカの母親、ローランス・デュリューが泣いていた。

ローランスは娘の部屋のベッドに座っていた。古いぬいぐるみ、吸血鬼のポスター、ロマンス映画のヒロインのポスター、色とりどりのファイル、教科書、冒険小説……。ジェシカの世界だった。どれもよく知っているはずなのに、初めて見る思いがした。

おそらく、今までひとつひとつの物に、これほど注意を向けたことがなかったからだろう。だが、部屋には何よりも大切な存在が欠けていた。

ジェシー。

どこにいるの？　ローランスは涙を流しつづけた。涙は頬を伝い、苦悶の筋を描いた。

夫は一階にいた。電話のそばで受話器に手を置いたまま、来るかもしれない知らせをじっと待っている。この悪夢から救ってくれる知らせを……。

今朝はまだ、自分たちはごくありふれた家族だった。幸せな家族と言ってもよかった。将来の計画もいろいろあった。

けれども、すべてが崩れてしまった。

何が起きたのか、ずっとわからないままだった。不安が渦巻き、最悪の事態を考えてしまう。どんなことになっているのか……。

もちろん希望は持ちつづけていた。

ジェシカはちゃんと帰ってくる。警察が連れ戻してくれる。何もかも、また元どおりになる。

いや、元どおりにはならない。できた傷は死ぬまで血を流しつづけるだろう。それでもいい。ジェシカが自分たちのところに戻ってきてくれればそれでいい。

でも、もし戻ってこなかったら……。もしこの苦しみがずっと続くなら、どうすればいいのだろう。

警察は言っていた。「もしかしたら、家出かもしれません。この年頃のお子さんには、我々が思う以上によくあることなんです。特に、今回はふたり一緒に行方がわからなくなっているわけですし……。家出なら、すぐに見つかりますよ」

だが、ローランスは家出だとは思えなかった。確かに、オレリーは家出をしたことがある。でもそれはだいぶ前の話だ。今は精神的に安定して行動も落ち着いている。それに、オレリーはジェシカを一緒に連れていったりはしないはずだ。

警察はこうも言っていた。「誘拐事件として捜査を始めたのは、娘さんたちが何も持ち出さずに行方不明になったからです。通常、家出の場合は何か持っていくものなんですが……。ご両親の財布からお金を持ち出してないのは確かですね？」

ローランスは膝に乗せた写真に目を落とした。ジェシカの写真。六歳のときのものだ。幼いときからジェシカは夏の太陽のように輝き、星のようにきれいだった。

一瞬、ローランスはジェシカが変質者にさらわれたのではと考えた。変質者はひとりではなく複数かもしれない。どんな目に遭わされているのか……。考えると、見えない力に身体が引き裂かれた。心がずたずたにされ、胃が引きつった。あまりの苦痛にうずくまった。

だが、これは始まりにすぎないのだ。

この先、苦しみがやむことはないだろう。

✵　✵　✵

夏の太陽のように輝くジェシカ。星のようにきれいなジェシカ。

そのジェシカは、今、目を閉じていた。

目を開けてもどうにもならないからだ。あたりは真っ暗だった。

もはや助けを求める気にもなれなかった。どうせ誰にも聞こえないのだから。どっちにしろ、口にテープを貼られたままなので声は出せない。手足もきつく縛られたままだから、うっ血しているだろう。

真っ暗で何も見えないこの部屋に、男はジェシカを放りこんだ。ごみ袋のように投げ入れた。男はそのあと何分か姿を消し、オレリーも投げこんだ。それからドアに鍵をかけ、ジェシカとオレリーを閉じこめた。

オレリーは連れてこられたとき、激しくもがき、ふさがれた口からくぐもった悲鳴を上げていた。

でも、そんなことをしても何にもならない。

戦ってもしようがない。希望を持ったってどうにもならないのだ。

ジェシカは心で両親に話しかけた。

パパ、ごめんなさい。もう希望は持てないよ。ママ、ごめんなさい。お別れすることになりそう。許してください。

わたしは死ぬから。

恐ろしいけれど、それは確実だった。

逃れようがなかった。

「死ぬには若すぎる」歌ではそう言っていた。でも、死ぬのに年は関係ない。人はこの世に生まれた途端、死のウェイティングリストに名前が載るのだ。次の瞬間には、死んでいるかもしれないのだ。

誰がいつ、死神の餌食になるかなんてわからない。

人はいつか必ず死ぬものだ。だから、ジェシカは祈りを捧げた。おぞましくも静かな祈りを……。

「死神さま、どうか今すぐわたしに死を与えてください。今夜、わたしを連れていってください。あの男がひどいことをする前に。あの男が戻ってきてレイプされる前に。お願いです。どうか今すぐ、わたしを死なせてください……」

23

ラファエルは目を覚ました。こんなにぐっすり眠れたのは久しぶりだった。椅子でほんの数時間眠っただけだが、深く眠れたおかげで元気が回復した気がする。外はもう明るくなっていた。腕時計を見ると、朝の八時半だった。

ラファエルは伸びをし、大きなあくびをした。それからソファに目をやって、思わず笑みを浮かべた。ウィリアムが目を覚ましていたからだ。しかもソファから起き上がり、ちゃんと座っている。

「よく眠れた?」ウィリアムが尋ねた。

「ああ。そっちこそ具合はどうだ?」

「よくなった」

だが、そう言うウィリアムの顔色はまだひどかった。ラファエルは戸惑いながら聞いた。

「本当か?」

「もちろん、元気があり余ってるってほどじゃない。けど、マラソンを走るわけじゃないんだ。出発はできる」

「熱はどうだ？」

ラファエルは母親のようにウィリアムの額に手を当てた。

その昔、母親がしてくれたように。

「まだずいぶん熱いじゃないか」

「大げさだよ。こんなの平気だ」

「どのみち、まだ半日あるからな。それまでもう少し休んで体力を取り戻せ」

「すぐ出発しないのか？」ウィリアムが心配そうに聞いた。

「出発は日が暮れてからだ。そのほうが安全だろう？」

「ああ、確かに」

ラファエルはウィリアムの耳に口を近づけ、小声で言った。

「ここの夫婦は納屋か馬小屋に閉じこめようと思ってる。もし週末に誰も訪ねてこなければ、あいつらは週明けの月曜までそのままだ。つまり、うまくいけば丸々二日は通報されない。そのあいだに、おれたちは遠くへ逃げる」

「クリステルは？」

「今、考えているところだ」ラファエルは正直に言った。

クリステルについては昨晩から頭を悩ませていた。

と、ウィリアムが笑顔になって、ラファエルの肩に手を置いた。

「おれのために、いろいろありがとう」

ラファエルは黙って肩に置かれた手を握り、それから立ち上がった。

「そろそろ、ここの住人を起こすとするか」

そうして、まずは長テーブルの脚に縛っておいたパトリックのところに行った。この体勢ではよく眠れなかっただろう。ラファエルはしゃがんで、パトリックの目をのぞいた。

昨夜と同じ、無表情な目だった。不安どころか疲れさえ見えない。目の下に隈もできていない。

「どうだ、よく眠れたか？」

「いや、あまり眠れなかった」パトリックが答えた。「でも、まあいいんだ」

卑屈なまでに従順だった。この男に気概というものはないのか。

「そうだな、あんたが眠れようが眠れまいがこっちには関係ない。ところで、これからあんたの女房のところに行ってくる。あんたの様子を知らせてやらないとな。きっと心配してるだろうよ」

「ああ、たぶん」

「で、あんたはどうなんだ？　女房が心配か？」

パトリックがニヤッとした。血の気のない薄い唇が少し動いただけだったが、それは初めて見せた笑いだった。

「どうやら心配していないようだ」ラファエルは言った。

「言っておくが、私の見た目にだまされないほうがいい」

「それは脅しか？」

「忠告だよ」

「それはそれは。怖くてちびりそうだ」

「いや、今は平気だろう。でも、いつかそうなるかもしれない」

「あんた、何を言ってる？」

「いやいや、すまない。ほんの冗談だよ。本当を言うと、サンドラは強い女だから心配していないんだ」

「ああ、確かに。あれはたいした女だ。しかも魅力的だ。それに言っちゃなんだが、親父さんには少々若すぎる。あれじゃ、さぞかし浮気が心配だろう。おれだって、よろしくやるかもしれない。そうしたらどうする？」

ラファエルは挑発的に笑ってみせた。何としてもこの男に反発させたかった。感情のないロボットから、血の通った人間に変わるところを見てやりたかった。逆上させて、本音を引きずりだしてやりたい。だが、パトリックの答えは拍子抜けするものだった。

「興味があるなら、遠慮はいらない」

ラファエルはあ然とした。

「あんたのようなやつは初めてだ」思わず本心を口にする。「あんたには心ってものがないのか。おおかた、ズボンの下も空っぽなんだろうよ」

「いや、きみのゲームにつきあう気がないだけだ。叫んだり脅したりしたところで、何の役にも立たないんでね。『妻に触ったら殺してやる！』なんて言うのは、馬鹿げたことだ。こっちはテーブルに縛りつけられていて動けないんだから。そういうわけで、ひたすらおとなしくしてるってわけなんだよ」

なるほど、挑発には乗らず、動揺してもしていないふりをするということか。とはいえ、実際この男には、大理石なみにがちがちの感性しかないのだろう。そのうえ、臆病だから大胆な行動にも出られないのだ。

だが、頭の回転は早そうだった。パトリックがまた言った。

「それから、もうひとつ忠告をさせてもらってもいいか。サンドラと寝るなら、男のシンボルに何かされないように気をつけたほうがいい」打ち明け話でもするような親身な口調だった。

ラファエルは言葉をなくした。

「サンドラとよろしくやったあと、切り落とされているかもしれないからね。そんなことになっても、それなりの機能は残るとは思うが。たとえば、ちびることはできるだろう」

口調とは裏腹の冷酷な言葉だった。首筋に悪寒が走った。

ラファエルはパトリックの相手をするのはやめ、サンドラのいる寝室に行った。寝室はひどく冷えていた。サンドラは布団の下で震えながら、目を見開いていた。この三日間で、いったいどれくらい眠れたのだろう。おそらく十時間にもならないはずだ。

ラファエルはベッドの端に腰をおろし、サンドラを見た。

サンドラは顔をそむけなかった。その顔には殴られた跡が残り、乾いた血がこびりついていた。昨夜、平手打ちした頬はアザになっている。銃床で殴った左まぶたの上は切れていた。左目のまわり全体も紫色に腫れている。消せるものなら、すべて消してやりたかった。ラファエルは今ではこの顔になじみはじめていた。とはいえ、サンドラの顔から受ける印象は最初とまったく変わらない。魅力的であると同時に不安をかきたてる。見ていると、相反する妙な気分を覚えた。

「眠れたか?」

「いいえ」サンドラが答えた。

「おれはぐっすり眠れた」

「わたし、あなたを待っていたの。お礼を言いたくて……ありがとう」

なかなか悪くない言葉だった。しかし、殴った女から礼まで言われると、さすがに気まずいものがある。黙っていると、サンドラが言葉を重ねた。

「あの人を殺さないでくれて、ありがとう」

「言っただろう？　おれは殺し屋じゃない」

「そのとおりね」

確かに、フレッドは撃ったが……あれは仕方なかった。サンドラもそのことには触れずこう続けた。

「お願い、手首のひもをほどいてほしいの。痛くって」

ラファエルはひもをほどこうとして手を止めた。お願いされるのはなかなか悪くなかった。今朝はちょっと遊びたい気分だ。少し気晴らしでもするか。

夜にここを出るまで、まだ時間はたっぷりある。

確かに、早くここから出ていきたいと思っていたが、サンドラに会えなくなるのは寂しかった。できることなら、今日は一日この部屋で過ごしたい。サンドラのそばで……。自分たちがここを去れば、サンドラは自由になる。そのはずなのだが、なぜか見捨てていく気がしてならない。

ただし、それがどういうことなのかは自分でもよくわからなかった。

ラファエルは布団をはいだ。サンドラの震えが大きくなった。

「何をするの？」

「おとなしくしてろ。ちょっと考えてたんだが……」

ラファエルはささやいた。そのまま布団をベッドの足下に寄せ、サンドラの太ももに手を置いた。

「あんた、旦那のことをどう思ってる？」

サンドラが目を閉じた。遊びたい気分ではないのだろう。

「あなたには関係ないでしょう」

「ああ、そうだ。だが、あんたは今、おれに逆らえる立場じゃない。答えろ。一日中ベッドに縛られてたいっていうんなら、話は別だが。選ぶのはあんただ」

「あなたなんかくたばればいい」サンドラがつぶやいた。

「やっぱり礼を言われるほうが気分はいいな。さっきはよかった」

ラファエルはニヤリとしながら手をゆっくりと上へ滑らせ、足の付け根で止めた。サンドラが小さく叫び、身を凍らせる。

そろそろ挨拶の時間は終わりだった。またひりつくような戦いに戻るときだ。サンドラを前にすると、惹きつけられると同時に反発したくなってゾクゾクする。

「いずれにせよ、旦那のほうはあんたなんか、どうでもよさそうだ」

「何も知らないくせに」

「そんなことは見てりゃわかる」

「わかってないわよ。わたしのことも、あの人のことも、あなたには何もわかってない！いいから早く手をのけて！」

「質問に答えろ。そうすりゃ、考えてやる」

ラファエルはサンドラのジーンズのボタンを順にはずしていった。サンドラが足をばたつかせ、抵抗する。だが、ラファエルはベッドに押さえつけ、ゆっくりといたぶりつづけた。指をジーンズのなかに滑らせる。サンドラの呼吸が乱れた。

「で、あいつをどう思っているんだ？」

「やめて！　触らないで」

「へえ、昨日の夜は触ってほしがってたくせにどうしたんだ。旦那が帰ってきたせいで、気が変わったのか？」

ラファエルはいたぶって楽しんでいるふりをした。けれども本当は知りたかった。サンドラのことを理解したかった。

「あいつはおれに好きにしていいと言ったんだ。どうするかはおれの勝手だが、とにかくやつの許可は取ってある」

サンドラがわけがわからないという顔で、こっちを見る。呼吸はさらに乱れていた。ラファエルははっきりと言ってやった。

「ついさっき、あんたと寝たいって旦那に言ったんだ。そうしたら、遠慮はいらないだとよ。信じられるか？」

「人でなし！」

「それはあいつか？　それともおれか？」

「すぐに手を離して。叫ぶわよ」

「ああ、好きなだけ叫べばいい。どうせあんたが頼りにしてる旦那は助けにこられないからな。もっとも、やつならたとえ自由に動けても、指一本動かさないだろうが」

「どうしてほしいの？」サンドラがうめくように言った。

「だから、さっきから言ってるだろう。旦那のことをどう思っているのか答えろ」

サンドラが目を閉じた。また足で抵抗しようとする。ラファエルはサンドラにかぶさり動けなくした。

「あの人は誰よりもわたしを理解してくれているの……」

「なんともロマンチックな話だな。感動で涙が出そうになる。だが、それだけじゃまだ、あんたがどうして父親ほど年の離れた男を好きになれたのか、わからない。おれのほうがよっぽどいいんじゃないか？」

「ふざけないで！　あなたなんか最低よ！　見てると吐き気がする！」

「ちょっと落ち着け。つまり、あいつはあんたの言うことを何でも聞いてくれるってことか？　あんたはやつを顎で使って、尻に敷いてるのか？　いや、違うな。どうもしっくりこない。あんたはどう見ても旦那を怖がってる」

ラファエルはそう言いながら、サンドラの秘部に直接触れた。サンドラが悲鳴を上げる。

「気に入ったか？」

「やめて！　やめて、お願い！」

「これが好きなんだろ」

「やめて！　お願いよ！」

サンドラはパニックに陥っていた。顔をゆがめ、苦しそうに息をしている。ラファエルは面食らい、手を離した。すると、サンドラはすすり泣きはじめた。喉がぜいぜいと激しく鳴っている。

「おい、落ち着け。いったいどうしたんだ？」

だが、サンドラの様子はひどくなるばかりだった。どうしてもうまく呼吸できないらしい。まるで重傷を負った人間のようだ。ラファエルはサンドラから身体を離し、手首の縛《いまし》めを解いてやった。サンドラはすぐにベッドの上で丸まり、指を噛みはじめた。

「気分はどうだ？」

そう尋ねても、ただ泣きつづけ、黙って指を噛むばかりだ。

「どうなってるんだ……」

と突然、サンドラがベッドから飛びおり、ドアに向かって走りだした。ラファエルは袖を捕まえたが、サンドラは振りきって居間に行った。あわてて追いかけると、長テーブルに縛られたパトリックにしがみついている。救命ブイにでもつかまるように、夫の前に膝をつき、首に抱きついて額を肩に乗せていた。

まったく奇妙な夫婦だ。ラファエルは腕を組み、そばに立った。あんなふうに拒絶され、傷ついていた。

「おい、メロドラマは終わったか?」

「どうやら妻はきみとよろしくやりたくなかったようだ」パトリックがニヤニヤした。

「あんたは黙ってろ!」

そう怒鳴りつけると、ラファエルはサンドラの脇の下を抱え、無理やり立たせた。

「放せ、馬鹿!」

サンドラが叫ぶ。それを無視して、ラファエルはテーブルに押さえつけた。

「口のきき方に気をつけろ!」

だが、サンドラは逆上して暴れた。殴りかかろうとするので、ラファエルは手首をつかみ、激しく揺さぶった。顔に唾を吐きかけられ、思わず手が出そうになる。それをどうにかこらえ、こう言った。

「おとなしくしろ。でないと、旦那をぶん殴るぞ」

サンドラがぴたりとおとなしくなった。この脅しはずいぶんと効くらしい。

「よし、じゃあ、さっさとコーヒーをいれてこい」

「ええ」サンドラが小さく返事をした。

「それと、ウィリアムの包帯を変えるんだ。ついでにおれの包帯もな」

「ええ、わかったわ……。あの、ごめんなさい。わたし、つい……」

ラファエルが手を離すと、サンドラはそそくさと台所に向かった。パトリックは相変わらずニヤニヤと笑っていた。

いやらしい笑いだった。

＊　＊　＊

朝食を終えると、ラファエルは煙草に火をつけた。台所のテーブルの向かいにはウィリアムが座っている。サンドラはおとなしく食器を片づけていた。

「コーヒーをくれ。あと、クリステルに何か食べ物を用意しろ」

ラファエルが命じると、サンドラは冷蔵庫の上の段から皿を出しながら言った。

「できれば夫を自由にしてもらえないかしら。あの人もお腹が空いてるはずだから」

「断る」ラファエルは冷たく返した。

サンドラがまた何か言おうとしたが、その前にウィリアムが割って入った。

「なあ、兄貴。自由にしてやったら？」

ラファエルは冷徹な目でウィリアムを見た。

「やつは憲兵なんだぞ。忘れたのか？」

「けど、ちっとも危険そうじゃない」ウィリアムは笑って言った。「どっちかって言うと無害そうだ」

「くくりつけておいたところで、別に困らないだろう？」

「かわいそうに思えるんだ」

「かわいそうだと？　ティッシュをくれ。涙が出そうだ」

ラファエルが吐き捨てると、サンドラがキッチンペーパーを投げつけた

「ほら、どうぞ。あなたが泣くなんて驚きだけど。泣けるってことは、人間らしさが残ってるってことだもの。でも、夫を自由にしないのは、本当は夫が怖いからよね」

ウィリアムが笑いだし、たちまちせきこんだ。ラファエルはため息をついて立ち上がった。サンドラが、ラファエルの手が届かないところまであとずさる。

「あんな男が怖いだと？　そう言えば、おれがやつを自由にするとでも思ったのか？　あいにく、こっちはそんな見え透いた手に乗るほど馬鹿じゃない。それより怖がってるのはあんたのほうだろ。どうしてそんなにうしろに下がる？」

そう言うと、ラファエルはサンドラを冷蔵庫まで追いつめ、身体をぴたりと寄せた。この様子は開いたドアから居間のパトリックにも見えるはずだ。

「やつの拘束を解いてやったら、代わりに何をしてくれる？」ラファエルはわざと優しい

声で聞いた。

そのとき、居間から声がした。

「警察の非常線をすり抜ける方法を教えよう」

ラファエルは口元をゆるめ、たっぷりとサンドラの髪をなでた。それから、おもむろに振り返り、ゆっくりとパトリックのところへと向かった。

「おれに話しかけたか、親父さん？」

言いながら目の前まで行くと、しゃがんで煙草をパトリックの靴でもみ消した。

「今、何て言った？」

「きみたちに警察の非常線を楽に突破できる方法を教えよう。念のため言っておくと、まだあちこちに警察はいるからね。帰り道で見かけたよ」

「なるほどな。おおかた警察無線を提供するとでも言うんだろう？　だが、それならもう車につけてある。残念だが、あんたの負けだ。まあ、あとでまたチャンスはくれてやろう」

ラファエルは立ち上がり、いかにも残念そうに首を振った。パトリックに背を向け、食後のコーヒーでも飲もうと台所に戻りかける。だが、パトリックがまた言った。

「警察無線なんかじゃない」

ラファエルは再びパトリックを見た。

「そんなものよりずっといい話だ。今、きみたちはフランス中の警察に注目されている。だがこの方法なら、何の問題もなくどこにでも移動できるはずだ」

ラファエルは腕を組んだ。

「話を続けろ。なかなか面白そうだが、それだけじゃわからない」

「まずは自由にしてもらえないか。私にもコーヒーを飲ませてくれたら、全部話すよ」

「別にあんたを自由にしなくたって、話なら聞きだせるんだ。何ならあんたの顔を銃で殴って、吐かせてもいい」

「それはそうだが、そんなのは時間とエネルギーの無駄づかいだよ。痛めつけられても、しゃべらないたちだからね」

「痛めつければ、誰だってしゃべる」ラファエルはため息をついた。

「いや、きみは違うだろう？　ラファエル、きみのような男はしゃべらないものだ。立場上、警察のやり方はよく知っている。きみは痛めつけられて仲間を売ったことはあるか？」

「あるわけないだろう！」

「やっぱりな。つまり、きみと私は同類なんだよ」

「あんたがおれと同類？　親父さん、今すぐ眼鏡を変えたほうがいいぞ」

ラファエルは豪快に笑うと台所に戻り、またウィリアムの向かいに腰かけた。そのとき、居間からパトリックが言った。

「もし警官になれるとしたらどうかね？」

24

朝になったようだ。

閉じた鎧戸のすきまから、ジェシカは細く射しこむ光を見た。けれども光は弱々しくて、ここがどんな場所なのかまではわからない。

わかるのは、まだ生きているということだけ。

それはいいことなのか、よくないことなのか……。

この場所は寒かった。

ぬくもりのかけらもなかった。

歯はがちがちと鳴り、身体は凍えて震えが止まらない。

でも、ひとりじゃないのはわかっていた。

オレリーがそばにいる。オレリーがもがいている音、床か壁に足をこすりつけている音が聞こえてくる。

きっと粘着テープから抜けだそうとしているんだろう。

オレリーと話せたら……。せめてオレリーの姿が見たい。せめて……。

けれど、できなかった。それぞれに同じ孤独を感じながら、恐怖におびえているしかなかった。

朝が来た。ということは、あの男はまたやってくるのだろう。

自分たちふたりを殺すために。もしかしたら、拷問されるのかもしれない。それはすぐに殺されるよりもっと怖かった。

壁の向こうからは何の物音も聞こえない。

怪物の巣穴のようなこの場所で、ただ待っているしかない。

いわれのない罰を受けるのを待っているしかなかった。

25

愛用のナイフを使い、ラファエルはパトリックを拘束する粘着テープを切っていった。作業には思いのほか時間がかかった。昨晩はずいぶんと手厚くこの男をぐるぐる巻きにしてやったらしい。ようやく拘束が解けると、自由になったパトリックが言った。

「ありがとう」

「じゃあ、話してもらおうか」

「その前にトイレに行かせてくれないか？　これ以上我慢できそうにないんだよ」

ラファエルはうなずいた。

「ついていこう」

サンドラが心配そうに見守るなか、パトリックは長テーブルにつかまって足の筋肉を伸ばし、それから腕を伸ばした。

まるで朝の体操だ。

「この年だと、拘束はなかなかきつかったのでね」パトリックが言い訳をした。

「トイレに行くならさっさと行け」ラファエルはイラついて言った。

ようやくパトリックがトイレに向かう。ラファエルはあとからついていった。そうして、パトリックが用を足し終わると、ふたりで台所に入り、ウィリアムのいるテーブルに座った。

「旦那に朝食を出してやれ」ラファエルは言った。

「重ねて礼を言うよ。ありがとう」

いちいち胡麻をすらなくていい。うんざりしてくる。ラファエルは心で毒づいた。

「じゃあ、話を聞こうじゃないか。あんたの提案はつまり、おれたちを警官に仕立てるってことか？」

「そのとおりだよ」

サンドラがパトリックの前にカフェオレとバタートーストを二枚置いた。だが、パトリックはサンドラには目もくれず、礼も言わない。

「きみも見たかもしれないが、この母屋の隣には離れがある。そこにいろいろな物をしまってあるんだ」

ラファエルは煙草に火をつけ、サンドラにもう一杯コーヒーを頼んだ。コーヒーが来ると、きちんと礼を言った。

おかしなものだ。これじゃどっちが旦那なんだかわからない。

「離れには入ろうとしても入れなかったはずだよ。あそこの鍵はひとつだけで、その鍵は私の持っている鍵束につけてあるからね」

「ぐだぐだ言ってないで、さっさと本題に入れ。またテーブルに縛りつけるぞ」

パトリックが咳払いをして続けた。

「警官の制服が二組ある。巡査部長と巡査のものがひとそろいだ。それをきみたちに提供しよう。注目はひとそろいというところだ。上着にズボン、階級章、ホルスター、手錠もある」

そう言ってから、パトリックはウィリアムのはだしの足元を見て尋ねた。

「黒い靴は持っているかな?」

「ああ、持ってる」ウィリアムが答えた。「続けてくれ」

「つまり警官の制服をひとそろい、きみたちに渡すということだ。制服はうまい具合に大きいサイズだ。それにシグ・ザウエルもつけられる。もし証明写真を持っていれば証票を作ることだってできる」

「あんたの話は最高だが」ラファエルは鼻を鳴らした。「制服を着た警官がふたり、黒いアウディに乗ってりゃ、嫌でも目を引く。十キロも行かないうちに馬鹿面下げて捕まるのがおちだろうよ」

「お願いだから、最後まで話を聞いてもらえないか」パトリックがへつらうように言った。「ほかに、普通の車をパトカーに変える小道具もあるんだ。車体シール、回転灯、それにナンバープレートもある」

「あんた、ふざけてるのか？」

「いや、真面目な話だよ」

ラファエルは驚き、ウィリアムと顔を見合わせた。パトリックはトーストにかじりついている。

「だが、どこでそんなものを手に入れた？」ラファエルはいぶかった。

「詳しく話せば長くなる」パトリックがため息をついた。「端的に言うと、本来は私が持っていてはいけない物ってことだ。まあ、戦利品ってやつだよ。きみたちのようなタイプから押収したものでね」

「そうは言っても」ウィリアムが言った。「おれたちの黒いアウディじゃ、どれだけうまく偽装したってパトカーには見えない」

「確かに、きみたちの車じゃ無理だ。だが、私の車なら問題ない。白いプジョー308だからね」

「その車はどこにある？」

「ふたつめのガレージだよ。きみたちが車を停めたと思われるガレージの隣だ。ちょうど車検から返ってきたばかりでね。きみたちはついてるな」

パトリックが嫌な音を立てながら、カフェオレをすすった。ウィリアムが顔をしかめた。

「さて、どうするかね？」

ラファエルはウィリアムと目配せをし、小さく笑ってうなずいた。

「なかなか興味深い話だ」

「そう言うと思ったよ」

「だが、どうしてそんな都合のいい提案をわざわざする？」

「それはできるだけ早く出ていってほしいからだよ。私たちに危害を加えずにね。それと……」

パトリックは思わせぶりに言葉を切ると、口元をナプキンでふいた。それを丁寧に六つにたたんで、カップの横に置く。ラファエルはイラついて先を促した。

「それと、何だ？」

「いや、こっちにも多少得るものがあるんじゃないかと思ってね。最近聞いた強盗といえば、ヴァンドーム広場の事件しかない。ということは、きみたちは相当なお宝を持っているということだ」

「おい、待て。あんた、まさか分け前に預かろうってつもりか？」

「こっちだってリスクを負うんだ。それなりの報酬があってもいいんじゃないかな」

食えないやつだ。ラファエルは意地の悪い笑いを返した。

「悪いな、親父さん。あんたに報酬をやるつもりはない。どのみち、あれはあんたなんかに、どうにかできるものじゃないからな。おれたちのお宝は札束じゃなくて宝石だ。ひとつ最低三十万ユーロ、すごいやつじゃ三百万ユーロの価値はある。だが、そのへんの宝石屋に売りにいけるものとはわけが違う。おれの言う意味はわかるな？」

「ああ、わかったよ。しかし、そうは言っても現金だって少しはあるんだろう？」

ラファエルは顔からゆっくりと笑いを消した。

「あんた、全然わかってねえな。いいか、あんたの提案は検討する。だが、その見返りはあんたたちを五体満足で生かしてやるってことだけだ。その気になりゃ、おれは制服と車だけ頂戴して、出ていく前にあんたを殺すことだってできるんだ。何なら、あんたの頭を撃ちぬいて、庭に埋めてやってもいい」

「わかったわ！　何もいらない」突然、サンドラが口をはさんだ。「お金も三百万ユーロの宝石もいらないから。殺さずに出ていってくれれば、それでいいわ！」

「どうやら、女房のほうが分別はあるようだ」

「そうだな。しかし、言ってみて損はないだろう？」

パトリックは謎めいた笑みを浮かべて言った。

✹

✹

✹

ラファエルは浴室のドアを押した。もうかれこれ十五分、クリステルがシャワーを浴び終えるのをドアの前で待っている。

「終わったか？」

なかに入ると、クリステルはスツールに座っていた。服は着ている。目は宙を見つめていた。

「終わったか？」ラファエルは繰り返した。

「終わった」

「じゃあ、立て」

だが、クリステルはじっとしたまま動かない。まるで塩の彫刻だった。白い横顔が淡い光に照らされている。

「立たせてやらないといけないのか？」

「どうしてあたしを殺さなかったの？」

ラファエルはため息をついた。

「いいから、早く立て」

「どうしてあたしを殺さなかったの？」

ラファエルは威圧するようにクリステルの前に立った。

「どうしても立ちたくないなら、おれが……」

「どうしてあたしを殺さなかったの？」クリステルが繰り返した。

「女は殺さない主義だからよ」

浴室の入り口で声がした。サンドラだった。

「ここで何をしてるんだ？」

「棚にある消毒薬を取りにきたの。ウィリアムのためよ」

サンドラは、邪魔をしてはいけないとでもいうようにそっと部屋に入り、消毒薬を手に取ると、そそくさと出ていった。その姿を、クリステルの目はレーザー照準器のようにぴたりと追っていた。すきあらば狙撃しかねない鋭い視線だった。

「ラフはあたしを殺すべきだった。たとえあたしが女でも」

再びふたりだけになると、クリステルはつぶやくように言った。

「ああ、そうだな」ラファエルは内心の動揺を隠そうと、無理に笑った。「とにかく今は立て」

クリステルはようやく立ち上がった。だが、今度は目をのぞきこんでこう尋ねた。

「あたしをどうするつもり？」

「そのときが来ればわかる」

「フレッドもいないのに、これからどうすればいいんだか……」

「そういうことは、おれを裏切ろうとする前に考えておくべきだったな。もう遅い」

「あたしたち、ここに長居したくなかっただけ。フレッドはラフにそう言おうとしたけど、ラフは全然聞く気がなかったし……」

「一階に下りるぞ。何か食べて、コーヒーを飲んだら、また椅子に縛るからな」

「それもこれも全部あの女のせい！」

ふいに淡々としたクリステルの口調が変わり、むきだしの憎しみが現れた。

「何のことだ？」

「あの女と寝室にいたときのこと、フレッドが話してくれた。ラフはフレッドがあの女をレイプしようとしたって信じたみたいだけど……」

「いや、信じたんじゃない。現場を押さえたんだ」

そんな話はしたくなかった。ラファエルはイライラとクリステルの腕をつかみ、廊下に引っ張りだした。

「フレッドは言ってた。あの女は自分から抱きついてきたくせに、そのあと叫びだしたって。だからフレッドはレイプなんか……」

「うるさい。黙れ」ラファエルは話を遮り、クリステルを階段のほうへと押しやった。

「あの女、最初からあたしたちを仲間割れさせるつもりだったんだ。あたしだって、ここに着いた次の日、あの女のシャワーを見張ってたときに変な話を吹きこまれたし。あの女は言ってた。ラフはフレッドとあたしを厄介払いするつもりだって。ラフがウィルに話してたのを聞いたって」

その言葉に、ラファエルは足を止めた。

「でたらめもいいところだ！」

「けど、あの女は『ラフが夜中にウィルに言うのを聞いた。これは本当のことだ』とか言ったから、あたしはフレッドにその話を伝えた。それで、フレッドはここから逃げだすことにしたんだよね。そのうち、ラフがあたしたちふたりを殺すと思って」

心に怒りが広がった。嘘をついているのは、サンドラか、それともクリステルか？　だが、考えるより先にラファエルは直感でクリステルの話を信じていた。サンドラならその手の攪乱《かくらん》はお手のものだろう。そんな気がした。

「もしあんなことを言われてなかったら、あたしたちはラフを裏切ったりしなかった。全部、あの女のせい。フレッドはあの女のせいで死んだ。ラフのせいじゃない」

ラファエルはクリステルを見つめた。心がかき乱されていた。クリステルを階段から突き落としてやりたい。首の骨でも折って、永遠に黙ればいい。

しかしそれと同時に、クリステルを腕に抱いてやりたかった。フレッドを失った悲しみを慰めてやりたい。

「今夜、おれたちは出発する」ふと、ラファエルは明かした。「ここの旦那の車で逃げる」

「あたしは？」

「アウディと多少の金を置いていってやろう。おまえとはそれで縁を切る」

ラファエルはクリステルの両肩をつかみ、目をまっすぐ見て言った。

「つまりチャンスをやるってことだ、クリステル。だから、おれたちを警察に売ったりするな。もしそんなことをしたら、必ず見つけだしてたんまりお返しをしてやるからな。たとえ刑務所に入ったって、おれはきっちり復讐する」

「あたしはラフやウィルを売ったりしない。どっちにしろ、どこに行くか知らないし」

「そうだな」

「だいたい、自分の行く先だってわかってないんだし。あたし、これからどうしたらいいんだろう」

「おまえはブラックリストに載ってない。うまくやれば、ちゃんとピンチを切り抜けられる」

「お願い、あたしも一緒に連れてってって！」突然、クリステルが言った。

「だめだ。一緒には行けない」

クリステルがすり寄ろうとしたが、ラファエルは肩に置いた手に力を込めて近づかせなかった。

「忘れるな。おれたちのあいだには死んだフレッドがいるんだ」

クリステルが目を伏せた。ラファエルは肩から手を離した。

「じゃあ、下りるぞ」

その言葉にクリステルはおとなしく階段を下りかけた。が、すぐに振り向いて言った。

「ありがとう、ラフ。ほんとはあたしを殺すこともできたのに」

ラファエルは黙って、仕草で「歩け」とだけ伝えた。

十一時十分

ウィリアムはベレッタを枕の下に置き、再びソファで横になっていた。痛みがぶり返し、疲れが出ていたのだ。だが、今夜の出発に備えて体力をたくわえておかねばならない。自分のために、ラファエルはすでにかなりのリスクを冒している。そのことは痛いほどわかっていた。これ以上、面倒をかけるわけにはいかなかった。

本当なら、今頃はとっくに国外に逃げおおせ、宝石を売りはらってトランク一杯の金を手にしていたはずなのだ。

フレッドの血で手を染めることもそのせいで苦しむこともなく、遠くに逃げていたはずだった。

だが、その代わりまだこんな片田舎でぐずぐずしている。ウィリアムは少しでも休んでおこうと目を閉じた。

ラファエルは玄関のドアを開けて煙草を吸っていた。ついでに、澄んだ空気も味わった。もうじき昼だというのに、霧はほとんど晴れていなかった。このあたりの霧は寝坊が好きらしい。

煙草を吸い終わると、ラファエルは家のなかに戻った。室内には重苦しい沈黙が立ちこめていた。

あれからクリステルを椅子に縛りつけるのはもうやめていた。拳銃は持たせていないが、再び仲間として扱うことにしたのだ。クリステルは居間の隅からサンドラを憎々しげに見つめていた。殺せるものなら殺してやりたいとでもいうように。

ラファエルはパトリックの上着をつかみ、ポケットを探った。そして、鍵の束を見つけると、サンドラに言った。

「離れに行くぞ。あんたが一緒に来い」

サンドラの目に不安が浮かんだ。そのとき、パトリックが長椅子から立ち上がった。

「私が一緒に行こう」

ラファエルはパトリックに近づき、鋭い視線を向けた。

「いつからあんたが命令するようになった？」

「いや、これは命令じゃないんだ。どこに制服があるかは、私しか知らないんだよ。サンドラはめったに行かないからね」

「なら、おれひとりで探すさ」

「無理だろうな。離れは全部で五部屋ある。そのうえ、どこも段ボール箱やらガラクタやらでいっぱいだ。自力だと見つけるのに、丸一日はかかるんじゃないか。しかも、丸一日っていうのは運がいいときの話だからね」

ラファエルは何とか苛立ちを抑えようとした。この男は癇《かん》に障る物言いが悪魔的にうまいらしい。

「そういうことなら、どの部屋のどんな箱に入ってるか、言ってくれればそれでいい。そうすりゃ、ツキがあろうがなかろうが、すぐ見つけられる」

「それが、どこに置いたのか、自分でもよく覚えていないんだ」

「あんた、おれを馬鹿にしてるのか！」

「いや、本当なんだ。だからお願いだよ、そんなに怒らないでくれ。どの箱かはだいたい覚えているんだが、どこに置いたのかがどうもはっきりしないんだ。もう二、三年も前のことだし、そのあともいろいろと持ちこんでいるからね」

「わかった」ラファエルはしぶしぶ認めた。「じゃあ、あんたが一緒に来い。ウィル、サンドラを見張っててくれ。何なら縛っておくか？」

「いや、大丈夫。心配いらない」

そこにクリステルが口をはさんだ。

「あたしも行く」

「だめだ」

だが、クリステルはラファエルの腕に手を置いて小声で言った。

「あいつ、どうも臭うんだよね。たぶん危ないやつだよ」

「だから、ボディーガードをしてくれるってわけか？」ラファエルは鼻で笑った。「いいから、おまえはおとなしく残ってろ」

26

ローランス・デュリューはキッチンに座り、娘のことを案じていた。

いつもならこの時間、ジェシカは学校にいるはずだった。

今日はどうしているんだろうか。眠れたんだろうか。

……まだ生きているんだろうか？

はっとして、ローランスは自分を叱りつけた。

そんなことを考えちゃいけない。ジェシカはちゃんと生きている。そうじゃないなら、わたしも死んでいるはずだから。ジェシカが死んだときに……。

冷めたコーヒーを前に、ローランスは答えのない問いを繰り返した。頭は混乱し、不安と睡眠不足ですっかり面やつれしていた。

絶壁の縁に立ち、虚空を見下ろしている気持ちだった。

かわいいジェシカ、どこにいるの？　あなたは自分から家を出てしまったの？　パパとママが何か嫌なことをした？

ねえ、今日は連絡をくれる？　帰ってきてくれる？　そこのドアを開けて「ママ、ただいま！」って言ってくれる？

ローランスは窓辺に立ち、外を見た。庭も通りも静かだった。誰もいない。

ジェシカの親友のオレリーも行方がわからなくなっていた。

ということは、もしかしたらやっぱりオレリーがジェシカを誘って家出したのかもしれない。

もしそうなら、今後はオレリーとあまり親しくさせないようにしなければ。ジェシカが悪い影響を受けるといけないから……。

ふいに玄関のドアが開く音がした。希望がお腹のあたりにわき、一気に頭へと伝わっていく。

目がくらむほどの喜びにローランスは息を詰め、振り返った。

だが、そこにいたのは憔悴しきった夫だった。

ローランスは泣いた。夫の目にも涙があふれていた。

どこにいるの、ジェシカ？


パパ、ママ！　わたしはここ。

ここにいる。

助けて！

どうして誰も助けに来てくれないの？

どうしてって？　それはあなたがどこにいるか誰も知らないから。

単純で残酷な事実。

あなたはまず苦しむ。きっと長いあいだ。

それから死ぬ。

それも単純で残酷な事実。

だって、それがあなたの運命だから。

運命は人それぞれ。あなたは運がなかった。それだけのこと。悪いくじを引いただけ。

でも運がないというなら、わたしだって同じだけど……。

たぶん、あなたは今、自分に話しかけている。静寂に耐えられないから。静寂につぶされるよりはましだから。静寂は恐怖を生むから。

そう、恐怖のせいで、あなたはジーンズに漏らしたかもしれない。

恐怖のせいで、たとえほんの一瞬だろうと、目を閉じることができないでいる。身体の緊張が解けることもない。

そして恐怖はこの先ずっと、あなたにつきまとう。あの人に生かされているあいだ中ずっと……。でも何があるかなんてわからないから、いつかここから助けだされるかもしれない。だけどそうなったらそうなったで、恐怖はあなたの残りの人生につきまとう。

終わりのない悪夢のように。その悪夢はまだ始まったばかり。

あなたのために願っている。あの人があなたを殺すことを。あなたに一生地獄の苦しみを味わわせたりしないことを。

今、わたしが受けている仕打ちのように……。


オレリーは光の細い筋をひたすら見つめた。

真っ暗なこの部屋で、それだけがまさに希望の光だった。

あたしは死なない。死ぬわけがない。

そんなのあり得ない。

オレリーは心で繰り返した。

もうすぐ誰かが来て、助けだしてくれる。あたしとジェシカを助けてくれる。

細い光を見つめすぎて、目が痛かった。それでもすがりつくようにオレリーは光を見つづけた。

きっと、誰かが来てくれる。あたしたちは忘れられたりしない。そんなに早くみんな忘れるわけがない。

あたしたちが死ぬなんてあり得ない。

だって、あたしはまだ死ねない。死ぬには若すぎるから。やりたいことも見たいものもいっぱいある。いろんなことがしたい。

心のなかで、オレリーは声を限りに歌った。自分にしか聞こえなくても構わない。

オレリーは歌いつづけた。助けを求める人が誰もいないから。

父親も母親もいないから。歌うしかなかった。

「死ぬには若すぎる……」

27

「まずは車を見せてもらおう」

外に出ると、ラファエルはパトリックに言った。

パトリックはコーデュロイのズボンのポケットに両手を突っこみ、おとなしくガレージへと向かった。だが、最初に扉を開けたのは、アウディの停まるガレージだった。招かれざる客の乗ってきた車に興味があるのか、じっと眺めている。

「おれの車が気に入ったのか？　残念だが、もう譲る相手は決まってるんだ」

「車を見ていたわけじゃない。あの防水シートの下には何があるんだ？」

「とぼけるな。さっきサンドラがあんたに話してたじゃないか」

「つまり、きみはここに死体を置いていたということだね？」

ラファエルは首筋がチクチクした。

「あんたのベッドに置いたほうがよかったか？」

「それで……これをどうするつもりだ？」

「置き土産にしてやるよ。あんたのお仲間が見つけたら、大喜びするだろう。ずっと捕まえようとしてただろうからな……」

言いながら、ラファエルは喉が締めつけられた。そこであわててパトリックを隣のガレージへと押しやった。

「開けろ」

パトリックが大きな鉄製の扉を持ち上げると、白いプジョー308が前を向いて停まっていた。ラファエルは話が嘘でなかったことに半ば驚いた。

「乗ってみるか?」

「今はいい。あんたがでたらめを言っていないか確かめたかっただけだ。それにしても、どこにでもありそうな車だな。まあ、少なくともこのポンコツなら、速度違反の心配はなさそうだ」

「この車はちゃんと走る」パトリックがむっとした顔で言った。「いい車なんだ」

「ああ、わかったよ。次は、離れの制服だ。行くぞ」

ガレージから離れに向かう途中、母屋の横を通った。窓辺にクリステルが立っている。ガラス越しでも、左右で色の違うその目は魅力的だった。だが今は心配そうにこちらを見ている。

まもなく、離れの建物に着いた。前にはライトバンが停めてある。やはり白だった。

「あんた、いったい何台車を持ってるんだ?」

「ライトバンとプジョー308だけだよ」

「それに、サンドラの四駆か。いやはや、憲兵の給料は相当上がったんだな」

「いや、妻の稼ぎのおかげだよ」パトリックがあっけらかんと答えた。

こいつは女のヒモでいて平気なのか。そう思いながらも、ラファエルは言った。

「なるほど。じゃあ、なかに入るぞ」

パトリックが扉を開けた。ラファエルは敷居に目をやった。泥の足跡がついている。

「昨日の夜、母屋に来るより先にこっちに来たのか？」

「きみはなかなか鋭いな。いい警官になれそうだ」

「おちょくってるのか？」

「とんでもない。きみの言うとおり、昨晩はここに寄ったんだ。ライトバンにちょっとしたものを積んでいたんでね。それをしまいにきたんだよ。ちょっといいものを見つけると、すぐに持って帰るたちでね。まあ、癖みたいなものだ」

何かがおかしい。パトリックのあとを歩きながら、ラファエルはいぶかった。夜中の三時近くに帰って、わざわざ積み荷をしまいにくるだろうか？　もしそうなら几帳面にもほどがある。

離れの廊下は狭く薄暗かった。パトリックは最初のドアを通りすぎ、奥に向かった。

そうして、突き当たりの右手にあるドアの前に立った。

暗がりのなかでパトリックが鍵を探す。そのあいだも、ラファエルはパトリックから目を離さないでいた。もともと嫌なやつだが、のんきに口笛を吹いているのが、ますます癇に障る。ずいぶんとくつろいでいるのが気になった。くつろぎすぎだ。何か企んでいるのかもしれない。

やれるものならやってみろ。ラファエルは思った。それなら、警察御用達の天国に送ってやるまでだ。

もしかしたら、ドアの向こうには犬がいるのかもしれない。凶暴なピットブルでも飼っているのか？

いや、考えすぎだ。ラファエルは自分に言い聞かせた。もしそうなら、うなり声が聞こえるはずだ。落ち着け。相手はハエ一匹殺せやしない、しけた小男だ。

それでも万が一に備え、ラファエルはコルトに手をかけておいた。

そのとき、ようやくパトリックが鍵を見つけ、ドアを開けた。部屋のなかは真っ暗だった。パトリックがなかに入ったが、ラファエルは入り口にとどまった。

「今、電気のスイッチを探しているところだ」パトリックの声がする。「言っておくが、だいぶ散らかっているんでね。きっとびっくりするだろうよ」

そして、明かりがついた。目にしたものを理解するまでに、ラファエルは何分の一秒かを要した。

確かに、それは驚きだった。いや、驚いたどころじゃない……。

部屋の床には、まだ幼さの残る少女がふたり転がされていたのだ。粘着テープで手足を縛られ、口をふさがれて……。恐怖に見開かれた目がこちらを向いていた。

身の毛のよだつ光景だった。一瞬、ラファエルは口を開けたまま、立ちつくした。

「いったいどういう……」

だが、そう口にするのと同時に、パトリックがバットで殴りかかってきた。

よける暇も銃を抜く暇もなかった。まともに顔を殴られ、身体ごとうしろに吹っ飛んだ。壁に頭がぶつかり、床にくずおれる。

それでも朦朧とした意識のなかで、ラファエルはコルトを抜こうとした。しかし、その手にも容赦なくバットが飛んできた。手の骨が砕けるのがわかる。ラファエルは叫び、固い殻に逃げこむように身体を丸めた。

再び顔が打たれ、歯が欠けた。頭を抱え横向きになると、今度は肩を襲われた。

その小柄な身体からは想像できないほどの力で、パトリックは殴打しつづけた。

「どうだ、気に入ったか？　ドアの横にバットを置いておいて正解だった。おれはおまえと違って用心がいいんだ。これから親父さんがたっぷりお仕置きしてやるからな」

ラファエルはもう動けなかった。天井からぶら下がる裸電球が真っ赤に見えた。嫌な虫がぶんぶん羽音を立てながら、部屋中を飛び回っている気がした。それから閃光が見え、虫が消えた。頭の上に太陽のように燃えさかる巨大な球が現れ、じりじりとのしかかってきた。

「ウィリアム……」ラファエルは虫の息でつぶやいた。

パトリックが上から顔をのぞき、薄笑いを浮かべて言った。

「おまえの弟なら、おれがちゃんと面倒を見てやる。安心しろ」

またバットが飛んでくる。

何度も殴打され、ラファエルはもはや叫ぶこともできなかった。黙って打たれるだけだった。

打たれながら、少女のひとりと目が合った。少女の青い目は恐怖に見開かれていた。

次は自分の番なのかとおびえる目……。

そのあいだもパトリックは執拗に殴打しつづけていた。冷静に手際よく、冷たい笑みを浮かべながら。

空っぽだったその目には、ようやく何かが浮かんでいた。恐ろしい何かが……。

そして、ラファエルは目を閉じた。

ラファエルが目を閉じても、パトリックはバットで殴りつづけた。

やがて、ラファエルがぴくりとも動かなくなったところで、ようやく殴るのをやめた。

脇腹を蹴り、動かないのを確かめる。それから、パトリックは少女たち——ジェシカとオレリーに目を向けた。

「おまえたち、気分はどうだ？　さぞかし寂しかっただろう。でも、仲間ができてよかったな。おれから死体のプレゼントだ。大丈夫、心配するな。おまえたちのことはちゃんと覚えてやっているからな。きっと待ちくたびれているだろうが、もうちょっと待っていてくれ。ちょっとした問題を片づけたら、すぐに戻ってきてやるよ。あともう少しだ」

オレリーのジーンズに濃い染みが広がった。今までは我慢できたが、ついに漏らしてしまったらしい。全身がわなわなと震えている。

まあ、それもやむを得まい。誘拐されたうえ、目の前で男がめった打ちにされるなんてことは、そうそうあるものじゃない。

パトリックは声を上げて笑った。それからラファエルのコルトを拾った。弾が入っているのを確かめ、上着の内ポケットにしまう。

「いい銃だ。おまえは趣味がいいな」

動かないラファエルに向けてそうささやくと、パトリックは明かりを消して部屋を出た。ドアに鍵をかけ、再び廊下を歩いていく。お気に入りの曲を口笛で吹きながら……。


わかったでしょう、ラファエル。あなたは思い違いをしていたの。

わたしはありきたりの女じゃない。

無抵抗な弱々しい女なんかじゃない。

そう、わたしは女というよりモンスター。育ったのは、悪魔の支配する暗い地獄。その地獄で人間をむさぼり成長した。それがわたし……。

ウィリアム 四歳

空き地の真ん中を、ウィリアムはキャッキャと笑いながら走っていた。うしろから長い棒を持ったラファエルが追いかけてくる。

「待て！　捕まえてやる！」

ウィリアムは笑いながら逃げつづけた。怖がっているふりはしても、楽しくてつい笑ってしまう。ウィリアムは振り返ると、ラファエルにべえっと舌を出し、また走りだした。

ラファエルはなかなか追いつかない。

ようやく追いつくと、ラファエルはウィリアムを抱きあげ、怖そうな声を出した。

「捕まえたぞ！」

全然怖くない。ウィリアムは楽しくて、涙が出るほど笑いころげた。

コンクリートの壁に囲まれた空き地の真ん中で、ウィリアムはラファエルと〈泥棒と憲兵ごっこ〉をしていた。

いつだってウィリアムは逃げる泥棒役、ラファエルが追いかける憲兵だ。

「そろそろ帰るか？」

「ううん。もうちょっと遊ぼうよ、兄ちゃん！」

ラファエルの肩に乗って、ウィリアムは世界を見下ろした。怖いものなど何もない。

誰もぼくに悪いことなんてできないんだ。だって、兄ちゃんがいるから。兄ちゃんはチャンピオンだから。すごい人だから。

ウィリアムはそう信じていた。

でも少し前まで、ラファエルは家にいなかった。

「お兄ちゃんは何か月か旅行に行ったのよ」

母さんはそう言っていた。けれどもそう言いながら、泣いていることがあった。たぶん、ラファエルがいなくて寂しかったんだろう。

けど、今はもうラファエルは帰っている。だから、ウィリアムはまたぐっすり眠れていた。母さんも毎晩笑顔でキスしてくれる。

悪いことなんて絶対に起こらない。

だって、兄ちゃんがいるんだから。

兄ちゃんはもうどこにも行かない。ウィリアムはそう信じていた。

28

あれから再び部屋は真っ暗になり、今はまた何の物音もしていない。ジェシカはさっきまでの恐ろしい場面を思い出した。

初めに聞こえたのは足音だった。

あの男が来る。自分たちを拷問しに。それとも殺しにくるのかもしれない……。そう思うと恐ろしくて仕方なかった。

それから、鍵が差しこまれる音がして、ドアが開き、誰かが入ってきた。助けて！ママ！　心のなかで叫んだ。

そして突然、明かりがついて目がくらんだ。

あの男が見えた。それともうひとり。そばに男の人がいた。背の高い男の人。

その人はこっちを見て驚いた顔をした。

だから共犯者じゃないとわかった。共犯者があんな顔をするはずがない。

あの男がバットで殴りかかろうとしていることに、その人は気づいていなかった。知らせなきゃ。そう思ってジェシカは粘着テープの下から叫んだ。力の限り叫んだ。でも届かなかった。

そのあとは、あっというまだった。

あの男がバットで襲いかかった。何度も何度も殴っていた。骨を砕き、肉を裂くほど激しく……。恐ろしい音、決して忘れられない音だった。

背の高い男の人は倒れて叫んだ。それがうめき声に変わり、とうとう何も言わなくなった。

血が目のなかにまで流れていた。

わたしと同じ青い瞳に……。

男の人は痛みに身をよじっていた。でも、だんだんと反応がなくなった。なすすべもなく何度も殴られて、ついに動かなくなった。

そんな男の人を見て、あの怪物のような男は高らかに笑った。そして、すぐに戻ると言い残して出ていった。

つまり、順番を待っていろということだ。

ジェシカは震えた。

次は誰なんだろう？

わたしか、オレリーか。

神さま、どうかわたしではありませんように。

お願いですから、どうかわたしではありませんように。

オレリーのことは大好きだった。本当に好きだった。

それでも自分の番が来ないように、ジェシカは祈らずにいられなかった。自分の番が来る前に、あの男が満足してくれるようにと……。

✹　✹　✹

離れから出る前に、パトリックはドアを細く開け、周囲を見回した。誰もいない。それを念入りに確認してから、外に出てドアを閉めた。

なにせ一番厄介なやつを片づけたのだ。ここでしくじるわけにはいかなかった。とはいえ、残りの若造と小娘などひとひねりだろう。いわばメインディッシュのあとのデザートだ。

パトリックは軽く口笛を吹きながら母屋に向かった。

これでよくわかっただろう、ラファエル？　立派な筋肉なんてたいして役に立たないものだ。立派な脳みそのほうがずっといい。はるかに役に立ってくれる。

警官の制服に回転灯か……。パトリックは笑いを噛み殺した。何なら、プライベートジェットでカリブの島に行けるとでも言ってやればよかった。何でもかんでも信じるとは、まったくおめでたいやつだ。

それにひきかえ、おれは神じゃないだろうか。あれはまさに天才的な計画だった。床に転がしておいたふたりの少女も期待どおりの役目をした。おかげでやつは一瞬、驚きで動けなくなった。

驚かせて隙を突けば、その〝隙〟が恐ろしい凶器になる。我ながらうまくやったものだ。

パトリックは母屋の前に戻ってきた。ここからは計画の第二段階だが抜かりはない。

腕には、離れから持ってきたたくさんの古着を抱えていた。暗い色だから警察の制服に見えるだろう。その古着で顔を隠すようにして、パトリックは玄関のドアを開けた。手に持ったコルトも古着に隠し、見えなくする。

室内に目を走らせると、ウィリアムとかいう若造はソファに、クリステルとかいう小娘は肘掛椅子に座っていた。サンドラは長椅子だ。なかに入ると、三人が一斉にこちらを見た。

「兄貴はどこだ？」

ウィリアムが立ち上がりながら聞いた。拳銃は持っていない。そのことをパトリックは瞬時に見てとった。

致命的なミスだ。

「ラファエルなら玄関前で煙草を吸っているよ。もうじき来るさ」

言いながら、古着の山を居間の長テーブルに置く……。

次の瞬間、パトリックはウィリアムにコルトを向けた。目にも留まらぬ速さだった。ウィリアムは驚いてただ目を見張っていた。

突然パトリックに銃を向けられ、ウィリアムは一瞬何が起きたのかわからなかった。パトリックの手にはラファエルのコルトがあった。そのコルトが自分に突きつけられている。あっというまの出来事だった。

「動くな」

ウィリアムは身じろぎもせずに銃口を見つめた。だが、銃を向けられている以上に不安なのは、ラファエルの身に何があったのかわからないことだ。

パトリックがこちらを見据えたまま、銃を手に近づいてくる。

「兄貴に何をした?」ウィリアムは叫んだ。

「やつは気分がすぐれないようだから、静かに休んでる。さて、おまえの銃はどこだ?」

目の端で、クリステルがゆっくりと椅子から立ち上がる体勢をとるのが見えた。ほとんど気づかないほどの動きだ。

「そこだ」ウィリアムは顎でソファを指した。

「なら、手を上げてもらおうか」パトリックが命じた。「もっと高くだ。ちゃんと上げろ」

ウィリアムは両手を上げたが、左腕が痛くて辛い。

「サンドラ、ぼんやりするんじゃない。さっさと銃を回収して、おれによこせ」

サンドラはそれまであっけにとられていたが、その声でようやく我に返ったらしい。ウィリアムのベレッタを取るとパトリックに渡し、またすぐ離れた。まるで次の指示を待つ犬だった。

パトリックはこちらから目を離さないまま、ニヤリとして言った。

「今度は膝をつけ。手は頭に乗せろ」

ウィリアムは膝をつこうとした。だが、右足の痛みが激しくてどうしてもできない。

「ちゃんとやらないと、撃ち殺すぞ」パトリックが脅した。

そこで、何とか膝をついたが、あまりの痛さに涙がにじんだ。

「だいぶ痛そうだな。しかし、おれが思うに、おまえにはもっと辛いことがある。おまえの頭は今、兄貴のことでいっぱいなんじゃないか？」

「この野郎！　兄貴に何をした？」

「さあな。どうせおまえは『こいつは憲兵なんだから、こんな形で人を殺すわけがない』とでも思っているんだろう。ちょうどいいから、ここで特ダネを披露してやろう。なんと、貴様らと同じで、おれも憲兵なんかじゃないんだ！」

パトリックが高笑いした。ウィリアムは涙をこらえた。同時に、激しい怒りがわいてきた。

「でも、憲兵の制服を着た写真があったじゃないか！　アルバムで見たぞ」

「写真？　そういえばそんな写真もあったな。兵役義務を終えたあと、憲兵隊の予備役に登録していたんだ。あの頃はまだ若かった」懐かしそうな顔でパトリックが答えた。

そのとき、クリステルが椅子から立ち上がり、パトリックに飛びかかった。やはりさっきから機会を伺っていたらしい。

だが、パトリックは飛びかかってくるクリステルにさっと銃口を向けたかと思うと、ためらうことなく引き金を引いた。

躊躇《ちゅうちょ》のかけらもなかった。

乾いた銃声が響き、クリステルの悲鳴が耳をつんざいた。倒れこんでくるクリステルを、ウィリアムは思わず抱きとめた。

「クリステル！」

「そいつから手を離せ」パトリックが命じた。「手はちゃんと頭に乗せていろ」

クリステルが激しい痛みに身をよじっている。パトリックが適当に撃っていないのは明らかだった。クリステルは膝を砕かれている。動きを封じるつもりに違いなかった。

つまり動けなくするだけで、今はまだ殺さないということらしい。

サンドラは手で口を覆っていた。叫びだすのをこらえているようだ。

「命中だな」パトリックが愉快そうに言った。「殺すのはやめておこう。弾の無駄づかいになるからな。だろう？」

ウィリアムは呆然として、クリステルを見つめた。クリステルは苦しそうにうめいている。それから、ウィリアムは再びパトリックを見た。

「何てことを……。あんたは兄貴を殺したのか？」尋ねながら、声が震えた。

パトリックは銃を向けたまま、長椅子に座り足を組んだ。

「まあな。でなきゃ、あいつがおとなしく銃を渡すと思うか？」

ウィリアムは唇がわなわなと震えるのを感じた。

「おいおい、べそをかくつもりか、坊や」パトリックが言う。

だが、ウィリアムは泣くのをこらえた。息を吞んでじっと耐えた。

「念のため言っておくと、銃は使えなかった。あまり大きな音を立てられなかったからな。だから、バットで殴り殺してやったんだ。だいぶ殴ったが、やつは石頭だから……いや、石頭だったからな。ゆっくりと苦しみながら死んだはずだ。もうおまえでも顔がわからないだろうよ」

それを聞いて、ウィリアムは震えが止まらなくなった。それでも、頭ではどうすべきかを考えつづけた。立ち上がり、飛びかかるのはどうだろうか。いや、そんなことをしても立つ前に撃たれるのがおちだ。だが、それならそれで構わない。ラファエルがいない今、もはや人生に意味などないのだから……。

しかし、そうは思いながらも、痛みが激しくて立てなかった。

もう二度とラファエルに会えない。そのことにウィリアムは打ちのめされた。それはどんな凶器よりも強力だった。

「おれは懸命に殴ったんだが」パトリックが抑揚のない声で言った。「あいつはしぶとくて、死ぬまでにけっこう時間がかかったぞ」

「殺してやる！」ウィリアムはうめいた。

「そうか。だが、どうやるつもりだ？」

ウィリアムは目を閉じた。終わりだ。殺される。頭を撃ちぬかれて死ぬのだ。いや、それも悪くないかもしれない。ラファエルが死んだなんて、耐えきれない。

だがそのとき、ウィリアムははっとした。

兄貴がそんなことを望むだろうか？

兄貴なら何がなんでも生き延びろと言うはずだ。

そして、かたきを討てと……。

ウィリアムはクリステルと目が合った。

クリステルは殉教者のように苦しんでいた。

背中のうしろで手首に粘着テープを巻かれ、拘束されている。それはウィリアムも同じだった。

　ふたりともソファを背に、床に座らされていた。

　粘着テープを巻いたのはサンドラだった。パトリックはサンドラに命令し、やることをじっと見ているだけだった。そして作業が終わると、ようやく銃を長テーブルに置いた。何もかも、あの男が支配していた。あの男は支配者として君臨していた。

　そのとき、パトリックが言った。

「サンドラ、あの女の口にテープを貼ってくれ。うめき声がうるさくて、うんざりする。あんな雑音、耳に毒だ」

　サンドラが粘着テープを切り、クリステルの口に貼った。そのまま次の指示を待つかのように腕をだらんと垂らして立ち、目はひたすら床を見つめている。ウィリアムはサンドラが自分と目を合わせないようにしているのを感じた。

「サンドラ」パトリックがまた声をかけた。

　サンドラがびくっとしてパトリックのほうを向く。

「何？」

「そろそろそばに来て、キスでもしてくれないか」

29

十二時三十分

昼食の時間らしい。

パトリックとサンドラが台所のテーブルで食事をしていた。ウィリアムは居間のソファから聞き耳を立てた。だが、さっきからふたりはひとことも言葉を交わしていない。

横には、粘着テープで口をふさがれたクリステルがいた。撃たれた膝は、サンドラの応急処置で一応は止血されている。が、白い布はすでに真っ赤になっていた。

クリステルは額に汗を浮かべていた。激痛のせいで目は落ちくぼんでいる。

「大丈夫か?」

小声で聞くと、まばたきを二度返してきた。大丈夫だと答えてくれたのだろう。ウィリアムは笑いかえしたが、どうしてもぎこちなくなった。

「撃たれたときの痛みはよくわかる。死ぬほど痛いよな。でも、がんばるんだ。うまく切りぬけられるように、おれができる限りのことをする。約束するよ」

だが、クリステルの目を見ると、あまり期待していないようだった。信じられないのも無理はない。

自分たちは今や子羊なのだ。身を守るすべなど何もない子羊……。さっきまでは羊小屋にやってきたオオカミだとばかり思っていたが、気がつけば突然、子羊になっていた。

「けど、なぜあいつはおれたちを殺さないんだろう。くそっ、憲兵じゃないなら、やつはいったい何者なんだ？」

そのとき足音が聞こえ、ウィリアムは顔を上げた。パトリックがまっすぐこちらに向かってくる。ウィリアムは固唾を呑んだ。

「こそこそ話すのはやめてくれ」

なんて地獄耳だ。こいつの耳には集音装置でもついているのか。

パトリックは目の前に立っていた。首にナプキンを巻き、手にはフォークを持っている。どうも食事中に話をされるのが嫌いらしい。パトリックは淡々と言った。

「おまえらの話など聞きたくない。だから、おれが許可したとき以外はしゃべるな。いやはや、おまえら、親のしつけはどうなってるんだ？」

その言葉に、クリステルがすごい目でパトリックをにらみつけた。どんな侮辱の言葉よりも雄弁な目つきだった。もし口がきけたなら思いきり罵り、手が自由だったなら殴りかかっていただろう。

「貴様にはしつけが必要だな」パトリックが薄笑いを浮かべた。

粘着テープの下から、クリスタルが怒りの叫びを上げた。動くほうの足でパトリックの急所を狙おうと、蹴りかかる。

だが、パトリックはそれを難なくかわし、次の瞬間、いきなりクリステルの上腕にフォークを突き立てた。銀のフォークがぶすりと柄まで埋まっていく……。クリステルは眼球が飛びだしそうなほど目を剝いた。苦しげに喘ぎ、胸を上下させている。粘着テープ越しでも、くぐもった悲鳴が響いてくる。

やがて、パトリックがゆっくりとフォークを引きぬいた。それから、血にまみれたフォークを口へと運び、味わうようにじっくり舐めた。

「うまいな」

「あんたは人間じゃない！」ウィリアムは恐怖で叫んだ。

「うるさい。もう話はするな。さもないとまた来るぞ。言っておくが、今度はフォークなんかじゃすまないからな。わかったか？」

そう言うと、パトリックは台所に戻っていった。そのあいだ、サンドラは台所の敷居から、黙ってずっと傍観していた。

パトリックがいなくなると、クリステルはウィリアムの肩に頭をもたせかけ、嗚咽を漏らした。ウィリアムはぎゅっと目を閉じた。こらえなければ。自分まで泣いてはいけない。

しかし、こみあげる涙を止めることはできなかった。

兄貴、どこだ？　どこにいるんだ？　死んだなんて嘘だよな。だって、兄貴がおれを置いていけるはずないだろ……。

ウィリアムは涙をこぼした。

✹　✹　✹

ジェシカ、どこにいるんだ？

おまえが家出なんてするはずがない。私たちを置いて家を出るなんて。ましてや、おまえが死ぬなんてことがあっていいはずがない。そんなことはあってはならない……。

ジェシカの父親、ミシェル・デュリューはキッチンのテーブルで妻のローランスと向かいあっていた。まだ五歳の息子、セバスチャンは妻の姉に預け、面倒を見てもらっている。この状況ではセバスチャンまで構ってやれそうになかった。

昼食を前にしても、ふたりともとても食べる気にはなれなかった。息をするのがやっとなのだ。不安が押し寄せてくる。

本当はジェシカを探したかった。動いて役に立ちたかった。だが捜査員は、家にいて電話のそばで待機してほしいと言う。だから、ミシェルは家で電話のそばにいた。

しかし、そもそも警察はどこを探しているのだろうか。

世界は急に自分たちに牙を剝き、同時に広大になってしまった。自分たちは無力という沼のなかで溺れているしかなかった。

娘のために何もできないとは。これほど辛いことがあるだろうか。

ミシェルは妻の手を握った。冷たかった。死んだ人間のように冷たかった。死はすぐうしろで自分たちをあざ笑っているのだろうか……。ミシェルははっとした。

「ジェシカは帰ってくる。わかるんだ。ジェシカはちゃんと帰ってくる。警察が見つけてくれる」

「どうしてあなたにわかるの。誰にも何もわからないのよ。もしかしたら、もう……」

「そんなことを言うな。お願いだから、そんなことは言わないでくれ。あの子がもうこの世にいないなんて、たとえわずかでも考えちゃいけない。いいね？」

そう言いながらも、涙を抑えきれなかった。ミシェルは妻の手を強く握った。

「あの子がいなくなって、もう少しで二十四時間たつのよ」

「大丈夫だ。ジェシカは帰ってくる」

「でも、あの子が苦しんでるってここが感じるの」

ローランスはミシェルの握る手から手を引き、足のあいだに置いて言った。

ミシェルは目を閉じた。昨日から続くこの苦しみほど残酷な試練はないだろう。娘がいないということ以外、何もわからないなんて……。

二度と娘に会えないかもしれない。あの平穏な生活は戻ってこないかもしれない。それ以外は何もわからないままなのだ。

と、そのとき、電話が鳴った。ミシェルは駆け寄り、二回目の呼びだし音が鳴る前に受話器を取った。話を聞きながら、顔から血の気が引いた。そばに来たローランスが息を詰め、不安そうにしている。受話器を置くと、ミシェルはつぶやくように言った。

「目撃者がいたそうだ。ジェシカとオレリーらしきふたりが白いライトバンに乗ったのを、ある少年が見ていたらしい。昨日の夕方……学校からそう遠くないところだそうだ」

聞いていたローランスがよろめいた。壁にしがみつき、椅子に倒れこむ。

つまり家出ではなかった。誘拐だった。ふたりは奈落の底へと突き落とされた。

＊

＊

＊

パトリックは階段下の戸棚から少し離れた位置に立ち、狙いを定めた。サンドラが耳をふさぐ。引き金を引くと、戸棚の鍵穴部分がきれいに砕けた。これで宝石が取りだせる。もちろんこんなことをしなくても、ドライバーで鍵をはずせば戸棚は開いただろうし、ラファエルの革ジャンを探って鍵を見つけてもよかった。だが、拳銃を使うほうが気晴らしになる。そう思ったのだ。男性ホルモンみなぎるアクション映画のようで、たまには悪くない。

とはいえ、これまで銃で人を殺したことなどなかった。

ただし、ポイントは「銃で」というところだ。

銃など簡単すぎた。俗っぽくて、平凡すぎる。

自分が使うのはいつも鋭利なナイフか鈍器、ひも、それか素手だった。

銃なんてものは、想像力のないやつか急いでいるやつが使うものだ。殺すという行為に敬意を払わない輩《やから》が使う道具だ。

そんなことを考えながら、パトリックはつま先立ちになり、宝石の入ったスポーツバッグを棚から取りだした。それを居間の長テーブルの上に置く。

「さて、拝見するとしよう」パトリックはいそいそと手もみをしながら言った。

夫に言われ、サンドラも長テーブルの前に座り、宝石が出てくるのをおとなしく待った。パトリックが手術用の手袋をはめ、スポーツバッグから慎重に宝石を取りだしていくのをじっと見守る。宝石は箱に入っているものもあれば、布にくるまれているものもあった。パトリックはそのひとつひとつを整然とテーブルに並べていく。

それは驚くほど美しかった。サンドラはぽかんと口を開けたまま、宝石を見つめた。今までこれほど美しいものは見たことがない。ダイヤモンドにエメラルド、サファイア、ルビー、アメジスト……。まばゆい宝石たちが首飾りやブレスレット、指輪やブローチとなって、美の競演を繰り広げている。赤、緑、青、紫、そしてダイヤの何とも言えない繊細な輝き……。色彩が乱舞していた。

窓から射す光は弱かった。しかし、そんな光のなかでも宝石は十分すぎるほど輝いている。サンドラはすっかり魅了された。その翡翠色の瞳できらめく宝石を見つめつづけた。

「悪くないな。どうだ、サンドラ？」

「素晴らしいわ」サンドラは子どものような笑顔を浮かべ、うっとりとささやいた。

そのまま催眠術にでもかかったように、指輪のほうへと手を伸ばす。だが、その手をパトリックにつかまれた。

「素手で触るな！」

それから、パトリックはウィリアムのほうを向いて言った。

「見事なものだ。おまえの兄貴はいい腕前だったようだな」

パトリックに話しかけられるまで、ウィリアムは黙ってふたりの様子を見ていた。だが、ラファエルのことを言われると、思わずひとりごとのようにつぶやいた。

「違う、最高の腕前だ」

　パトリックが目の前に立った。

「ところで、あの宝石をどうするつもりだったんだ？」

　ウィリアムはニヤリとした。

「イギリスの女王陛下に献上するつもりだったんだ。あんたには残念だけどな。その宝石はどれもすごい価値のあるものばかりだ。全部でどれくらいの価値があるかわかるか？」

「さあ。どれくらいだ？」

「三千万ユーロは下らない」

　パトリックが芝居がかった仕草で口笛をヒュッと吹いた。

「かなりのものだ！」

「だが、兄貴がいなければ何の価値もない」ウィリアムは言ってやった。「ゼロユーロだ」

「おいおい、おまえだってこれを現金に換える方法くらい知ってるんだろう？」

「いや、おれは何も知らない。兄貴が外国の取引相手とやりとりしていたんだ。けど、おれは相手の名前さえ知らない。だから悪いが、おれじゃ何の役にも立たないってことだ。それができたのは兄貴だけだったからな」

　そう言ってから、ウィリアムは自分の言葉に胸をえぐられた。

　兄貴だけだった。

これからは過去形なのか……。

「嘘だな」パトリックが淡々と言った。「おまえは嘘をついている」

「嘘じゃない。おれは本当に何も知らないんだ」

パトリックがため息をついた。手袋をした手で首飾りを手に取り、それを見つめながらじっと考えている。ウィリアムはさらに言った。

「そこにある宝石は、スイスの高級ブランドの工房から直送されたものばかりだ。どれも世界でひとつしかない。今頃はヨーロッパ中の関係者に、盗まれた宝飾品の写真が送られているだろう。使われている宝石ひとつひとつの写真も出回っているはずだ。のこのこ売りにだせばすぐ捕まる。要するに、表の世界じゃ絶対に売れない代物ってことだ」

「方法はあるはずだ」

「いや、無理だ」

ウィリアムはパトリックを見据えて言った。つかのま、無言でにらみあう。

「おまえが兄貴の代わりに動けばいい」

パトリックの言葉に、ウィリアムは首を横に振った。

「言っただろう。おれは取引相手の名前も知らないんだ」

「だが、盗品をさばける手合いに知りあいがいるはずだ」

「無理だ。そいつはそのへんのちゃちな盗品とはわけが違う。あきらめろ。あんたに手を貸すことはできない。だいたい、兄貴を殺したやつなんかになんでわざわざ手を貸す必要がある？　あんたなんか死ねばいいんだ」

「おまえも兄貴に似て馬鹿だな。おれの命令を拒否できる立場か？」

「なら、おれを殺せばいい」ウィリアムは静かに言った。「ただし、おれを殺しても問題は解決しないからな。とにかく、おれには宝石を金に換える手段はない。あんたはそれがわからないほど馬鹿じゃないと思うが」

「ああ、そうだな。よくわかった。つまり、おまえは協力する気がないということだ」

そう言うと、パトリックが突如クリステルのほうを向き、口に貼られたテープをはがした。

「貴様はどうだ？　おれに協力すれば、それなりの報いは考えてやるぞ」

クリステルは敵意に満ちた目でパトリックをにらみつけていた。が、ふいに口の端をふっと上げた。こわばってはいるが、一応笑ったらしい。

「いい子だ。じゃあ、話してもらおうか。貴様は換金のとき、どんな役目をするはずだった？」

「クリステルは何も知らない！」

パトリックがやれやれという顔で天を仰いだ。

「よく聞け。何度も繰り返さないからな。おまえがしゃべっていいのは、おれが質問したときだけだ。それ以外のときは口を閉じておけ。でないと、おれを怒らせることになる」

ウィリアムは唇を噛んだ。クリステルが話しはじめた。

「ラフが宝石をどうするつもりだったかなんて、あたしも知らない。決めるのは全部ラフだったから。だって、ボスはラフだったし」

「本当か？　なら、どうしてフレッドとかいうおれのガレージで腐りかけてる男は宝石を持って逃げようとした？　持ちだそうとしたからには、何か当てがあったんだろう？」

クリステルはためらう様子を見せた。だが、パトリックににらまれ結局答えた。

「フレッドもラフの取引相手は知らなかった。でも……」

「でも？」

「アクセサリーをばらして、金《きん》を溶かせば何とかなるって言ってた。ちょっとずつ、いろんなところで売ればいいって。そりゃ、時間はかかるし、実入りも格段に減るけど。でも、手ぶらで逃げるよりはましだからって」

「ばらした宝石はどうするつもりだったんだ？」

「捨てるつもりだった」

パトリックが驚きで目を見張った。

「仕方ないでしょ。その宝石はダイナマイトなんだから。いつ爆発してもおかしくない時限爆弾ってこと。そんなものを持ってたら、そのうち捕まって残りの人生を刑務所で過ごすことになる。だから、足がつかないように捨てるつもりだった」

クリステルの言葉に、パトリックはまたウィリアムに話しかけた。

「もしおまえの兄貴が取引相手にこの宝石を渡したら、いくらもらえるはずだったんだ？」

ウィリアムは黙っていた。もう何も答えたくなかった。まっすぐ前を向き、サンドラが長テーブルに置かれた宝石に心を奪われている様子をひたすら見つめた。

サンドラはぼんやりとしていて子どもっぽく、昨日までとは別人のようだ。

「おい、おれは質問をしているんだぞ」

「知ったことか」

すると、パトリックが残念そうに頭を振った。

「どうやら罰が必要なようだ」

ウィリアムは相手の目を見て言い返した。

「知ったことか」もう一度はっきりと言ってやる。

パトリックが長テーブルへと戻っていった。持っていた首飾りを置き、手袋をはずす。そして、コルトをつかんだ。それを見て、ウィリアムは鼓動が激しくなるのを感じた。だが、表情には出さなかった。

サンドラのほうはそばで夫が銃をつかんだというのに、相変わらず魅入られたように宝石をじっと見つめている。その様子はまるでこの部屋で起きていることなど自分には関係がない、とでもいうようだった。部屋にはほかに誰もいないかのように、サンドラは自分だけの世界に入り、宝石に見入っていた。

まもなくパトリックが銃を手に戻ってきて、こっちを見た。ウィリアムは身構えた。きっと脅しの言葉を浴びせられるのだろう。「話せ。さもないと殺すぞ」と来るか、あるいは「話すまでに十秒やろう」と言って秒読みを始めるか。

しかし、パトリックは何も言わなかった。狙いをつけ、いきなり引き金を引いた。脅しも警告も何もない。

ウィリアムは飛び上がった。同時に、隣でクリステルが悲鳴を上げた。

クリステルのもう片方の膝が砕かれていた。

「これで少なくとも、おれとのお楽しみのあいだ、こいつは逃げられないってわけだ」パトリックがいやらしく笑った。

ウィリアムは息を呑んだ。あまりのことに声も出ない。

さらに銃口がクリステルの腹に向けられた。

「どうだ、こいつのはらわたでも見てみるか？」

「二十パーセントだ！」ウィリアムは叫んだ。

「何の二十パーセントだ？」

「宝石の見積もり額の二十パーセントだ！　その金額をもらうことになっている」

「ということは、三千万ユーロの二十パーセント、六百万ユーロだな？」

「そうだ！　だから撃つのはやめろ！　やめてくれ！」

指はまだ引き金にあった。クリステルは気を失い、ウィリアムの肩に倒れかかった。それから、布人形のようにぐったりと床に横たわった。

「まあ、はらわたは見たくなったら、いつでも見せてやる」

「くそっ、おまえはいかれてる！」

パトリックがコルトをズボンのベルトにはさみ、計算を始めた。

「つまり、六百万ユーロを四人で分けるということか。ひとり百五十万ユーロ。なかなか悪くない！」

そのあいだ、ウィリアムは床に倒れるクリステルを見つめていた。恐ろしかった。

「くそっ！　ちくしょう！　どうしたらこんなことができるんだ？」

「簡単だよ。弾を込め、狙いをつけて引き金を引く。それだけのことだ。それから、おれの家では、柄の悪い言葉はあまり使わないでくれ」

十四時三十分

「あの男は本当に死んだの？」

離れに入りながら、サンドラは尋ねた。パトリックが立ち止まり、鋭い視線を向ける。

「質問するときは、おれの目を見るな」

サンドラはあわてて下を向いた。

「おまえはあの男に生きていてほしいのか？」

「いいえ、違うの！」

サンドラは急いで否定した。それでもパトリックはたたみかけてきた。

「おれがあの男を殺して、おまえはうれしくないのか？」

「もちろん、うれしいわ。うれしいに決まってる。だって、この手で殺してやりたいくらいだったのよ。そうだ、わたし、ちゃんとやってみたの！　あの男の腕の包帯を見たでしょう？　あれはわたしが包丁で切りつけたの」

「おまえはそういう話をしているほうがいい」

パトリックが言い、薄暗い廊下を進んでいった。サンドラもそのあとに続き、奥のドアの前まで行った。パトリックが鍵を開け、電気をつける。サンドラは戸口に立ったまま、まず床に横たわるラファエルに目を向けた。ラファエルはドアの近くでぐったりとしていた。散々殴られたらしく、額やこめかみに血がこびりついている。鼻は完全に折れていた。右手が腫れあがっているのは、指の骨が何本か折れているせいだろう。

断末魔の苦しみの姿勢そのままに、ラファエルは横を向いて丸まっていた。

サンドラはそんなラファエルの身体と距離を取りながら、拘束されているふたりの少女に近づいた。

金髪の少女。それからもうひとり、褐色の髪の少女もいる。

「どうだ、気に入ったか?」パトリックが待ちかねたように尋ねた。

「この金髪の子はかわいいわ。あなたが言っていたとおりね。でも、どうしてもうひとりいるの?」サンドラは褐色の髪の少女を見ながら尋ねた。「ひとりの予定だったでしょう?」

「そいつはオレリーっていうんだが、四六時中ジェシカにくっついていたんだ。だから、急遽《きゅうきょ》一緒に連れてくることにした」

「そうだったの。あなたのやることなら間違いないわね」

「ああ。それにしても、ここは臭うな」

そう言うと、パトリックはジェシカという金髪の少女をまたいで窓辺に行き、鍵をはずして窓を開けた。窓は防音で二重ガラスになっている。まわりに人家はないとはいえ、用心するに越したことはなかった。

パトリックは次いで別の鍵を取りだし、頑丈な木でできた鎧戸も開けた。

ようやく部屋に新鮮な空気が入ってきた。

「掃除をする時間がなかったの」サンドラはもじもじと言った。「できなかったの。だって……」

「わかっている。心配しなくていい」

「この子たちは一緒の部屋に入れておくの？」

「ああ、そうするつもりだ」

「もうひとりの子はどこで寝るの？」

「予備のベッドを持ってくることにする」

「じゃあ、ベッドは離したほうがいいわよね？」

「そうだな。まずはベッドを運ぶのを手伝ってくれ」

サンドラはパトリックとともに隣の部屋に行き、予備のベッドを運んできた。〈寝室〉と呼ぶこちらの部屋のベッドと同じもので、やはり縞模様のマットレスが敷いてある。マットレスにはいくつもの丸い染みがついていた。ふたつのベッドは窓を中心にして左右の壁際に並べ、向かいあうようにして置いた。

ベッド以外にこの部屋にある家具は、昔の教室にあるような樫《かし》でできた棚と松材のタンス、それに傷だらけの椅子がひとつだけだ。

「さあ、これで完璧だ。あとはおまえに任せるぞ、サンドラ」

パトリックがうれしそうに言い、窓もドアもすべて閉めて鍵をかけた。ここでは何もかもに鍵がついている。全部パトリックが管理していた。

パトリックは椅子に座り、足を組んだ。ラファエルの倒れている場所の近くだが、ラファエルには見向きもせず、これから繰り広げられるショーを待ちかねている。

最初の日は特別で、唯一のものだからだ。

サンドラはオレリーという少女から始めることにした。

たぶん、この子はまったく抵抗しない。それが本能的にわかっていたからだった。

＊　＊　＊

ウィリアムは、パトリックが外に出る前に発した言葉の意味を考えていた。

「行くぞ、サンドラ。女の子が待っている。そろそろ世話をしにいってやらないとな」

女の子というのは、誰のことなんだろうか。飼っている牝馬のことなのか。それとも……本当に人間の少女なのだろうか。

だが考えたところで、この呪われた家で何が起きているのかなど想像しようがなかった。

確実なのは、自分たちは煉獄《れんごく》にいるということ、そしてパトリックはサイコパスだということだけだ。やつの精神はいかれている。

ともかく、パトリックはサンドラを連れて母屋の外へと出ていった。ただし、その前にウィリアムはクリステルと背中あわせに拘束されてしまった。身動きがとれないよう、粘着テープでぐるぐる巻きにされている。

その拘束を解こうと、ウィリアムは再度力を振りしぼった。

必死に身をよじってみる。

しかし、どんなに身をよじっても、やはり拘束はゆるまなかった。

やがて疲れ果て、ウィリアムはあがくのをやめた。痛みが頭にまで響いてきた。ウィリアムはぐったりとして、自分の頭をクリステルの頭にもたせかけた。頭をぴったりつけると、クリステルからも恐怖が伝わってきた。恐怖がふたりを結びつけていた。

確実に死が近づいている……。

拘束を指示したのはパトリックだった。だが、その指示を実行したのはサンドラだ。サンドラは黙々と夫の指示に従い、まずウィリアムとクリステルを背中あわせにすると、粘着テープで胸のあたりを拘束した。それから首にもきつくテープを巻きつけた

そのせいで、ウィリアムは息が苦しかった。ゆっくりと首を絞められている気がする。

手首は背中で縛られたままなうえ、今や足首にも粘着テープが巻かれていた。もはやパトリックとサンドラが戻ってくるのをおとなしく待っているしかない状態だった。しんとした部屋には、ときどきクリステルの苦しげなうめき声が低く響くだけだった。両膝を撃

たれ、クリステルの失血はひどそうだった。

粘着テープは口にも貼られていた。

「そうしておけば、ひそひそ話ができなくなるからな。それに、うるさいことも言われずにすむ」そう言って、パトリックは冷たく笑っていた。

いや、この状態ではひそひそ話どころか、言葉を交わすことも互いの顔を見ることもできない。これでは支えあって試練に立ち向かうこともできなかった。

それでもクリステルは何とか背中で指を動かし、指先と指先とを強く絡めてくれていた。

ウィリアムは目を閉じて、自分たちを拘束したときのサンドラの様子を思い出した。

そこにいたのは、見知らぬサンドラだった。

献身的に治療をしてくれた女性はもうどこにもいなかった。こんな女を自分はいい人だと思っていたのか。ショックだった。パトリックが仮面を脱ぎすて本性を現してからというもの、今度はサンドラのほうが仮面をつけてしまったように思えた。顔だけでなく心にまで……。

サンドラはいわばロボットになりはてていた。何の疑問も抱かず、主人の命令におとなしく従うロボットだ。パトリックに魂まで支配されているのか、言いなりだった。

見ていると、どうやらそうやって何も考えないでいるのが楽な様子だった。自分の意志などない操り人形でいることが……。

それでも粘着テープを巻かれるあいだ、ウィリアムはサンドラと何秒間か目を合わせることに成功した。だがその目を見たとき、背筋が凍った。

サンドラが何も考えていないわけではないのがわかったからだ。そこには怒りと憎しみ、それに苦しみと恐怖も渦巻いていた。

そして、間違いなく喜びの色も浮かんでいた。

＊　＊　＊

サンドラの予想どおり、オレリーはまったく抵抗しなかった。

手足が自由になっても逆らうそぶりひとつ見せず、おとなしく服を脱がされている。何も言わないし、叫ぶ様子もない。

目に恐怖をいっぱいに浮かべ、されるがままになっていた。

サンドラはオレリーにベージュ色のチュニックを着せた。生地は目の粗い厚手の綿で、長さは膝まである。それからベッドに座らせると、片方の手首に手錠をかけ、ベッドの枠につないだ。オレリーは頭のてっぺんから足の先まで震えていた。

これからどうなるのか、恐ろしくて仕方ないのだろう。

難なくオレリーを着替えさせ、次にサンドラはジェシカに向かった。

まず両腕でジェシカの腰を抱えると、壁を背にして座らせ、口のテープをはがす。そして、はさみで足首の粘着テープを切った。

ところが、足が自由になった途端、ジェシカは暴れだした。オレリーと違い、おとなしく言うことを聞く気はないらしい。

「触らないで！」

ジェシカは叫び、嚙みついたり蹴ったりして抵抗しようとする。

「おとなしくなさい」サンドラはぴしゃりと言った。「言うことを聞くのよ」

「うるさい！　触るな！」

暴れつづけるジェシカを前に、サンドラは慣れた手つきで靴を脱がせ、ジーンズを剝ぎとった。だが、次は手首の拘束を解かないといけない。これで手まで自由になったらどれだけ暴れることか……。

サンドラが手こずっているのを見て、パトリックは椅子から立ち上がった。部屋の隅でジェシカの様子を見ていたが、やはりジェシカは期待どおりだった。間違いなく、これから楽しませてくれるだろう。

パトリックが近づいていくと、ジェシカの動きが止まった。

サンドラが脇によける。パトリックはジェシカの前にしゃがみ、頰をねっとりとなでた。

「ジェシカ、行儀が悪いな。おれたちをてこずらせようっていうのか？」

ジェシカは何も言えず、目を大きく見開いていた。呼吸が早くなっている。

「いったい何様のつもりだ？　ここじゃ、わがままは通用しないぞ」

そう言うと、パトリックはむきだしになったジェシカの太ももをつかんだ。ジェシカが叫び声を上げる。オレリーも一緒に叫んだ。

「おれがあの男に何をしたか、見ていただろう？　おまえもああなりたいのか？」

だが、ジェシカは何も答えない。そこで、パトリックは平手打ちを食らわせ、張り飛ばした。ジェシカがこめかみを床に激しく打ちつけ、苦しげにうめきだす。それをすぐさま立ち上がらせ、首をつかんで壁に押しつけた。鼻から血が出て、口に流れている。

パトリックはジェシカに顔を近づけ、笑ってみせた。

いわゆる優しいほほ笑みってやつだ。

「もっと続けてやろうか？　死ぬまで殴ってやってもいいんだぞ」

猫なで声で言いながら、ジェシカの顔を無理やりラファエルへと向かせる。

「見てみろ。おまえもあんなふうに死にたいのか？　両親が死体安置所《モルグ》でおまえを見つけることになってもいいのか？」

「そんなの……嫌です」ジェシカが泣きながら叫んだ。

「そうか、嫌か。なら、言うことを聞け。いいな？」

「はい……」

「いい子だ。まあ、おまえがいい子なのは、わかっていた。だから、おまえを選んだんだ。これからもがっかりさせないでくれ、ジェシカ」

✹　✹　✹

「あたしたち……殺されると思う？」オレリーが小声で言った。

ジェシカは答えられなかった。まだ息をするのも苦しかったのだ。見えない手で首を絞めつづけられている気がする。

あの男と連れの女は少し前に部屋から出ていった。ジェシカはぼろぼろのマットレスの上に座り、やはりベッドに座るオレリーと向かいあっていた。

オレリーと同じ服を着て、同じように手錠でベッドにつながれている。

あの男に叩かれたあと、自分も服を脱がされた。あの男の目の前で。恥ずかしくて悔しくて、耐えられなかった。

でも、それはまだ始まりだった。

それから女に引っ立てられ、この部屋と引き戸でつながっている浴室のようなところに連れていかれた。洗面台と脚つきの浴槽がある場所だ。

浴槽の脚はライオンの頭の形をしていた。どうでもいいことなのに、そんな細かいことがやけに目についた。

浴槽に立たされたあとは、冷たいシャワーを頭から浴びせられ、タオルで身体をふいた。そうして、渡されたチュニックを着た……。

「あの人たち、異常だよ」ようやくジェシカは答えた。「異常だと思う」

「けど、何が望みなんだろう？　あいつら、ジェシカの家に身代金を要求するのかな？」

ジェシカは顔を上げオレリーを見ると、悲しい気持ちで首を横に振った。

「うちにそんなお金はないよ。わたしたち、きっともう家に帰れない」言いながら、ドアの近くに倒れている男の人に目を向ける。

オレリーが口を開きかけたが、何も言わず、そのままゆっくり口を閉じた。

そうすれば、この先に待ち受ける試練を寄せつけずにすむとでもいうように。

手錠でつながれているせいで、オレリーと触れあうことはできなかった。それでも、あの男が鎧戸を開けたままにしていったので、ジェシカは少なくともオレリーの姿を見ることはできた。

それに、話をすることもできた。

ただ、もうこれ以上何を話せばいいのかわからなかった。何を言っても、この苦しみを表せそうになかったからだ。言葉を交わしたところで、ほんのわずかな希望も持てそうにない。

そのとき、また廊下で足音がした。ジェシカは恐ろしくてオレリーと顔を見合わせた。

「戻ってきた！」オレリーもおびえた声で言う。

鍵が差しこまれる音がして、あの男とさっきの女が再び部屋に入ってきた。食事を持ってきたらしく、女のほうがそれぞれのベッドの上に、水の入った小さなペットボトルとハムサンドを置いていった。


ベッドの上でおびえる少女たちには目もくれず、サンドラは水とサンドイッチを淡々と置いた。その作業が終わると、パトリックが言った。

「さてと、そろそろこいつを何とかするか」

ラファエルのことらしい。

「どこかに埋めるってこと？」

「いや、ここに放っておくつもりだ」

サンドラは訳がわからず、混乱した。

「だって、この人は死んだって……。もしかして、まだ生きてるの？」

パトリックが笑いだした。

「そう、たぶんこいつはまだ生きている。このおれが間違うわけがない」

「ええ、そうね」

「そうは言っても、一応確かめてくれ。医者はおまえのほうだしな。ちょっと強く殴りすぎたかもしれない」

サンドラはこの部屋に来て初めて、倒れているラファエルのそばに寄った。身をかがめ、頚動脈に人差し指を当てる。

「脈はあるわ」

「やっぱりな。しぶといやつだ」

サンドラはラファエルの顔を見つめた。ひどく殴られていて見る影もないが、顔つきは不思議と穏やかだ。

「でも、もう長くないかもしれない」

「まあ、様子を見てみるか。ちょっと待ってろ。すぐに戻る」

そう言うと、パトリックは廊下へ出ていった。隣の部屋で段ボール箱をあさる音がする。

サンドラはベッドの上のジェシカとオレリーに目を向けた。ふたりとも身じろぎひとつしていない。

ふいにめまいに襲われ、サンドラは壁に寄りかかった。

と、突然、オレリーが叫んだ。

「お願いです、家に帰らせてください！」

「黙りなさい」

「あたし、家に帰りたいんです」オレリーがまた言った。

サンドラはいきなりオレリーにつかみかかり、肩を激しく揺さぶった。

「うるさい！　あんたはもう二度と帰れないの。わかった？　わかったら黙りなさい、このくそガキ！」

そこにパトリックがひもを持って戻ってきた。

「どうした？」

「何でもないわ」サンドラはオレリーから手を離した。「この子が家に帰りたいなんて言うからつい……」

パトリックがニヤリとした。

「仕方ないさ。だが、安心しろ。すぐにそんなことは考えなくなるからな。ここにいれば、家のことなんてあっというまに思い出せなくなる」

オレリーが泣きだした。そんなオレリーには目もくれず、パトリックはラファエルのそばに膝をついた。そうして、横向きの身体をうつぶせにし、手首を背中で縛った。次いで足首も縛っていく。

やがて、きつく縛り終わると、パトリックはラファエルを仰向けにした。

「これでいつ目覚めても大丈夫だ」立ち上がりながら言う。

それから、パトリックは浴室に行った。水を満杯に入れたバケツを持って戻ってきて、ラファエルの顔にぶちまける。すると、ラファエルが反応した。顔の筋肉がぴくりと動き、まぶたが揺れたのだ。だが、単なる反射らしく、目は開けなかった。

「まだもうちょっと眠るようだ」

「きっともう目を覚まさないわ」サンドラは言った。

「いや、こいつは必ず目を覚ます。相当しぶとそうだからな。ただし、弟の若造にはこいつが生きていることは言うんじゃないぞ。わかったな？」

サンドラはうなずいた。

そして鎧戸を閉めると、パトリックとともに部屋から出た。


ふたりが出ていったあとしばらく待ってから、ジェシカはオレリーと話をした。わざとかどうかはわからないが、あの男は浴室の明かりをつけっぱなしにしていった。だから、部屋は真っ暗ではない。薄闇が広がっている。

それは真っ暗闇への入り口のような薄闇だった。

ジェシカは倒れている男の人に声をかけてみた。

「あの、聞こえますか？」

男の人はぐったりとしていて生気がない。それでも声をかけつづけた。

「お願い、起きてください。聞こえますか？　どうか、どうか起きてください。わたしたちを助けて！　お願いだから、起きてください！」

30

月が満ちる夜、大地が空に向かって霧を吐きだす頃、わたしは窓の外を見る。そして、あの子たちを見る。

幻ではない。悪夢でもない。あの子たち——あの少女たちは本当にそこにいる。池のそば、林のはずれに、半透明の白い姿でぽつりぽつりと立っている。

過去からよみがえり、行くべき道を探しながら、夜明け前に漂っている。

なぜ自分たちはここにいるのか。なぜもうこの世にいないのか。おそらくその答えを探しながら……。

やがて約束でもしていたように、ばらばらだった少女たちはひとかたまりになり、この家へと向かってくる。ドアを開け、なかに入ってこようとする。

少女たちは叫ぶ。でも、わたしには何も聞こえない。

少女たちは脅す。でも、わたしは何も怖くない。

少女たちは責める。でも、わたしは何も気にしない。

少女たちは泣く。でも、わたしの心は動かない。

なぜなら、あの子たちは害のない天使にすぎないから。天上ではなく、地面から現れてきた天使たち。天国を求め、わたしの地獄へとやってきた天使たち。

そう、あの子たちは天国に行きたがっている。

天国なんてないというのに。だが、何度そう言ってやっても、あの子たちはしつこくやってくる。

わたしの話など聞いていない。

そもそも、わたしの話など誰も聞いてくれたことがない。


月が満ちる夜、大地が空に向かって霧を吐きだす頃、わたしはあの子たちを見る。

あの子たちのなかには、わたしもいる。

かつてのわたし。

死んでしまったわたしが……。

そして窓の向こうでは、今ではわたしの代わりに歩き、話をしている何かが、わたしを見つめる。

世にも忌まわしい笑みを浮かべながら。

31

十五時二十分

サンドラはパトリックとともに馬の様子を見にいった。と、牧草地の柵の前でふいにパトリックが尋ねた。

「もしあの宝石を売って金が手に入ったら、おまえは何がしたい？」

「そんなお金、いらないわ」

「どこか遠くへも行けるんだぞ」

「つまり、あなたはこの家を売りたいの？」

その言葉に、パトリックは一瞬驚いた顔をした。それから、ニヤニヤしながら黙ってこちらをじっと見つめた。サンドラはあわてて言いつくろった。

「ごめんなさい。そんなわけないわよね。わたしったら馬鹿みたい」

まったく馬鹿みたいだった。どうしてこの家を売ることなどできるだろう。地面の下には、たくさんの死体が埋まっているというのに。そんな土地を誰かに譲れるわけがない。

ここに連れてこられた十数人の少女たちは、池のそばの林のどこかに埋められていた。どこに埋めたのか、正確な場所はもう覚えていない。

それとは別に、サンドラは赤ん坊の死体も埋めていた。自分の子どもたちだ。いや、「自分たちの」というべきか。女の子と男の子だった。でも、ふたりとも生まれてすぐに窒息死させられた。もうずっと前のことだ……。

「おまえは子どもを持ってはいけない。そういう定めだからな」パトリックは何度もそう言っていた。

さすがの人食い鬼も将来、自分の子どもを餌食にするのは嫌だったのだろうか。

ともかく、生まれた子を殺《あや》めることについても、サンドラはおとなしく従った。そう、いつものように。

それでも、自分の子どもたちを埋めた場所はちゃんと覚えていた。こっそり名前もつけていた。

女の子はマリー、男の子はマチュー。

どちらもMで始まる名前だ。

悪(mal)のM。

呪われた者(maudit)のM。

そして殉教者（martyr）のM。

サンドラはときどき子どもたちの墓に行った。満月の頃、夜が明けたあとに……。それにしても、墓は全部でいくつくらいあるのだろう？　たぶん十五ほどだろうが、ちゃんとした数はもうわからなかった。

確かなのは、これからも少女を埋めつづけるだろうということだ。

墓は増えつづける。

あの人が生きている限り、ここは死が支配する場所でありつづける……。

そのとき、黒い馬のミストラルがサンドラを見て柵のそばに近づいてきた。サンドラは、やってきたミストラルの首をなで、ぬくもりを感じた。ミストラルはパトリックとは慎重に距離を取っている。

やはりどう考えても、死体の埋まるこの家を手放すことなどできないだろう。サンドラはまた考えた。自分たちは永遠にこの家に縛られているのだ。この状態に終わりはないだろうから。そして、この自分は永遠にパトリックから離れられない。たとえ死んでも離れられないだろう。

なぜなら、自分は何者でもないから。

パトリックの一部でしかないからだ。だから、パトリックが何をしようと、ついていくしかない。

牧草地の柵にもたれながら、サンドラは宙を見つめた。

と、パトリックが言った。

「もちろんこの家を売るつもりはない。でも、世界一周ならできるぞ。疲れたら、ここに戻ってくればいいしな」

それがどういう類いの世界一周かは、聞かなくてもよくわかった。美しい建造物を訪ねたり、天国のような砂浜で寝そべったりするわけではないだろう。

そうではなく、若々しい肉体——ありていに言えば処女——を金で簡単に手に入れられる国々を巡ることになるのだろう。確かに、それだと誘拐の興奮やスリルは得られず、最後のむさぼる部分だけを味わうことになる。いわばたらふく食うだけだ。

でも、バカンスなんて、そういうものではないだろうか。日常から離れ、出てきたごちそうを食べる。そういうものではないだろうか。

「金があれば、おまえも働かなくてよくなるぞ。馬ももっと買えるだろうし、土地も広げられる。奥の林も買えるだろう。ベルトゥの馬鹿は絶対に売ってくれるだろうからな」

ベルトゥというのは、この家の敷地と接する林の持ち主だが、このあたりでは「馬鹿」で通っていた。というのも、親から広大な土地を相続したものの、知性も実務の才も受け継いでいなかったからだ。読み書きも計算もできず、日がな一日、地元のビストロで過ごしている。

サンドラは寂しく笑った。ベルトゥの土地を買う。それは結局、墓場を広げるだけということだ。

「わたしは何もいらないの」サンドラはつぶやいた。

パトリックが肩に腕を回し、引き寄せる。

「大切なのは、あなたがわたしを見捨てないってことよ」

「そんなことをできるわけがないだろう？　おれがおまえを見捨てたりするものか」

つまり、自分の腕をもぎ取れないのと同じことだ。サンドラは思い、しばらくしてぽつりと言った。

「ラファエルを殺せばよかったのに」

「あいつが怖いのか？」

「あの男は危険よ」

そう、危険だ。

だって、あの男はこの自分に触れたから。それだけじゃない。もしかしたら……。サンドラは頭を振った。

「でも、いいの。きっともうすぐ死ぬから。時間の問題よ」

＊　＊　＊

ここにいると、時間は恐怖だ。ジェシカは思った。時間がたつことは恐怖でしかない。一秒進むごとに、死への大きな一歩が踏みだされる。

それでも、浴室の明かりがあるおかげで、完全な暗闇じゃないことだけは救いだった。

部屋はしんとしていた。オレリーがちがちと歯を鳴らす音が、やけに大きく響いている。少しでも動くと、ベッドの金属製の枠につながれた手錠が不吉な音を立てた。

けれどもふと、ジェシカは違う音を聞いた。

うめき声だ。動物がうなっているような声が聞こえる。

「あの人、目を覚ましたみたい！」オレリーがささやいた。

ふたりで耳を澄ましてみた。またうなり声がした。

「あの、大丈夫ですか？」ジェシカは呼びかけた。「聞こえますか？」

何も聞こえなかった。目は開かず、話もできない。

ラファエルに見えていたのは、白く光る小さな玉だけだった。その光る玉はどうしても消えようとしなかった。まるで頭のなかで光っているようだ。

身体は、針の上に寝かされているように痛かった。釘の上なのかもしれない。生きながら串刺しにされている気がした。

ラファエルは起き上がりたかった。起きて走りたかった。だが、今は小指一本動かすことさえできない。

そのとき、女性の顔が現れた。母親の顔だった。

優しくて安心できる顔。でも心配そうだ。

母親に呼びかけられ、ラファエルは答えようとした。が、声が出ない。どうやら声帯も動かないらしい。

母親は懸命に呼びかけていた。

「ラファエル、起きるのよ。ウィルにはあなたが必要なの。ウィルを守るってわたしに約束したでしょう?」

やがて、母親は遠ざかっていった。

「お袋、行かないでくれ！　おれを置いて行かないでくれ！」

だが、そう言ったときにはもう、母親はいなかった。

突然、ラファエルは自分が床から浮くのを感じた。そのまま空中を浮遊し、どんどん高く上がっていく。

ふと下を見ると、誰かの身体が横たわっていた。暗い穴のなかにいる。

それは自分の身体だった。

自分の死体、自分の墓穴だった。

十六時十二分

「さてと、若造、考えてみたか？」

パトリックが目の前に座り、口の粘着テープを一気にはがした。ウィリアムは唾を少し吐いた。うまく口が動かない。そもそも何を言えばいいのだろうか。

「考えるって、何をだ？」

「おまえがどんな役に立つのか、考えたかってことだ」

「役に立つ？」

「ああ。おれの役に立たないなら、生かしておく必要はないからな」

ウィリアムはぎくりとした。乾いた喉で唾を飲みこむ。喉仏が上下に動いた。

「そっちの女は役に立つだろうが、おまえのほうは……」

「クリステルが何の役に立つんだ？」

反射的に尋ねると、パトリックがやれやれという顔をした。

「おまえ、女が何の役に立つか、わからないのか？」

合わせた背中を通して、クリステルの身体がこわばるのがわかった。

「確かに、たいして役には立たないが」パトリックが座りなおして続ける。「だが少なくとも、ちょっとしたお楽しみには使えるだろう？」

ウィリアムは言葉を失くした。吐きたくなった。

「しかし、おまえのほうは役に立たない。まあ、もし……」

「探してみる！」ウィリアムは思わず叫んだ。「あの宝石をさばけるやつを探してみる！」

「本当か？　そんな知りあいはいないんじゃなかったのか？」

「心当たりがまったくないわけじゃない。誰か……誰かいるはずだ」

「えらくぼんやりした話だな」

「とにかく、手は尽くしてみる」ウィリアムはきっぱりと言った。「だから、クリステルには手を出すな」

パトリックが驚いて、まじまじと顔を見つめた。

「そいつはおまえの女なのか？」

「いや、違う」

「つまり、おまえの女でもないくせに気にかけてるってことか？　そんなことをしたって得はないだろう？」

「おれはただクリステルに触れてほしくないだけだ」

「なるほど。白馬の王子を気取ってるわけか。だが、代わりにその女が何かしてくれるのか？　どうやら、おまえはまだ女の役割ってものを理解していないようだな」

こいつのペースにはまっちゃいけない。ウィリアムは少しでもこの男について知っておこうと、話をそらしてみた。

「ところで、さっき話していた女の子って誰のことだ？」

「ああ、あれか。道で拾った女の子だ。ふたりいるんだ」

「道で拾った？」

「まあな。学校を出たところで拾った」

ウィリアムはまたもや言葉を失った。

「どうした？　おれも味見してみたいなんて言うなよな」

「あんたはいかれてる！　学校帰りの少女をふたりも誘拐したってことだろう？　おれたちがここにいるあいだ、あんたはそんなことをしていたのか？」

「ああ、そうだ。おまえがおれのソファでくつろいで、おれの妻を看護師としてこき使っているあいだ、おれは中学生をふたり誘拐してきた。どうだ、驚いたか？」

パトリックが大声で笑い、話を続けた。

「いやはや、あの子たちのおかげで、おまえの兄貴に隙ができたんだ。あの子たちがいる部屋に連れていって電気をつけたら、やつは馬鹿みたいにぽかんとしてた。あんまり驚いて、おれの攻撃もかわせなかった」

「卑怯者！」

「むしろ、おれの頭のよさをほめてくれないとな。負けはいさぎよく認めるべきだぞ」

「あんたは最低だ！」

ウィリアムは叫んだ。クリステルが肘で背中をつついて黙らせようとする。

「ああ、そうだろうよ」パトリックが答えた。「何を隠そう、おれは刑務所にいたことがあるんでね、おまえらみたいな連中なら、よく知ってる。本当は、うらやましいからおれを嫌うんだろう？　おれのほうがずっと自由だからな。おれは自分がいいと思うことをするためなら、人の作った法律なんて平気で破れる。夢を実現するためなら、何だってできる人間なんだ」

「そんなのは夢じゃない。異常な願望だ。あんたはただのロリコンだ！」

クリステルが再び肘でつついてきた。

「いや、おれは男として正常だ。違う点は、ユダヤ教やらキリスト教やらのくだらない倫理観に縛られてないってところだろう」

パトリックがもっと講義してやろうとばかりに、姿勢を正した。

ウィリアムは耳をふさいでしまいたかった。こいつは頭が悪いわけじゃない。最悪の変質者だ。ふと見ると、部屋の隅でおとなしくしていたサンドラが階段へと消えていった。

と、パトリックが尋ねた。

「おまえ、字は読めるか？」

「馬鹿にするな、この変態野郎！」

クリステルが今度は頭を打ちつけてきた。ウィリアムは痛みで顔をしかめた。

「その女の心配ももっともだ」パトリックがため息をつきながら言う。「罵るなら、もっと慎重にやったほうがいいぞ」

ウィリアムは深呼吸をした。

確かに、腹を立てている場合ではなかった。今は時間を稼がなければ。死刑執行の通告書にすぐさま署名するような真似をしてはいけない。

「ああ、字なら読める」ウィリアムは口調を穏やかにして答えた。

「じゃあ、子どもの頃読んでいた本を覚えているか？」

「いや、あまり……」

「なら、おもちゃはどうだ？」

「おもちゃ？」

「子どもの頃、女はおもちゃとして人形を与えられるだろう？　あれはよい母親になるための練習だ。あと、小さなアイロンやらままごとセットも与えられるが、あれは何のために女が存在するのかを理解するためにある。つまりそうやって、女は男に尽くさないといけないってことを学ぶわけだ。で、男のほうはどうかというと、男はおもちゃを通して何かを作りだすことを学ぶ。それから、冒険することや戦って勝ちとることも、おもちゃから学ぶ。それは本も同じだ。絵本のなかでも、少女はおとなしく家にいて、少年は元気に広い世界を冒険するものだ」

「何が言いたいんだ？」

「そう急ぐな。どっちみち、おまえはおとなしく話を聞く以外にすることなんかないだろう？　まあ要するに、この社会じゃ、誰もがみんな、子どもの頃から自分の役割をわきまえているということだ。ずっと昔から、男は女を支配するようにできている。それはわかるな？」

「たぶん。けど、その場合の〝支配〟の意味は……」

「支配は支配だ！　それ以外の意味はない！」パトリックが苛立った口調で遮った。「確かに、昔から分不相応な地位を得ようとする女はいる。だが、おれたち男に取って代わることなどできやしない。わかるな？」

「ああ」

「わかればいい。男が女を支配する以上、おれがやっていることに文句を言われる筋合いはないわけだ。女が欲しければ、連れてくる。それだけの話だ。で、おれの場合、まだすれてない女のほうが興奮するからな。それで、処女を選ぶんだ」

「あんたが言ってるのは女じゃない！」ウィリアムは思わず叫んだ。「子どもじゃないか!」

「いや、子どもを産めるようになれば、一人前の女だろう?」

ウィリアムは頭を振った。底なし沼に顎まで沈んでいる気がした。しがみつけるものが何もない。こんなやつ、最初に殺しておけばよかった。

パトリックが得々と続けた。

「おれは勇気がある。だから、法に背けるんだ。だいたい、法なんてこの世の偽善を反映しているだけだしな。いいか、女なんてものはおれたち男に仕えるため、喜ばせるためだけにいるんだ。それと、子孫を絶やさないように子どもを産むためだ。女がこの世にいる理由はそれしかない」

「でも、愛はどうなんだ? 愛に意味はないのか?」

「愛だと?」パトリックがせせら笑った。

「あんただってサンドラは愛しているんだろう?」

パトリックが何を言うのかという顔をし、こう答えた。

「いいか、若造、人は自分しか愛さないものだ。他人のことは愛さない。その意味で言えば、おれはサンドラを愛しているぞ。なにせ、あいつはおれの一部だからな」

その言葉を、サンドラは階段の上で手すりを握りしめ、息を殺しながら聞いていた。

ウィリアム 十一歳

目の前には黒板がある。でも、見ていなかった。

黒板のそばでは先生が話をしている。でも、聞いていなかった。

ウィリアムはいつものようにぼんやりとしていた。父親のことを考えて……。

父さんはぼくのせいで蒸発してしまったんだろうか。それ以外考えられない。

ぼくは嫌われていた。きっとそうなんだろう。

絶対にそうだ。

けど、どうしてまだ生まれる前だったのに、ぼくを捨てることにしたんだ？　そんなのは理屈に合わなかった。

だから、ウィリアムは何度も何度も考えた。よその女の人と暮らすために出ていったのならいいのに。そんなことを思ったりもした。同じ捨てられたにしても、それなら少なくとも嫌われたわけじゃない。

けれども、母さんは何も話してくれなかった。父さんの写真は全部捨てられている。でも幸い、ラファエルが父さんの写真を一枚持っていたので、父親がどんな顔をしているのかは知っていた。

父さんはラファエルみたいな顔をしている。

そのラファエルは数か月前まで、ときどき学校帰りに迎えにきてくれていた。もうちゃんとひとりで帰れたというのに……。

そんなある日の帰り道、父親のことを尋ねてみたことがある。

「ねえ、どうして父さんは出ていったんだろう？」

ラファエルは答えなかった。ただ顔をこわばらせただけだった。

「あのさ、父さんがいないって馬鹿にされたんだ」

「どいつにだ？」

「同じクラスのアドリアンだよ。ほら、Ｅ棟に住んでるやつ」

「そいつは馬鹿だな。父親や母親がいない子どもなんてたくさんいるのに。だいたい、やつの父親はどうだ？　あんな父親、いないほうがましじゃないか」

ウィリアムは笑ってうなずいた。

「うん。もしまた馬鹿にしたら兄貴が黙ってないぞって、言ってやったんだ」

ラファエルが賛成しかねるというようにうなり、それから言った。

「ウィル、おまえはもう赤ちゃんじゃない。ひとりで身を守れる年になったんだ。だから、もし殴って気が晴れるなら、そいつの顔を殴ってやれ。けどな、身を守る最良の方法は、心のなかで軽蔑して無視することだ。言いたいやつには言わせておけ。相手にする価値なんてないからな」

「わかった。けどさ、父さんはぼくの顔が見たくなくて出ていったのかな？」

「そんなことあるわけないだろう」ラファエルはため息をつくと、早足になった。

「親父が出ていったのは……くそっ、どうして親父が出ていったかなんて知るものか！　きっと、旅行でもしたかったんだろうよ。世界を旅していろいろ見たかったんだろう」

「でも、ぼくたちを一緒に連れていけなかったの？」

「連れていけただろうが、たぶんひとりで行きたかったんだろうな」

「兄貴、どうしてそんなに早く歩くの？　兄貴もぼくを捨てるつもりだから？」

ラファエルが立ち止まった。身をかがめ、顔をのぞきこんでくる。

ウィリアムにはたくさんの疑問があった。いつかはその答えを知る日が来るのだろう。

「父さんが出ていったのは自分のせいだなんて、考えるな。それだけは絶対にないからな。わかったな？」

ラファエルがつぶやき、ウィリアムはうなずいた。

「で、兄貴は？」

「おれが何だ？」

「兄貴もどこかに行っちゃうの？」

ラファエルは結婚して、今は自分のアパルトマンに住んでいた。とても立派なアパルトマンで、かっこいい車まで持っている。母さんや弟ふたりにたくさんのプレゼントをしてくれていた。

離れて暮らすようになっても、ラファエルは週に何度も家に来たし、ときどき学校の前まで迎えにきてくれていた。

逆に、次兄のアントニーのほうは一緒に住んでいるはずなのに、あまり家に戻ってこなかった。ときどき帰ってくるだけだ。アントニーがどこで何をしているのか、誰もよく知らなかった。

「安心しろ。おれは絶対遠くへは行かない」

あの日、ラファエルはウィンクをしながら約束してくれた……。

でも、結局、ラファエルは約束を守れなかった。

遠くに行ってしまった。

今は鉄格子とぶ厚い扉の向こうに閉じこめられ、制服を着た男たちに監視されている。

お祝いがあっても誕生日でも、会いにこられない。

刑務所。ウィリアムはテレビでしか見たことがなかった。そこにラファエルは閉じこめられている。

刑務所のことは、アントニーが話してくれた。アントニーが刑務所のラファエルに会いにいっているのだ。ウィリアムは刑務所がどういうところか想像した。小さくて暗い部屋。窓に鉄格子がはまっている。中世の独房のようなところだろうか。廊下の奥には拷問部屋があって……。

ラファエルは七年の実刑判決を受けていた。ということは、重い罪になるようなことをしたのだろう。だが、母親は父親のことだけでなく、ラファエルが何をしたのかについても決して話そうとしなかった。

どうして自分には誰も何も教えてくれないのだろう？

刑務所に入るからには、ラファエルは悪いことをしたはずだった。でも、ラファエルは優しかった。確かに、たまにちょっと乱暴になる。けど……。

そういえば、アントニーはこんなことを言って安心させてくれていた。

「七年も入っていないだろうから、心配するな。きっと減刑になるからな。四年か五年したら出てくるさ」

どうすれば減刑になるのかはわからない。でも、成人する前にまたラファエルに会えると聞いて、少しほっとした。

アントニーはニヤッとしながら、こんなことも言っていた。

「ラファエルはロビン・フッドみたいに金持ちから金を盗むんだ。で、それをおれたちに分けてくれる。だって、おれたちは貧しいからな」

それを聞いてから、ウィリアムのなかでラファエルはヒーローになっていた。生きている神さまみたいなもの。お手本だった。

とはいえ、やっぱりラファエルにはそばにいてほしかった。想像のなかではなく、近くにいてほしかった。

32

十六時四十五分

ラファエルは片方のまぶたを上げ、それからもう片方も持ち上げた。
あたりは暗かった。
唇はほとんど動かせない。まるで張りついてしまったようだ。
「あの、聞こえますか？」同じ言葉が何度も繰り返されていた。
知らない声だ。
だが、かたくなに問いつづけている。
これは自分に話しかけているのだろうか。
ラファエルはまた目を閉じた。刺すような痛みのなかへと再び沈んだ。
「あの……」
声が遠ざかっていく。まもなく何も聞こえなくなった。ラファエルはまたこの世とあの世のはざまへと戻っていった。

どちらに行くのか自分では選べないまま、生死の境をさまよっていた。

✹　✹　✹

ジェシカがいなくなってから、じき二十四時間になる。

この二十四時間で、ジェシカの両親は心を引きちぎられていた。

母親のローランスはもはや泣いていなかった。泣く気力もなかった。ジェシカの部屋でジェシカのベッドに座り、呆然と壁の一点を見つめていた。

父親のミシェルもジェシカの部屋に入ると、ためらいながら妻の隣に座った。ミシェルにももう気力はなかった。それでも、気力があるふりをしなければならなかった。それが自分の役割だからだ。

少なくとも、自分ではそう思っていた。

自分だけでも希望を持っていなければいけない。

ミシェルは妻を抱きしめた。だが、ローランスはぼんやりしていて、されるがままになっている。そばに夫がいることさえ、よくわかっていないのかもしれない。

と、突然、ローランスがびくりとした。泣く様子も叫ぶ様子もないが、ぶるぶると震えはじめた。震えはだんだん強くなり、息をするのも苦しそうなほど激しくなった。

毒がローランスをむしばんでいる。

ミシェルは妻をベッドに横たわらせたが、ローランスはすぐにベッドから転げ落ちた。抱きおこそうとすると、顔を引っかいてきた。静かに、だが血が出るほど引っかきつづける。何かに取りつかれたように……。

ミシェルは携帯電話を取った。そして、救急車を呼んだ。

＊　＊　＊

十七時三十五分

「聞こえますか？　起きて。起きてください」

さっきより声がはっきりと聞こえる。ラファエルは再びまぶたを持ち上げた。だが、誰も見えない。いったい誰が繰り返し呼んでいるのだろう？

「眠らないで！」声が叫んだ。「眠ってしまったら、みんな死んじゃうから。みんな死んじゃうんです」

ラファエルははっとした。アドレナリンが出て、心臓がまた強く打ちはじめた。目の前に薄汚れた冷たいタイルがあるのが見える。

どうやら床に横たわっているらしかった。それにしても、ここはどこなのか？

目を覚ました途端、痛みが襲ってきた。全身がひどく痛かった。痛すぎて、どこが痛みの元凶なのかさえわからない。とにかくあらゆる場所が痛かった。目に見えない手に殴られている気がした。

頭は腫れているに違いなかった。鼻も顎もひどい状態なのだろう。

いや、全身をやられているのか。

ラファエルは目を閉じて、小さくうめいた。それから、今度は大きく叫んだ。すると、また声がした。

「大丈夫ですか？　聞こえますか？」

「ああ……」

「痛みますか？」

「ああ……」

「お願い、眠らないでください」

「どうして」

「お願いです。眠らないで。あの男がまた戻ってくるから」

あの男って誰のことだ？　誰が戻ってくるんだ？　そもそもこの声は誰のものなんだ？　ラファエルはわずかに身体を動かしてみた。やはり汚れた床しか見えない。一瞬、頭を持ち上げてみたが、すぐにタイル張りの床にぶつかった。衝撃が背骨にまで響く。
ひどく気分が悪かった。胃が口から飛びだしそうだ。

「ここは……どこだ？」

「ここは……。いえ、ここに、わたしたちは閉じこめられているんです。今朝、あなたはもうひとり別の男と一緒にこの部屋に来て、その男にめちゃくちゃに殴られたんです。わたしたちもその男に誘拐されて……」

ラファエルは再び目を閉じた。まだ刑務所にいるのだろうか？　いや、違う。刑務所なら出たはずだ。じゃあ、ここはどこなんだ？

「お願い、眠らないで！」声が叫んだ。
できるなら声の言うとおりにしたかった。眠りに落ちないよう、ラファエルは力を振りしぼった。
だが、暗闇に吸いこまれ、無の世界へと引きずられる。
ラファエルはまた暗い場所へと沈んでいった。

✹

✹

✹

「誘拐した少女は殺すつもりなのか？」

ウィリアムは聞かずにはいられなかった。

「もちろんだ」パトリックが答えた。「二度と刑務所には戻りたくないからな。口封じのためには殺すしかない。まあ、実を言うと、いやいや殺すわけでもないんだが。これまでもずいぶん殺してきたが、それがまたけっこうな快感なんだ」

まるで、秘密を分かちあう仲間どうしのように、パトリックがウィンクをした。ウィリアムはまた吐きたくなった。が、じきにトイレを我慢できなくなることを思うと、せめて吐くのだけは避けたかった。

「殺せばいいと教えてくれたのは、サンドラなんだ。前は生かしていたんだが。おれに殺しの欲求があるってことを、サンドラが気づかせてくれたんだよ。まったく、女ってやつは……」

パトリックの言葉を遮って、突然ウィリアムは話しはじめた。

「おれは母親のことが大好きだった。でも、母親は七年前に死んだんだ。兄貴は……兄貴はずっとおれの面倒を見てくれてた。長いこと刑務所にいたから、ずっとそばにいたわけじゃない。それでも、いつだって……」

ウィリアムは必死で涙をこらえた。パトリックがいかにも優しげに笑った。

「おまえが悲しむのはよくわかる。だが、心配するな。もうすぐ兄貴が死んだことを悲しまずにすむようになる。おまえだってすぐに死ぬんだ」

＊　　＊　　＊

夜が近づいている。

だが、ジェシカにはもう時間の感覚がなくなっていた。

ここでの太陽はチカチカする蛍光灯なのだ。

あれから、ジェシカは床に転がされている男の人に話しかけるのはあきらめていた。今は膝を抱えてベッドに座り、絶望という糸をゆっくりと編んでいた。表編み、裏編み、表編み……。絶望が少しずつ幅を広げていく。

と、オレリーが水の入ったボトルをつかむのが見え、ジェシカは顔を上げた。

「言ったでしょ。それに触っちゃだめ」

「だって、喉が渇いたよ」オレリーがつぶやいた。

「だめ。きっと毒が入ってるから。ドラッグかもしれないし。そんなもの飲んじゃだめだよ」

オレリーが素直に従って、ボトルをマットレスの上に戻した。

ここに連れてこられてから、ふたりの役割は逆転していた。ジェシカのほうが落ち着いて状況を判断し、まるでお姉さんのようになっている。

「ねえ、あの男はやっぱりあたしたちを……」オレリーが言いかけて口ごもった。

「そうだと思う」オレリーの言いたいことを察して、ジェシカは答えた。

「そのときは痛いかな？」

ジェシカは目をつぶった。

「あの男なら、痛めつけながら殺すと思う」

オレリーがまたボトルをつかみ、今度は一気に飲み干した。

そのとき、声がした。

「助けてくれ……」

あの男の人だ。ふたりで男の人のほうを見る。

「また目を覚ましたみたい」オレリーがささやいた。

「たぶん、うわごとを言ってるだけだよ」

ジェシカはため息をついた。きっと今度もうまくいかないだろう。それでももう一度声をかけてみることにした。

「助けにはいけないんです。わたしたち、つながれているから。つながれているんです」

ジェシカは大きな声で話しかけた。

ラファエルは目を開けた。ここはどこだ？　なぜおれはこんなところにいる？　なぜ動けない？　なぜこんなに痛いんだ？　必死に思い出そうとした。

「覚えてませんか？　あの男があなたを殴ったんです」そう言う声が聞こえる。

女の声……いや、少女の声だ。少女のちょっと高い声。おびえた声だった。

「男が……殴った？」

「そうなんです。あいつが野球のバットで殴ったんです」さっきとは違う少女の声が答えた。

「それから、あの男は、あなたの弟の面倒は見るとも言ってました」

弟。その言葉を聞いて、ラファエルははっとした。まさに電気ショックだった。

「おれの弟？」

「思い出したんですか？」

「ウィル！」

脳が一気に動きだし、頭にごちゃまぜのイメージが渦巻いた。なぜか涙があふれてきた。

「あの人、泣いてるのかな？」

「わからないけど、そうかも……。大丈夫ですか？　痛くて泣いてるんですか？」

少女の話す声がする。それを聞きながら、ラファエルは息を整えようとした。だが、まるで肋骨が粉々に砕かれてしまったかのように息がしにくい。

「きみたちは誰なんだ？」

「あたしはオレリーっていいます。あっちの子はジェシカです。あたしたち、あの男に誘拐されたんです。昨日、学校の帰りに。聞こえてますか？」

「ああ」

「あの、警察の人ですか？　警察の人ですよね？」

声に期待がこもっていた。

「いや」

「でも、拳銃を持ってました」よほど落胆したのか、声には怒りさえにじんでいた。

「拳銃？　ああ、そうだな」

「あの男はその拳銃も奪っていったんです」

頭がはっきりしてきた。記憶がよみがえるにつれ、ますます涙が止まらなくなった。宝石強盗の失敗、重傷を負ったウィリアム、フレッド、吹き飛んだ頭……。

それから、サンドラ。憲兵の旦那。そうだ、あの男と一緒にここに来たのだ。いったい、どうしてだったろうか。

ともかく、この部屋に連れてこられ、あのふたりの少女が縛られ床に転がされているのを見たのだ。そのあとは、猛烈な痛みの記憶があるだけだった。

ラファエルは少女に尋ねてみた。

「おれは縛られてるのか？」

口はからからに乾き、唇は腫れていた。話すだけでも拷問のようだった。

いや、まだ生きていること自体が拷問かもしれない。

「はい、足首と手首をひもで縛られてます」オレリーと名乗った少女が答えた。

だが、突然、少女たちははっとした顔になり、口をつぐんだ。廊下から足音が響いてくる。鍵が差しこまれ、ドアノブが回された……。

部屋に明かりがつき、光が目に刺さった。

やつだった。サンドラの旦那、パトリックだ。パトリックはニヤリとして言った。

「お嬢さんたち、楽しくおしゃべりしていたか？」

それから、パトリックはドアに鍵をかけ、その鍵をズボンのポケットにしまった。そして、床に目をやった。

「おやおや、なんと」

ラファエルはパトリックの泥のついた靴を見つめた。

と、パトリックが蹴りを入れ、身体を仰向けにさせた。背骨が床にぶつかり、ラファエルは痛みのあまり叫び声を上げた。

パトリックがしゃがみ、笑いながら顔を近づける。

「気分はどうだ、ラファエル？　おっと、嘘だろう。おまえ、泣いてるじゃないか」

そう言うと、パトリックはげらげら笑いだした。ラファエルは目をつぶった。

「いやはや、おまえがめそめそ泣くとはな」

ラファエルは咳をした。口から少し血が流れる。

「どうやら、本調子じゃないようだな。どうした？　舌を失くしたのか？　あんなにベラベラしゃべっていたくせに。あの口達者はどうしたんだ？　おまえ、おれの妻と寝たいとかほざいてたじゃないか」

ラファエルはパトリックの目を見た。今は憎しみをたぎらせるより先に、この苦痛を何とかしたかった。それが伝わったらしい。パトリックが言った。

「がっかりだな。おまえなら、もっと気概を見せてくれると思ったが」

「水を……」

「何だって？　もっと大きな声で言ってくれ。聞こえない」

「水をくれ」

「喉が渇いているのか。待ってろ。動くなよ」

パトリックが視界から消えた。そう遠くないところから水の流れる音が聞こえ、それがさらに渇きを大きくした。喉が恐ろしく渇いていた。

何でもいいから水が飲みたい。早くしないと干からびてしまいそうだ。

ようやく、パトリックが戻ってきた。水でいっぱいのバケツを持っている。

冷たい水だ。

次の瞬間、ラファエルは大量の水を顔にかけられ、身を縮めた。

「どうだ、渇きはましになったか？　もっと水をやろうか？」

「くそったれ……」

「調子が戻ってきたようだな」パトリックがうれしそうに言った。「なかなか起きないから、心配していたんだぞ。頭を殴りすぎたかと思ったじゃないか。まあ、おまえの頭など別にどうでもいいんだが、まだ役に立ちそうなのがわかったからな」

「ウィル……」

「弟が心配か？」

パトリックが再び顔を近づけた。

「ちゃんと面倒を見てやってるから安心しろ。あいつは死にかけてる。ゆっくりとな」

顔をしたたる水が、あふれる涙を隠してくれた。

「ウィルには手を出すな」ラファエルは低くうなった。「もし指一本でも触れたら……」

「触れたら、何だ？　泣きわめくのか？」

パトリックが靴で胸をじりじりと踏みつけてきた。息ができなくなる。ふいにぼきりと乾いた音が響き、ラファエルは叫んだ。肋骨が折れていた。

そのとき、声がした。

「やめて！」ジェシカという少女だった。パトリックも声のしたほうを見た。胸に乗せた足を離し、今度はジェシカへと向かっていく。

ジェシカは青ざめ、ベッドの上で身を縮めていた。

「何か言ったか？」

パトリックが腰に手を当て、ジェシカの目の前に立つ。

「おまえ、おれに命令できると思うのか？」

「いいえ」ジェシカが小声で答えた。

「わかっているならいい」

「でも、あんなことをしちゃ……」

「いいか、ここじゃ、おれは何をしてもいいんだ。おまえもすぐにわかるだろうよ」

「あなたなんか、もうすぐ刑務所に入れられるんだから！」

「刑務所？」パトリックが笑い、ベッドに座った。ジェシカがヘッドボードのほうへと逃げていく。

「いいや、おれが刑務所に入ることはない。なぜだかわかるか？　それは、おまえが警察にも誰にもおれのことを話せないからだ。おれはおまえを殺す。だから、おまえは誰にも話せない」

ジェシカが目を見開いた。

「安心しろ。今すぐってわけじゃないからな。おれが楽しんでいるうちは、生かしておいてやる。だが飽きたら、すぐに殺す。そうだ、どうやって殺されるか知りたいか？」

ジェシカが息を呑んだ。唇は色を失い、身体は小刻みに震えている。

「ナイフで腹を裂こうかと思ってるんだ。動物みたいにはらわたを抜くのがいいんじゃないか。それとも、生き埋めにしてやってもいいぞ。おまえの前のやつは反抗的だったからな、生き埋めにしたんだ。ジェシカ、おまえはどっちがいい？　選ばせてやる。どうだ、おれは結構いい人だろう？」

そう言いながら、パトリックが目線を下げ、苦笑いを浮かべた。

「どいつもこいつも一緒だな。まったく、恥ずかしくないのか？　その年で漏らすなんて」頭を振り、ため息をつく。

ジェシカが泣き崩れた。ラファエルは目を閉じた。自由に身体を動かしたかった。立ち上がって拳を握り、あの男の顔をぐちゃぐちゃになるまで殴ってやりたい。

と、ジェシカが叫びだした。

「死にたくない！　わたし、家に帰りたいんです！」

「気持ちはわかるが」パトリックが猫なで声で言った。「それはできない」

「家に帰りたいんです！」ジェシカは繰り返している。

パトリックがそんなジェシカの頬をなでた。ジェシカはヘッドボードを背に、さらに身を縮めた。

「おいおい、泣くんじゃない。泣くと、ひどい顔になるじゃないか。まったくもって見苦しい。そう思わないか、オレリー？」

向かいのベッドで、今度はオレリーが身を縮めた。お祈りの言葉を小さく唱えだしている。

「ほら、ジェシカに言ってやれ。おまえの泣き顔はひどいってな」冷たい声でパトリックが命じた。

オレリーは何も言えないでいた。ベッドにつながれた手錠の音だけがガチャガチャと響いている。

パトリックは薄笑いを浮かべ、ジェシカの太ももに手を置いた。ジェシカが泣きながら悲鳴を上げる。

「どうして大声を出すんだ？」

「触らないで！」

パトリックは手を離した。

「まあ、お楽しみはもう少し先に取っておこう。今は汚すぎる。お漏らしなんて、吐き気がしそうだ」

そう言うと、パトリックは立ち上がり、オレリーのほうを向いて笑った。

「オレリー、おまえは泣いていなくても醜いな。しかし、ひょっとすると泣き顔はまだましかもしれん。試してみるか」

オレリーが壁のぎりぎりまで下がった。パトリックから逃れるためなら、手錠をされた腕も引きちぎりそうだった。パトリックがマットレスに座ると、オレリーは大声で叫びだした。

ラファエルも声を振りしぼった。

「やめろ、くそ野郎！」

しかし、その声は弱々しく、オレリーの悲鳴にかき消された。

ラファエルはこれほど自分が無力だと感じたことはなかった。

男が近づいてくる。オレリーは必死に逃げた。だが、男に両手で顔をはさまれた。

「黙れ。さもないと目玉をくり抜くぞ！」

そう脅され、オレリーは口をつぐんだ。それでも歯ががちがちと鳴るのは抑えきれない。男の顔が近づき、唇に男の唇がねっとりと押しつけられた。オレリーはきつく目を閉じた。つながれていないほうの手で壁をつかんだ。身体が鉄のように硬くなる。気持ちが悪い。胃が喉までせりあがってきそうだ。男は時間をかけて、口のなかを舐めまわしている。それが果てしなく続くように思われた。オレリーは息が苦しくなり、反射的に身体を動かした。すると、ようやく男が顔を離した。

オレリーは手の甲で何度も何度も口をぬぐった。やがて嗚咽が漏れ、涙が洪水のようにあふれてきた。

男がニヤリとして言った。

「なるほど、おまえは泣いても醜いんだな。泣いていてもいなくても同じだ。なぜおまえが施設にいるのか、よくわかったぞ。そんなに醜いんじゃ、母親だって捨てたくなるってものだ。そうだろう、ジェシカ？」

「醜いのはそっちよ！」

その言葉に、男がびっくりした顔でジェシカのほうを向いた。

「醜いのはそっちよ。けがらわしい。吐き気がする！」

ジェシカは男をにらみつけている。オレリーは目を見張った。

勇気あるジェシカの言葉に、ラファエルも驚いて目を見張った。だが、このあとジェシカの反抗がどんな結果に終わるのかが手に取るようにわかり、胸が締めつけられた。

案の定、パトリックはジェシカへと向かっていった。勇ましかったジェシカの顔におびえが走る。

パトリックはジェシカのすぐ近くまで行くと、むさぼり食わんばかりの形相でジェシカをにらみ、こう言った。

「そんなに早く死にたいのか、このあばずれ！　これからおれがたっぷり教育して、おとなしくさせてやるからな」

＊　＊　＊

二十時

「引っかかれたの？」

パトリックの顔を見て、サンドラは驚いて尋ねた。思わず傷へと手を伸ばす。だが、パトリックはその手を乱暴につかみ、触らせなかった。

「もう二度とやらないだろうよ。礼儀をたんまり教えてやったからな」

「引っかいたのは、ジェシカのほうでしょう？」

サンドラの言葉に、パトリックがうれしそうに笑った。

「そう、ジェシカのほうだ」

パトリックは台所のテーブルの前に腰をおろし、パンを細かくちぎって口に運びながら続けた。

「あの子は完璧だ。非の打ちどころがない。顔もいいし、何といっても足がたまらない。叫んだときの声もぞくぞくする」

サンドラは煙草に火をつけた。ラファエルが台所に置きっぱなしにしていたものだ。そのとき、パトリックがついでのように言った。

「そういえば、あの男が目を覚ましたぞ」

パトリックのうしろで、サンドラはそっと顔をこわばらせた。自分でもよくわからないが、なぜか胸が騒いでいた。

33

「ジェシー、大丈夫？」

オレリーはジェシカにささやきかけた。返事はない。静寂が身体にまとわりついてくる。あの男は浴室の明かりをつけたままにしていったから、部屋は真っ暗ではなかった。それでもどうしようもなく不安になる。

ジェシカはこっちに背中を向けたまま、ベッドの上で横になって丸まっていた。誰にもぶつけられない気持ちをぶつけるように、片足でずっと壁を蹴っている。

たぶん、もう泣きやんだのだろう。でも、ジェシカは静かに泣く子だから、まだ泣いているのかもしれない。

オレリーはぼろぼろのマットレスの上に座り、また口をぬぐった。唇に残った嫌な感触が全然消えない。気持ち悪くて吐きたかった。

それなのに、水で口をすすぐこともできないのだ。

けれども、これくらいジェシカが受けた仕打ちに比べたら何でもない。

オレリーは目を閉じた。さっきのことが頭から離れなかった。

「そんなに早く死にたいのか、このあばずれ！　これからおれがたっぷり教育して、おとなしくさせてやるからな」

そう言ったあと、あの男はジェシカの手錠をはずして、ジェシカの首をつかんだ。そうして無理やりひざまずかせようとしたけれど、ジェシカは抵抗した。

おとなしくいうことを聞かないと、殺されてしまうのに。ジェシカがいなくなったら、自分はまたひとりぼっちになってしまうのに……。

抵抗したジェシカは男の手をすり抜けてドアまで逃げた。でも、鍵がかかっていたから、すぐ男に髪をつかまれた。なのに、ジェシカはまた抵抗した。男の頬を引っかいて、それから置いてあったバットをつかみ、殴りかかった。怒ったようにがむしゃらに振り回していた。

ジェシカが殺される。そう思うと怖かった。ひとりになるのが怖かった。もう二度と、誰にも置き去りにされたくなかったから……。

ラファエルは目を開けた。

痛みがひどくて、眠ることはできなかった。

ジェシカという少女が息を吸う音が聞こえている。きっと泣いているのだろう。

強い少女だった。あれほどの勇気を見せてくれるとは。心底胸を打たれ、目を見張った。

しかも、あの子はバットをつかんで殴りかかることさえしたのだ。

行け！　殴れ。頭を割ってやれ。情けは無用だ、思いきりやれ！

心で叫んでいたが、うまくいく可能性は低かった。それでも、あの子はやってみた。手錠をはずされた機会を逃さず、全力で殴りかかっていた。

あの子は勝負に出たのだ。自分のなかの恐怖にも、相手の脅しにも屈することなく、挑んだのだ。

何て強いのだろう。信じられないほど強く、勇気がある。

だが、やはりうまくはいかなかった。やつはあの子からバットを奪い、そして……。

ラファエルは目を閉じた。全身が痛んだ。身体中が刺すように痛い。

その痛みに耐えようと、ラファエルはウィリアムのことを考えた。いつだってウィリアムのことは思いつづけていた。

ウィル、おれは生きている。おまえも生きているんだろう？　おれにはわかる。ラファエルは心で話しかけた。ここから脱けだす方法は、おれが必ず見つけてやる。約束する。

おまえだけじゃなく、あの子たちも助けだす。やつが取り返しのつかないことをする前に何とかする。おれは一刻も早く体力を取り戻す。そして、やつの息の根を止めてやる。

オレリーはまたジェシカに話しかけてみた。

「ジェシー、ねえ、聞いてる？　返事をして。何か言ってよ！」

ひとりぼっちには耐えられない。どうしてジェシカは何も話そうとしないんだろう？

気を失っているわけではなさそうだった。足で壁を蹴りつづけているから……。

あのとき、ジェシカはあの男にバットで殴りかかったけれど、すぐに男にバットを取り上げられた。男はそのバットでジェシカを殴った。お腹を殴られて、ジェシカは身体をふたつに折り、苦しそうに膝をついた。そのあと、男は容赦なく髪の毛をつかんで、ジェシカをベッドに連れ戻した。

ジェシカが殴られている音なんか聞きたくなかった。だから、オレリーは声を振りしぼって叫びつづけた。ジェシカがひどい目に遭っているところなんか見たくなかった。だから、目は固く閉じていた。

あの男は怒っているふうもなく、淡々とジェシカを殴っていた。黙々と狙いを定め、冷酷に……。それから、凍るような声でこう言った。

「わかったか？　ここで命令するのは、このおれだ。主人はおれだ。おまえなど虫けら同然なんだ」

あの男が出ていってから、オレリーは泣いた。

あれからジェシカは何も言わず、ずっと黙ったままでいる。

もしかして声が出せなくなったんだろうか？

❋
❋
❋

家全体がしんとしていた。まるで空き家だ。パトリックとサンドラは少し前に二階に上がっていた。

ウィリアムはクリステルの指を握って、ささやいた。

「がんばるんだ、クリステル。がんばってくれ。おれをひとりにしないでくれ」

相変わらず粘着テープでクリステルと背中あわせにされていた。

しかもその後、ウィリアムはひもで足首を長テーブルの脚につながれていた。テーブルは五十キロはあるはずだ。動くことなど到底できない。せいぜい呼吸ができるだけだ。

怪我をした肩と足がひどく痛んだ。だが、クリステルはずっと口にテープを貼られ、両膝を撃たれているのだ。その苦しみを思えば、泣きごとなど言っていられなかった。

だいたい、泣きごとなど言ったってどうにもならない。するべきことはただひとつ、戦うことだけだ。

それを教えてくれたのは、ラファエルだった。ウィリアムは心で誓った。

兄貴、かたきはおれが取る。約束するよ。おれが絶対に兄貴のかたきを取る。何とかしてあいつを殺してやる。血は血で償わせる。あいつを苦しませてやる。任せてくれ、兄貴。

パトリックはやわらかいベッドに入り、天井を見ながらほくそ笑んだ。

頭はジェシカのことでいっぱいだった。

戦う気に満ち満ちたかわいい天使。

追い詰めてやったおかげで、早くもあの子の本来の姿を引きだせた。しかも、ゲームはまだ始まったばかりだ。その始まり方はいろいろだが、結末はひとつしかない。支配者たるこの自分がルールを決めている以上、獲物に勝ち目などないのだ。

今、パトリックはすっかりジェシカに取りつかれていた。しばらくはジェシカのことばかり考えることになるだろう。ゲームが続くあいだは。いや、ゲームが続くのを望んでいるあいだは……。

パトリックはジェシカのすべてを、何もかもを奪うつもりだった。

裸にし、生きながら皮をはぎ、本質だけにしてやるのだ。

それから、本質もなくなってしまうまで奪いつくす。

ジェシカはやがて自尊心も希望も失い、思い出も何もなくなるだろう。人格さえも消えてなくなる。少女でも人間でもなくなり、生きている何かでさえなくなる。

つまり、単なる物になるのだ。魂のない物になる。そうなってしまえば、もはや良心のとがめもなく、好きなように壊すことができるだろう。

用済みになれば、捨てればいいのだ。飽きてきて代わりを探しだす頃に捨てればいい。

パトリックはジェシカが自分のものになる瞬間を想像した。もうじきだ。だが、急ぎすぎてはいけない。まずは自分に課した、このお預けの時間を楽しまなくては。下準備に手を抜いたりすれば、ジェシカが自分のものになる瞬間に、あまり大きな喜びを感じられなくなる。お預けは甘美な責め苦のようなものだった。

それにしても、意のままにできる少女がふたり同時にいるのは初めてで、パトリックはますます興奮した。きっと、ふたりはともに変化していくことだろう。競争心が生まれ、友情を踏みつけにするに違いない。その様子を見るのが今から楽しみだった。ふたりは近いうちにいがみあう。そんなとき、一方が責め苦に喘ぐ姿を見て、もう一方がどんな反応をするのかを観察することもできるだろう。

加えて、今回は観客までいる。それも初めてのことだった。もちろん、サンドラ以外の観客という意味だ。サンドラはいつ、も、見ているのだから。

あの観客たちには競技場に入ってもらうつもりだった。あいつらにもやってもらいたい役がある。面白いゲームになりそうだった。それに、今後の参考にもなりそうだ。

やわらかい枕に頭を沈めながら、パトリックはほくそ笑み、それからゆっくりと目を閉じた。眠れば悪夢を見る。それはわかっていた。もうずっと悪夢を見ない夜はない。

結局のところ、自分がやっているのは「悪夢を他人に押しつける」ということなのだろう。そこに特に理屈はなかった。やりたいからやっているだけだ。確かに、誰かに悪夢を押しつければ、気持ちが楽なる。だが、何といっても自分にはタブーがないからそれができるのだ。

ふと見ると、サンドラが窓辺に立っていた。パトリックはそっけなく言った。

「サンドラ、起きていないで、さっさと寝ろ」

パトリックに命令され、サンドラはベッドに向かった。

今夜は月の満ちる夜だった。大地が空に向かって霧を吐きだしている。

だから窓から外を見て、少女たちが現れるのを待っていた。

でも、パトリックの命令には従わなければならない。

まあいい。パトリックが眠ったら、また起き上がればいいだけだ。この人はいつも先に寝るのだから……。

サンドラはパトリックの隣に横になった。身体が触れあうことはない。

もうずっと前から、ふたりの身体が触れあうことはなかった。

十一月八日

土曜日

Samedi 8 novembre

34

二時四十分

今は昼なのか夜なのか。

ラファエルはわからなかった。浴室の明かりが月であり太陽だった。

確かなのは、自分は生きているということだけだ。

パトリックがジェシカを殴ったときから、意識だけはずっとはっきりしている。

どうやら最悪のときは乗り越えたらしかった。

これまでラファエルは、自分がどんな死に方をするのかを何度も繰り返し想像したものだった。それは毎回違う死に方で、多かれ少なかれ劇的なシナリオだった。

たとえば、強盗か不法侵入の最中に警察にやられるというもの。あるいは、仲間が裏切り、テリトリーを奪おうとするか戦利品を横取りしようとしたときに殺されるというのもある。肉食獣がまだ温かい獲物の体を奪いあうように、死闘を繰り広げるのだ。ほかには、どこか世界の果てにある天国のような島で老いて静かに死ぬというのも考えた。もちろん、その前に金は全部使いきる。

だが、変質者の小男に殴り殺されるなんてシナリオは予想もしていなかった。そこには勇ましさのかけらもない。みすぼらしすぎる。そんな死にざまのために、今まであれこれ危険を冒してきたわけじゃない。

くそっ、このまま終わってたまるか。何時間もの昏睡を経て、よみがえった以上、こんなところでむざむざ死ぬわけにはいかない。

ラファエルは意識を集中させ、今ある力をかき集めた。痛みに耐え、まずはヘビのように壁まで這っていった。壁のそばにたどり着くとひと息つき、痛みが少し和らぐのを待った。それから、また激しい痛みに襲われながらも、今度は座る姿勢になろうとした。叫びそうになるのを歯を食いしばって我慢する。そうして、何とか壁にもたれて座ることに成功した。正面に窓が見えている。

窓の左右にはベッドがふたつ置かれ、自分とともにこの煉獄のロイヤルスイートにつながれたふたりの少女——ジェシカとオレリーがいた。

座ったあと、ラファエルは再び力を取り戻そうと、しばらく休んだ。そのあいだに、全身の怪我の状態を確認する。今、自分には何ができて何ができないのか。戦うために武器として使える部位はどれくらいあるのか。

右手がまったく使えないことはすぐにわかった。どうやら指を骨折しているようだ。おまけに肋骨も何本か折れているようだった。それから鼻もだ。

このまま一生つぶれたような顔でいるのだろうか。ラファエルは猛烈に鏡が見たくなった。だがそれ以上に、パトリックを引きずり倒し、愛用のコルトで眉間をぶちぬいてやりたかった。

いや、それでは簡単すぎる。やつにはもっと苦しんでもらわなければ。

ラファエルは怪我の確認を続けた。身体のあちこちが悲鳴を上げているのがわかる。もう少し横になったままでいたほうがよかったのかもしれない。

頭は猛烈な痛みに襲われていた。たぶん、首の上あたりで傷が開いているのだろう。あるいは脳に損傷を受けた恐れもあった。

足も恐ろしく痛い。きっと脛《すね》の骨にひびでも入っているのだろう。それに加え、打撲痕が全身に数えきれないほどありそうだった。

まあ、こんなのはたいしたことじゃない。ラファエルは自分に言い聞かせた。

そして、今度は立ち上がってみることにした。壁にもたれながら、怪我のないほうの足で身体を押し上げる。

だが、倒れた。思わず叫び声が出る。

くそっ、こんなところでくたばってたまるか。必ずやつを殺してやる……。

ラファエルはもう一度やってみた。今度はうまくいきそうだった。が、また倒れた。硬い床にぶつかり、腰が砕けそうになる。そこで、少し休むことにした。ここで力を使い果たしてしまっては意味がない。

やがて十分ほどして、ラファエルはまた挑戦してみた。何度でもあきらめずにやってみる。そうして、ようやく立つことができた。めまいがして目を閉じたが、また座りこんでしまっては元も子もない。立っていなければ。

しかし、問題は足首が縛られていることだった。せっかく立てたところで、このままだと使いものにならない。あれだけ必死になって得たものが、とりあえず人間らしく見えるだけなんてのはしゃれにもならない。

考えなければ……。

少しして、ラファエルはひらめいた。あの少女たちのところまでなら、どうにかして行けるはずだ。あの子たちのそばに行き、ひもをほどいてもらうしかないだろう。そう考えると、さっそく跳ねるようにして一歩を踏みだした。が、バランスを崩し、床に倒れた。

「あの……大丈夫ですか？」

男の人が必死に動いているのに気づき、ジェシカは思わず声をかけた。さっきまで話す気力も失くしていたが、再び心に希望が灯っていた。

「きみはジェシカだね？　そっちこそ具合はどうだ？」

そう尋ねられ、心強さがさらに広がった。男の人の声はちょっと父親に似ていた。薄闇のなかで、ジェシカは寂しく笑いながら答えた。

「痛むけど……でも、大丈夫です」

「そうか。ところで、きみは片方の手は自由だね？」

「はい」

「きみもそうだね、オレリー？」

「はい！」

「よかった。今からきみたちのところまで行くから、ひもをほどいてほしいんだ」

「わかりました。やってみます」

ジェシカは小声で、それでもきっぱりと答えた。


ジェシカとオレリーの返事を聞くと、ラファエルは床に倒れたまま、窓のほうへと這っていった。あの男がこの展開を予想しなかったとは不思議だった。ともあれ、これはやつが犯した最初のミスだ。そして、致命傷になるだろう。ラファエルはそう確信した。

「こっちまで来られそうですか？」オレリーが待ちかねるように尋ねた。

だが、ラファエルは答えられなかった。痛みに必死に耐えていたからだ。獰猛な野犬の群れに噛みつかれているような、すさまじい痛みに襲われていたのだ。

「がんばって！　あと少しです」ジェシカが励ましてくれている。

このおぞましい部屋が突如ヴェルサイユ宮殿の鏡の間ほど広くなったようだった。それでもしばらくして、ラファエルはベッドのそばまでたどり着いた。何とかジェシカのベッドにもたれることもでき、そこで息をつく。

「ベッドまで上がってもらわないと……」ジェシカがためらいがちに言う。

「ああ、そうだな。もうちょっと待ってくれ」

そう答えたものの、頭のなかで何もかもがぐるぐると回りはじめ、ラファエルは再びずるずると床に倒れた。このままだとまた気絶してしまいそうだ。

「大丈夫ですか？」

ラファエルは必死に意識を保とうとした。

「何か話しかけてくれ。でないと……また気を失ってしまう……」

「そんなのだめ！　目を開けていて！」ジェシカが叫んだ。「みんなでここから逃げるんだから！」

「その調子だ。続けてくれ」ラファエルは弱った声で頼んだ。

「名前は何ていうんですか？」オレリーが聞いた。

「名前を教えてください！」ジェシカも大きな声で尋ねている。

「ラファエル……ラファエルだ」

「ラファエル？　すごくいい名前！」

そう言ったオレリーの声は緊張で上ずっていた。

「お仕事は何をしてるんですか？」

「仕事は……」

ここで本当のことを言ったりしたら、この子たちを怖がらせる。さすがにそれがわかる程度には頭は働いていた。まだ嘘をつくだけのエネルギーも残っていた。

「仕事は獣医なんだ」

口をついて出たのが獣医とは、我ながらおかしなものだった。たぶん、サンドラのことを考えすぎていたせいだろう。ここを出たら、あの女をどんな目に遭わせてやるか、考えつづけていたせいだ。

「獣医さんなんだ！　かっこいいです！」ジェシカがまた大きな声で言った。「お願い、眠らないで、ラファエルさん！　わたしたちを置き去りにしないで！」

さらにジェシカはベッドから飛びおり、身体をベッドの上に運ぼうとさえしてくれた。だが、やはりひとりでは持ち上がらないようだ。

「ああもう！」ジェシカは悔しそうにし、それからオレリーのほうを向いて尋ねた。「オレリー、こっちに来られない？　わたしのベッドは壁に固定されていて動かないけど、そっちもやっぱり動かない？」

「わかんないよ」オレリーが答えている。

「じゃあ、来られるかどうかやってみて！」

試しにオレリーがベッドを引っ張ると、ベッドは動きだした。

これでパトリックはふたつめのミスを犯したことになる。

「やった！　早くここまで来て！」ジェシカが叫んでいる。

やがて、ベッドを引っ張ったオレリーがすぐ近くまでやってきた。今やジェシカと触れあえる距離になっている。ふたりはそれぞれラファエルの脇を抱えた。

「じゃあ、一、二、三で持ち上げるよ」ジェシカが指示をする。

「一、二、三！」ふたりは身体を数センチ持ち上げた。だが、すぐに落としてしまった。

「重すぎるよ。肩がはずれそう」オレリーが嘆いている。

「もう一回やろう」ジェシカが言った。

とはいえ、ジェシカも相当無理をしているのだろう。涙声だ。

二回目もうまくいかなかった。なにしろ少女ふたりで百キロ近い男を持ち上げようというのだ。無理もない。

「やっぱりできないよ」オレリーが悔しそうに言った。

「ラファエルさん、少し身体を起こしてもらえませんか？」ジェシカが声をかける。

できることなら、ラファエルもそうしたかった。だから、何とか目を開けつづけていた。だが、本当は目を閉じてしまいたかった。再び無意識へと沈み、こんなことはみんな忘れてしまいたくなる。

と、ジェシカが水のボトルをつかみ、歯でキャップをはずすと、中身をラファエルの顔に振りかけた。

半リットルほどだから、たいした量ではない。それでも、ラファエルは少し意識がはっきりするのを感じた。

「聞こえますか？」ジェシカが言っている。

「ああ……聞こえるよ、ジェシカ。よし、もう一回やってみよう。いいか？」

今度はラファエルも少女たちに協力することができた。足を曲げ、腹に力を入れて、まずはベッドによりかかる。それから、ジェシカとオレリーに脇を抱えてもらい、ジェシカのかけ声に合わせて、怪我をしていないほうの足に力を込めた。

次の瞬間、奇跡は起きた。マットレスの上に乗っていたのだ。ラファエルはそのまま うしろに倒れ、ひもがほどきやすいように回転してジェシカとオレリーに背を向けた。

「やった！　じゃあ、ジェシカは手のほうをお願い。あたしは足首をほどくね」

いつのまにかオレリーも元気を取り戻していた。

四時三十分

パトリックは浴室から出ると、タオルを腰に巻きつけた。

朝はいつも四時に起きている。時計のように正確だった。起きるとまずひげを剃り、それからシャワーを浴びるのだ。

パトリックは巻いていたタオルをとってブリーフをはくと、鏡に映る自分の顔をしばし見つめた。確かにハンサムではない。それは自覚している。とはいえ、魅力があるのは間違いなかった。まあ、ヘビのような魅力だが。

だが、そもそも見た目のよさや魅力なんて重要なのだろうか？　そんなものは一時《いっとき》もてはやされるだけのくだらないもので、せいぜい弱いやつらが武器にするだけのものじゃないだろうか。

そんなことを思いながら、パトリックは寝室に戻った。サンドラは常夜灯の明かりに邪魔されることもなく、まだぐっすりと眠っている。いつもの朝のように、パトリックは少しのあいだその寝顔を見つめた。

サンドラが美しくて魅力的なのは認めざるを得ない。

しかし、そんなことはどうでもよかった。自分が興味を持っているのは、サンドラのそんな部分ではない。サンドラのなかで気に入っているところ、それはパトリック自身の姿が投影されていることだった。要するに、サンドラは鏡にすぎないのだ。それ以外の何物でもない。パトリックはサンドラという鏡に映しだされた自分を心ゆくまで鑑賞し、自己陶酔に浸っていた。本当はその鏡は映るものを美化して見せていたが、それは認めていなかった。

サンドラを見ながら、パトリックはなおも思った。自分がいなければ、サンドラなど無に等しい。こいつはただの影であり、生きているふりをした死人でしかない。こいつの身体は今では誰のものでもない。魂のほうはすっかりこの自分のものになっていて、完全に支配下にある。

実際、パトリックはマリオネット使いのように、サンドラを意のままに操っていた。どんな小さな行為にも指示を出す一方で、サンドラにも少しは自分の意志で動いているように思わせていた。サンドラにも果たすべき役目がちゃんとあるように思わせるのだ。

確かに、サンドラにもれっきとした役目はあった。

外の世界へ向けた完璧なカムフラージュだ。それから、理想的な共犯者という役目もある。さらに、サンドラはこの自分の華麗な犯罪行為の信奉者であり、身の回りの世話をする家政婦でもあった。

パトリックはサンドラが自分をあがめるように仕向けていた。というのも、常に誰かから称賛され、へつらわれることが必要だったからだ。それと同時に、誰かから怖がられ、誰かに恐怖を感じさせることも必要だった。

おそらくそれは自分自身が長いあいだ人からおとしめられ、人を恐れていたせいだろう。痛めつけられることもしょっちゅうだった……。

パトリックはタンスから清潔な服を出して身につけると、静かに寝室を出た。そして、一階に下り、居間の明かりをつけた。ウィリアムもクリステルも眠っていないようだった。それはそうだ。あんな縛られた状態で眠れるわけがない。パトリックはウィリアムたちのそばへ近づいていった。

パトリックが近くに立ったので、ウィリアムは苦悩を浮かべた目を上げた。まぶたは疲労ですっかり腫れていた。

「どうだ、快適な夜だったか？」

「快適なわけがないだろう」ウィリアムはかすれた声で答えた。「あんたはうれしいだろうが、けど……」

「いや、うれしくはないぞ」パトリックが遮った。「おれは結構おまえを気に入ってるからな」

その言葉にウィリアムは動揺し、少し考えてから言った。

「クリステルの拘束を解いてくれないか？」どことなく卑屈な調子になる。

「何のために？」パトリックが驚いた。

「クリステルはすごく苦しんでる。お願いだ。せめてソファに横になれるようにしてほしい。あの怪我じゃ、逃げだすことなんかできないんだから」

「おまえ、この女の心配をしているのか？　それは本心か？」

ウィリアムはうなずいた。

「それより自分のことを心配したほうがいいと思うが」

「おれは、おれたちふたりのことを心配してるんだ。だから、お願いだ。おれたちの拘束を解いてくれ。おとなしくすると約束する。おれも肩が痛くて……」

「痛いのか。まあ、痛みはよい道連れだ。何よりも忠実な友だしな」

そう言うと、パトリックはウィリアムにウィンクし、台所に行ってしまった。口笛を吹きながらコーヒーの用意をしているのが聞こえる。

やがて十分ほどすると、パトリックはマグカップを手にウィリアムたちの前を通りすぎた。そしてそのまま、ふたりには目もくれず書斎へと入っていった。

＊　＊　＊

四時四十五分

ジェシカとオレリーにひもをほどいてもらうのに、時間はだいぶかかった。とはいえ、それは仕方ない。なにしろ片手と口だけでパトリックの結んだ目をほどくのだ。一時間近くして、ようやくひもはほどけた。

自分の手足の拘束が解けると、次にラファエルはジェシカとオレリーの手錠も何とかしようとした。だが、ふたりを自由にすることはできなかった。もしどこも怪我をしていなければ、ベッドフレームでも壊せただろうが、怪我のせいですぐに力尽きてしまった。

そこで、ベッドを壊すのはあきらめ、ラファエルは部屋のドアを壊そうと試みた。しかし、それもうまくいかなかった。ドアは抜かりなくしっかりと補強されていたのだ。

それならばと、次は窓を狙い、バットを手に窓ガラスを粉々に砕いてみた。ところが、今度はその先の鎧戸に阻まれた。鎧戸はいくら打っても岩のように硬くびくともしない。

結局、すべての試みは時間と体力を無駄に使っただけに終わった。

その後、ラファエルは浴室も調べてみたが、窓はなかった。それでも水は好きなだけ飲めたので、がぶ飲みした。ジェシカとオレリーのボトルにも水を入れて渡してやった。それから、ラファエルは顔を洗い、こびりついた血を洗い流した。鏡はないので、顔を見ることはできないが、今の顔ならむしろ見ないほうがいいのだろう。

ともかく外に出る手段がない以上、誰かが来てくれるのを待つしかなかった。

あるいは、やつを待ち伏せ、叩きのめしてやるか。

もちろん、ラファエルは叩きのめすほうを選んだ。ドアのそばに椅子を置いて座り、左手にバットを持ってじっと待つ。本当は右利きだが、それでもパトリックがこの部屋に入った瞬間、思いきり殴ってやるつもりだった。

「あの男はまた来ると思いますか？」ジェシカが小声で言った。

「ああ、やつは必ず来る。そのときは……」

「……殺す？」

「ああ、そうするかもしれない」

そうだ、ぶちのめしてやる。ラファエルは心で続けた。やつの身体をバラバラにしてやる。オレリーにはベッドを元の位置に戻してもらっていた。やつが入ってきたときに、何かおかしいと思わせないほうがいい。まあ、もしやつに何か見る暇があればの話だが。

再び希望がわくのを感じながら、ラファエルはずっと待ち伏せた。そして、寒さをしのぎつつ、心でつぶやいた。

あんた、馬鹿なことをしたな。はっきり言って、あんたはもっと頭がいいと思っていたよ……。

七時十五分

ウィリアムはサンドラが一階に下りてきたのに気がついた。ストレートのジーンズに黒いシャツを着て、長い金髪をざっくりとひとつにまとめている。どことなく優雅だった。少しためらう様子を見せたあと、サンドラはこちらに近づいてきた。だが目が合いそうになった途端、逃げだそうとする。

「サンドラ！　お願いだ、行かないでくれ！」

ウィリアムは声をかけた。サンドラが思い直したように立ち止まった。

「おれは縛られていて動けない。逃げる必要はないだろう」

サンドラが目を伏せ、足先をじっと見つめた。

「サンドラ、あなたは医者だよな？」

「獣医よ」つっけんどんな声で、サンドラが答えた。

「それでも、おれの命を救ってくれた。なのに、今は……」

「だって、仕方なかったから。治療しなければ殺すって、お兄さんに脅されていたのよ」

「兄貴はあなたを殺すつもりなんかなかった」胸を詰まらせながら、ウィリアムはつぶやいた。

「そうね。今ならわかる。でも、脅されているあいだは、そんなことわからなかった」

「クリステルは重傷なんだ。助けてやってくれないか」

「そんなの無駄よ。もうすぐ死ぬんだから」

その冷ややかな言葉に、ウィリアムはおののいた。Tシャツのなかに氷を入れられた気がした。

「あなただって、そうよ」サンドラが続けた。「だから、早く出ていってほしかったのに。でも、ラファエルにそう言っても聞いてくれなかった」

そう言うと、サンドラはイライラと爪を噛みはじめた。

「サンドラ、身体中が痛むんだ。死にそうなんだ！」

サンドラが爪の先を歯でちぎり、ウィリアムの足元に吐きだした。

「お願いだ、助けてくれ！」

扉一枚隔てた書斎には、パトリックがいる。だから、ウィリアムは小声でそう言った。

だが、そこにあらゆる思いを込めて訴えた。

「どうして助けなきゃいけないの？」

「あなたが悪い人じゃないのはわかってる、サンドラ。頼む、おれたちを見捨てないでくれ！」

「決めるのはサンドラじゃない」

突然、そう言う声がした。見ると、怒りに満ちたパトリックが立っている。ウィリアムはごくりと唾を飲みこんだ。

「おまえ、助かるつもりなのか？　サンドラがおまえを助けるとでも思っているのか？」

パトリックはソファに座り、片足をウィリアムの肩に乗せて続けた。

「あいにくだが、それはない」

ウィリアムは目を閉じた。失敗だ。こいつが家を出るのを待つべきだった。ちくしょう、何てどじを踏んだんだ！

そのとき、パトリックに肩を蹴られ、ウィリアムはバランスを崩した。クリステルを道連れに横に倒れ、クリステルがテープ越しに叫んだ。その振動が背骨に響く。

起き上がろうとすると、今度はパトリックの靴が頬を踏んだ。

「いいか、サンドラはおれの言うことしか聞かない。あいつは犬より忠実なんだ」

「やめろ！」ウィリアムは必死に声を出した。

「あいつはおれが許可しなければ何もできない。わかったか？」

「わかった」

パトリックが頬をさらに踏みつけた。顎の骨が砕けそうになる。

「くそっ、やめろ！」

「この家では、おれがすべてを命令する。二度とサンドラに話しかけるな。これは命令だ」

「頼む、やめてくれ……わかった、二度と話しかけない。約束する」

「わかればいい」

パトリックは足をおろした。サンドラは存在を消すかのようにじっとしている。

「朝食はできたか？」パトリックがサンドラのほうを向いて尋ねた。

「まだよ。したくをしようと思ったら、その人が……」

「早くしてくれ。腹が減って死にそうだ」

✹　✹　✹

七時五十五分

「やつは何をしてるんだ？」

そうつぶやくと、ラファエルはバットを持った左手の甲で額の汗をぬぐった。使えない右手は膝の上だ。右手は青く腫れ上がり、麻痺していた。

身体が震えるところをみると、熱も出ていそうだった。ひょっとして、ウィルのインフルエンザがうつったのだろうか。ときどきめまいに襲われ、吐き気もした。さっき大量に飲んだ水のせいでトイレにも行きたかったが、まだこの場を離れるわけにはいかなかった。そうしているあいだにもパトリックが現れるかもしれないのだ。その瞬間を逃すわけにはいかなかった。

煙草が猛烈に吸いたかった。ポケットにはマルボロが一箱入っている。だが、煙草の匂いが廊下まで漏れたら、やつは怪しむはずだ。両手を背中のうしろで縛られていて、煙草を吸えるわけがない。

だから、ラファエルは煙草も我慢した。

そして、硬い椅子に座りじっとしていた。かれこれ三時間、その姿勢のままでいた。怪我をした足は、耐えられないとSOSを発している。頭は刻一刻と腫れ上がっていく気がし、折れた肋骨のせいで、息をするのも苦しかった。

それでもラファエルは耐えた。集中し、戦いに備えた。

おそらく、これが最後のチャンスだろうからだ。自分の命だけじゃない。ウィル、クリステル、ジェシカ、オレリー、みんなの命を救える最後のチャンスになる。

絶対に失敗するわけにはいかなかった。

「来いよ、親父さん。頭を叩き割ってやるからな」ラファエルはつぶやいた。「早く来い。おれの渾身の一発を受けるがいい」

九時十二分

パトリックが書斎から出てきた。朝食後、一時間ほどまた書斎にこもっていたのだ。出てくると、パトリックはウィリアムの前に立った。

ウィリアムは痛みに耐えかね、もはやまともにパトリックを見ることさえできなかった。終わりのない苦しみに沈んでいた。

「痛みがひどいんだろう？　あれから、さぞ苦しんだことだろうな。いろいろと願いがあるんじゃないか？」

「あんたを殺してやりたいよ」ウィリアムは弱々しくもはっきりと言った。

「残念だ」パトリックが鼻で笑った。「これからおまえの拘束を解いてやるつもりだったんだが」

くそっ、またしくじった。ウィリアムはほぞをかんだ。

「しかし、その口のきき方からすると、今の格好のまま死んでもらったほうがよさそうだ」

「そんなつもりはなかったんだ。謝る。頼むから、自由にしてくれ」

パトリックはさらに笑いを大きくした。

「拘束を解いてほしいのか？」

「ああ。お願いだ、これ以上は耐えられない」

「まあ、そうだろうな。だが、なぜおれはおまえの拘束を解かなきゃいけないんだ？　何かいい理由を教えてくれ」

ウィリアムは何も思いつかなかった。もうほとんど力は残っていない。この苦しみから逃れるには、もはや死ぬしかないとまで思いつめた。

死んで解放されるのか。

涙が頬を伝った。

「おいおい、同情を引く作戦か？」

「苦しいだけだ。ちくしょう……殺したいなら、ぐずぐずするな。早くやれ」

パトリックがポケットから折りたたみナイフを取りだした。ラファエルのナイフだ。

「じゃあ、喉をかき切ってやろうか？」

ウィリアムは光る刃を見つめ、息を呑んだ。

「どうした？　たった今、おまえは殺せと言ったじゃないか。なら、答えはイエスだろう？」

ウィリアムはたじろいだ。

「どうするんだ？」パトリックが急かすように言った。「おまえは痛みから解放されたいんだろう？　だったら、やってくれと頼めばいい。すぐに殺してやるぞ。約束する」

胸が苦しくなった。唇が震える。

今、死ぬか、それとも苦しみつづけるか。おそらく、あと何日も……。

もし今、ここで死ぬと決めたら、クリステルも道連れになるのだろう。死んだ兄貴のかたきも取れない。それでも……。

「どうだ、そう簡単なことじゃないだろう？」パトリックが面白そうに言った。「人はあんまり痛いと、死んで楽になりたいと思うものだ。しかし、いざ本当に死ぬとなると、生存本能ってやつが出てきて、ややこしいことになる。で、どうするんだ？」

「殺せ」

ウィリアムは言った。自分ではない誰かが言ったように、その声は遠くで響いていた。

「わかった」パトリックが言った。「おれは約束を守る男だからな」

ナイフが近づいてくる。ウィリアムは目を閉じた。

と、突然、首が楽になった。パトリックが喉に巻かれていた粘着テープを切ったのだ。ウィリアムは大きく息を吸った。きっと、これが最後の呼吸になるのだろう。

ところが、パトリックは胸のテープも続けて切った。ウィリアムは衰弱のあまりぼんやりしたまま、床に横になっていた。

次いで、足首と手首も自由になった。

そのときになって、ウィリアムはようやく我に返った。まだ生きている。驚きだった。だが、何時間も拘束されていたせいで手足が麻痺し、すぐには動けない。相変わらず痛みもひどかった。見ると、クリステルも床にのびたまま動けないでいる。

そこに、パトリックの声がした。

「立て。外に出るぞ。この家を血で汚したくないからな」

ウィリアムはおびえてパトリックの顔を見た。命乞いの言葉が喉まで出かかってくる。だが、そのとき、頭のなかに懐かしい声が響いた。

しっかりしろ！

ラファエルの声だ。

やつは外でおまえを殺すつもりか？　なら、ついていけ。そして、反対にやつを殺してやれ。

「少し待ってくれ」ウィリアムは言った。「まだ動けないんだ」

「立て」パトリックが繰り返した。

ウィリアムはソファに手をのせ、膝をついた。なかなか力が入らない。まるで筋肉が綿になってしまったかのようだ。足はボール紙ようにへなへなしている。

それでも何とか立ち上がると、目の前にコルトが突きつけられていた。

「先に行け」パトリックが玄関のドアを指して命じた。

九時三十分

もう四時間以上、ラファエルは同じ姿勢で待ち伏せていた。

あきらめの気持ちが出はじめていた。このままだと投げやりになり、床に倒れてしまいそうだ。

そこで、ラファエルは一度立ち上がり、固まった筋肉をほぐした。それからバットを持ったまま足を引きずって浴室に行き、用を足した。

無性に煙草が吸いたくなる。その気持ちを何とか抑え、もう一度顔に水をかけた。と、そのとき、おびえた声が小さく呼んだ。

「ラファエルさん、あいつが来ます」

ラファエルはバットをつかみ、浴室の電気を消すと、できる限り急いでドアへと向かった。待ち伏せの位置に戻ったのは、ちょうど鍵が差しこまれたときだった。

パトリックは部屋に入ったら必ず明かりをつけようとするはずだ。だから、ラファエルは明かりのスイッチのそばに立っていた。片足で踏んばり、息を詰め、気力をみなぎらせる。

やがてドアノブが回り、ドアが開いた。薄暗い廊下がほのかに見える。

薄闇と薄闇とが混じりあった。

人影を認め、ラファエルは雄たけびをあげながら、すぐさま左手を振りおろした。狙いどおり、バットが相手を打ちつける。叫び声がし、人がどさりと倒れる音がした。

その瞬間、ラファエルは恐怖で身をすくめた。

今の声は……。

明かりがついた。パトリックがコルトをこちらに向けながら、部屋の入口に立っていた。

ラファエルは血の気が失せた。たった今殴ったのは、ウィリアムの頭だった。


（下巻へ続く）

無垢なる者たちの煉獄　上

PURGATOIRE DES INNOCENTS

2019年2月6日　初版第一刷発行

著者　カリーヌ・ジエベル
監訳　坂田雪子
翻訳　吉野さやか
翻訳コーディネート　高野 優
DTP組版　岩田伸昭
装丁　坂野公一（welle design）

発行人　後藤明信
発行所　株式会社竹書房
〒102-0072
東京都千代田区飯田橋 2-7-3
電話 03-3264-1576（代表）
03-3234-6301（編集）
http://www.takeshobo.co.jp

印刷所　凸版印刷株式会社

ISBN978-4-8019-1744-6　C0197